가면의 기사

김형신 퓨전 판타지 소설
FUSION FANTASTIC STORY

The Knight of Mask

가면의 기사 7

김형신 퓨전 판타지 소설

초판 1쇄 찍은 날 § 2008년 2월 15일
초판 1쇄 펴낸 날 § 2008년 2월 25일

지은이 § 김형신
펴낸이 § 서경석

편집장 § 문혜영
편집책임 § 최하나

펴낸곳 § 도서출판 청어람
등록번호 § 제1081-1-89호
등록일자 § 1999. 5. 31
어람번호 § 제1-0943호

주소 § 경기도 부천시 원미구 심곡1동 350-1 남성B/D 3F (우) 420-011
전화 § 032-656-4452 팩스 § 032-656-4453
http://www.chungeoram.com
E-mail § eoram99@chollian.net

ISBN 978-89-251-1187-2 04810
ISBN 978-89-251-0826-1 (세트)

가면의 기사

김형신 장편 판타지 소설

7

FUSION FANTASTIC STORY

【떠난 자와 남은 자】

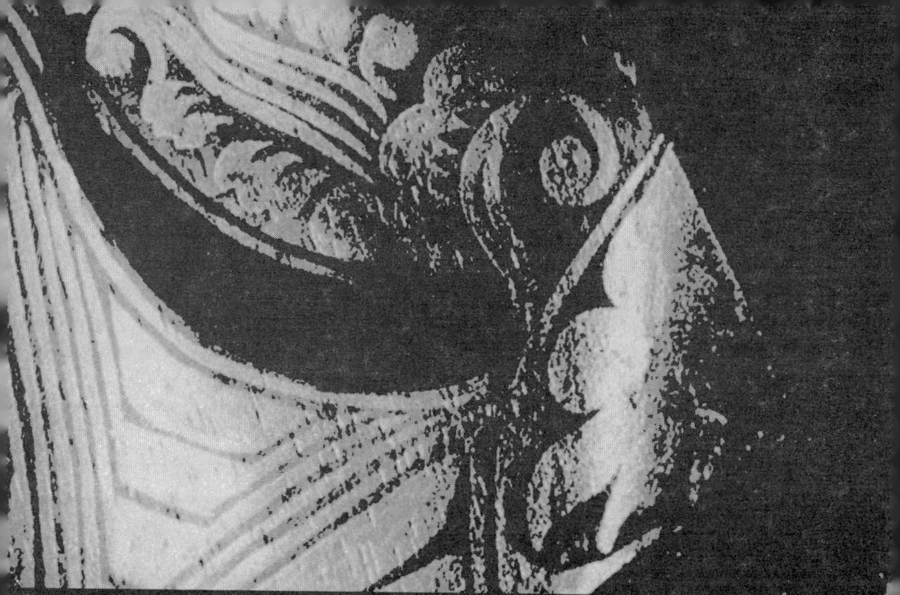

Contents

Part 1
그 주인에 그 펫

The knight of mask

키에에에에!!

쿠아아아아!!

녹색의 피를 흩날리며 몬스터들이 괴성을 질렀다.

죽음을 맞기 이전에 최후의 숨을 끌어내 지르는 비명!

그 비명과 짙은 피 비린내 속에서 눈류는 표정 한번 변하지 않으며 검을 움직이기 바빴다.

몬스터들은 생각보다 강했지만 퀘스트를 위해 모인 멤버들도 만만치 않았기에 어렵지 않게 몬스터들을 해치우며 전진할 수 있었다.

그런데 문제는 여신상의 위치를 찾는 일이 만만치 않다는 점이었다.

아무런 힌트가 존재하지 않았기에 무조건 걸어서 찾는 방법밖에 없었다.

그로 인해 일행이 불길한 숲에 들어온 지 어느덧 일주일이 흐른 상태였다.

'렙업, 렙업!'

일행을 덮친 몬스터들의 수가 어느 정도 줄어들자 눈류의 얼굴에 짐승 모드가 강림하기 시작했다. 지금까지의 과정을 생각하면 퀘스트인데도 경험치를 준다는 것 자체가 행복하다! 그런데 강한 만큼 많은 경험치를 준다! 더불어 월하가 있기에 포션 걱정도 존재하지 않았다! 그리고 불길한 숲 퀘스트는, 퀘스트 공간에서 진행되기에 다른 유저가 없었으며 그로 인해 몬스터들의 수도 넘쳤다!

다른 이들은 빨리 여신상을 찾아 퀘스트를 끝내고 싶지만 눈류에게 있어 불길한 숲은 천국과 다름없었고, 퀘스트가 더욱 길어졌으면 하는 바람이 가득했다.

'잡템의 질도 뛰어나고 주는 라르크도 많다!'

눈류는 초롱초롱 빛나는 눈동자로 새롭게 나타난 몬스터들을 쳐다봤다.

그 눈빛은 절대 적의를 담고 있지 않았다.

오히려 사랑하는 이를 바라볼 때의 눈빛!

키에에에엑!

그런 눈류의 눈빛이 기분 나빴던 것일까? 루크처럼 큰 몸집의 붉은 개미는 괴성을 지르며 달려들었고, 눈류는 진형을 확인하며 검을 뽑아 들었다.

단체전을 벌일 때는 개개인의 힘도 중요하지만 협동심과 능력에 맞는 진형도 필수였다.

현재 진형은 가장 강한 눈류와 월하가 앞뒤에서 일행을 보호하는 형상이었다.

아무리 월하의 마법이 빠르다 할지라도 눈류보다는 순발력에서 뒤처지고, 마법의 특성상 선공격보다는 도움을 주는 공격이 더 효율적이기에 눈류가 앞에 선 것이었다.

그리고 그 뒤와 앞을 기적과 페르탄, 루크, 레몬, 박하다가 자리를 지켰으며 한가운데에 마법사인 라일라와 일리아, 리야가 자리하고 있었다.

그러나 어디에서도 꼭 모두가 'YES' 할 때 혼자서 'NO' 하는 이가 있었으니, 바로 박하다였다.

"으하하! 이 박하다님이 모두를 쓸어주마!!"

"아버지!"

막 붉은 개미의 눈을 검으로 찌른 눈류가 대열을 이탈한 채 옆으로 빠져 몬스터에게 날려드는 박하다를 보며 어이없는 표정으로 외쳤다.

박하다가 장인이라는 직업에 맞지 않게 강한 것은 사실이었지만 현재 싸우고 있는 개미 몬스터 역시 만만한 적들이 아니었다.

'에휴. 저러다 한번 큰일당하시지.'

눈류는 일주일 동안 매번 단독 행동을 일삼는 박하다의 모습에 실소를 흘리며 자신의 앞에서 피를 흘리는 붉은 개미의 목을 베었다.

현재 일행을 사방에서 덮친 붉은 개미들의 수는 어림잡아 20마리!

박하다에게도 3마리의 개미가 달려든 상황이었지만 눈류는 크게 걱정하지 않으며 카리스마와 바람의 비명을 발휘해 라일라를 비롯한 마법사들을 위협하는 붉은 개미들을 공격했다.

그 이유는 바로 월하 때문이었다.

콰아아아아아앙!!

눈류의 귓가로 굉음과 함께 지축이 흔들렸다.

자신의 예상처럼 월하가 박하다를 위협하는 붉은 개미들에게 충격계 마법을 선사했기 때문이었다. 화염계 마법이 가장 위력이 뛰어나지만 이곳은 숲이었기에 최대한 자제하고 있었다.

"타하아압!!"

파지지지직!!

기적의 검이 붉은 개미의 앞다리에 박혀 버렸다.

그와 함께 몬스터의 살 안을 파고드는 신성한 기운!

마계의 문이 열리며, 마계 몬스터들이 출몰해서인지 불길한 숲 몬스터들은 전체적으로 마기가 존재했고, 그렇기에 신성력은 평소보다 더 큰 위력을 발휘했다.

"신의 손길이여!"

그때 라일라의 신성력 가득한 치료가 생명이 줄어드는 스킬들을 발휘한 눈류에게 향했고, 일행은 서로가 서로를 도우며 빠르게 붉은 개미들을 해치우기 시작했다.

"후우. 좀 쉬죠."

붉은 개미들을 모두 해치운 뒤 눈류가 이마에 흐르는 땀을 닦으며 말했다.

눈류는 포션과 빵을 먹으며 쉬지 않아도 되지만 다른 이들은 달랐다.

아무리 피로도가 회복된다 할지라도 현실에서의 습관이 존재하기에 오랜 시간 움직이면 쉬고 싶어하는 마음이 존재했고, 일행은 눈류만큼 독종이지 못했다.

"그러죠. 배도 고픈데… 헐."

피로도가 회복되었음에도 쉬고 싶어 눈치를 살피던 루크가 반색하며 말하다 곧 표정과 말끝을 흐렸다. 생각하고 싶지 않은, 몬스터와 싸우는 것보다 힘든 시간이 도달했기 때문이다.

쉬게 되면 음식을 먹는 것은 자동적인 일!

그리고 언제나 식사 담당은 변함없이 리야와 월하였다!

일주일이란 시간 동안 그렇게 음식을 만들었음에도 맛의 변화가 없는 장인의 요리 솜씨!

오죽하면 눈류와 루크가 왜 스킬 레벨이 올랐음에도 맛이 없냐고 고객 센터에 항의를 할 정도였다.

눈류는 루크와 시선을 마주쳤다.

'루크님…….'

'눈류님…….'

둘의 눈동자에는 어느새 눈물이 그렁그렁 맺히기 시작했다.

하지만 그렇다고 죽음의 시간이 멈추지 않는 법…….

곧 일행은 몬스터들이 드문 곳에 자리를 잡아 휴식을 취하기 시작했고, 웃고 있지만 사색이 된 눈류와 루크를 바라보던 월하와 리야는 진심으로 행복하다는 표정으로 자리에서 일어섰다.

모락, 모락.

지옥의 사형 집행인과 마주한다면 기분이 이러할까?

분명 너무나 맛있는 냄새가 숲 속을 자욱하게 채웠지만 눈류의 이마에서는 식은땀이 맺혀 있었다. 그것은 루크도 마찬가지였는데, 둘은 자신들의 앞에 놓인 고기 수프를 바라보며 주먹을 불끈 쥐었다.

"많이 먹어."

월하는 그 말과 함께 일행 곁에 앉아 고기와 빵을 꺼냈다.

"오빠, 제가 열심히 만들었어요!"

리야 역시 루크를 홀로 남겨둔 채 월하의 곁으로 쪼르륵! 달려가 함께 음식을 먹기 시작했다. 그로 인해 수프 앞에 있는 것은 눈류와 루크뿐이었고, 모두는 따로 앉아 맛있게 배를 채우며 곧 사망할 둘을 실소를 흘리며 구경했다.

'많기도 하군.'

눈류는 좌절이 가득한 표정을 지으며 4인분은 족히 넘을 듯한 수프를 쳐다봤다.

고기와 붉고 푸른 야채가 둥둥 떠 있었는데… 절대 혼자 먹을 양이 아니었다. 그러나 일주일 전 너무나 맛있게 먹은 자신으로 인해 매번 월하가 푸짐한 양을 해주는 것이었다.

'도와달라 할 수도 없고.'

월하와 리야가 만든 음식을 먹는 것은 자신과 루크뿐이었고, 눈류는 자신의 선택을 깊게 후회했다.

차라리 다른 이들처럼 처음부터 먹지 말걸!

괜히 맛있다고 하며 먹어서 이 고생을 한단 말인가!

바르르르.

접시를 든 눈류의 손은 수전증에라도 걸린 듯 심각하게 떨렸다.

그러나 곁에 앉아 있는 루크를 보며 애써 자신을 위로했다.

와달달달!!

지진이 난 것 같은 헐리우드 액션과 함께 애써 웃고 있지만 루크의 눈동자에는 물기가 촉촉이 맺혀 있었다.

눈류의 수프와 비교했을 때 두 배는 족히 넘는 양!!

그것도 부족하다고 생각했는지 볶음 요리도 존재했다!

리스트 월드 인에서는 덩치가 큰 루크를 배려한 셋!

'그래도 월하가 천사구나.'

한입 먹을 때마다 얼굴에 경기가 일어나고, 먹어도 먹어도 줄지 않는 루크의 요리들을 바라보며 월하를 칭찬한 눈류는 수프를 한 모금 삼켰다.

'커어억! 참자! 참아야 한다!'

육체가 차라리 자신을 죽여달라고 울부짖었다.

그러나 눈류는 환청을 외면하며 다시 수프를 한 모금 삼켰다.

그러면서 괜히 잘 보이기 위해 한마디 해주는 센스도 잊지 않았다.

"아! 마, 맛있다!"

"그, 그러게요! 리야와 월하 씨는 정말로 요리를 잘하네요!"

처죽여도 모자랄 소리를 하며 눈류와 루크는 음식을 빠르게 비우기 시작했고, 그 모습을 바라보며 월하는 흐뭇한 미소를 지었다.

사실 일주일 전에 요리를 만들 때는 이전에 눈류가 자신의 음식을 먹고 싸웠기에 아무도 먹지 않을까 걱정했었다.

그래서 음식을 만든 후 처음으로 맛을 봤다가 자신도 모르게 헬 파이어를 소환할 뻔했다.

그렇기에 음식을 일행 앞에 내려놓고 펫을 소환할까 고민하다 곧 고개를 저었다. 나름 펫에 애정이 있는데 자살하는 것을 볼 수 없기에······.

그런데 눈류가 음식을 맛있게 먹는 것이 아닌가? 그것도 많은 양을 만들었는데 하나도 남김없이!

'더 많이 해줘야겠어.'

일주일 내내 자신의 음식을 맛있게 먹는 눈류를 바라보며 결심을 하는 월하였고, 그런 속내도 모른 채 여전히 웃는 얼굴로 음식을 먹는 불쌍한 눈류였다.

"주인, 어디까지 가야 하나?"

"조금만 더 가보자."

"알겠다."

류화의 물음에 대답한 눈류는 숲을 내려다보며 속으로 한숨을 내쉬었다.

현재 눈류와 류화는 일명 정찰 중이었다.

어디에 있는지도 모르는 여신상을 모두가 헤매며 찾기보다는 눈류와 류화가 먼저 숲을 둘러보는 것이 여러모로 좋았고, 오늘 역시 배를 채운 다음 일행에게 약간의 휴식 시간도 줄 겸 류화와 함께 하늘을 배회하는 중이었다.

'그래도 쓸 만한 놈이다.'

처음에는 아무런 능력이 없다고 생각했지만 그 어떤 존재보다 빠른 속도가 있었고, 절대 길을 잃지 않았다. 그리고 대륙의 지도가 머릿속에 박힌 듯 원하는 곳은 어디든지 향했다.

다만 그것은 제한적이었으며 지금처럼 퀘스트의 위치 등은 알지 못했다.

'이제는 때리지 말아야지.'

퀘스트를 시작하기 전 복날에 개 맞듯 맞은 이후 자신의 눈치를 보며 의기소침해진 류화의 모습에 은근히 신경이 쓰였기에, 눈류는 류화의 털을 쓰다듬어 주며 마음을 다잡고 재차 시선을 아래로 내렸다.

온통 검은색으로 색칠한 듯한 숲에서는 전체적으로 마기가 풀풀 올라오고 있었는데, 드문드문 커다란 몬스터들의 모습도 보였다.

'여신상은 발견하지 못했지만 위험한 길을 체크했으니 그만 돌아가야겠어.'

류화와 함께 정찰을 나가는 또 다른 장점은 미리 큰 위험을 피할 수 있었다.

막혀 있는 길이라든지, 아니면 강력한 몬스터들이 밀집해 있는 곳 등등 말이다.

"류화, 잠깐."

그 순간이었다.

눈류는 오싹한 기분을 느끼며 다급히 소리쳤다.

그러자 류화 역시 적을 느꼈는지 황급히 돌아섰다.

'추적당한 것인가?'

거대한 마기를 풀풀 풍기며 다가오는 적은 앞이 아닌 뒤에서 감지되었고, 눈류는 검을 쥔 손에 힘을 주며 곧 나타난 상대를 쳐다봤다.

크기는 눈류의 두 배 정도였으며, 온통 근육으로 조각이 되어 있었다.

생김새는 박쥐와 성인 남자가 반반씩 섞인 듯한 모습이었는데 눈이 온통 흰자위였으며 송곳니가 입술 밖으로 나와 있었다.

"오호, 이런 곳에서 인간을 보게 되다니? 그리고 저건 뭐지? 신의 동물인가?"

눈류의 표정이 급격하게 일그러졌다.

느껴지는 기운으로 인해서 대략 짐작은 하고 있었지만 의지까지 전달할 줄이야!

'상급의 마계 몬스터다.'

불길한 숲에 들어온 뒤 마계의 몬스터를 수십 번 만난 적이 있었다.

그들은 일반 몬스터들보다 강력했는데 그중 세 번 정도 마주쳤던 상급의 몬스터는 그 위력이 상상을 초월했으며, 그들의 특징 중 하나가 바로 머릿속으로 자신의 의지를 전달하는 것이었다.

'피할 수 있을까?'

올 때는 발견하지 못했었다.

눈으로 보지 못했다 할지라도 저렇게 강한 마기를 느끼지조차 못했다.

그 말인 즉 녀석은 기척을 감추고 있다가 자신을 발견한 뒤 따라오다 이제야 정체를 드러낸 것이다. 해치울 생각으로!

'그 누구보다 빠르다 생각한 류화의 속도를 기운을 감춘 채 따라왔다. 따돌리기 힘들겠지.'

휴식을 취하던 장소에서 꽤 떨어진 곳이었기에 일행이 도착하기를 기다릴 수도 없는 노릇. 눈류는 입술을 잘근 씹다 류화를 향해 물었다.

각성을 하면서부터 소환하지 않더라도 대화가 가능했기에 마계의 몬스터에게 내용이 들킬 일은 없었다.

"류화, 가능한가?"

"가능하다."

눈류의 눈이 놀랍다는 듯 떠졌다.

자신이 물은 의미를 류화가 모를 리 없었다.

"주인, 난 아직 최대의 속도를 낸 적이 없다. 분명 놈의 속도도 대단하기는 하지만 내가 마음만 먹는다면 얼마든지 떼어낼 수 있다."

"그렇구나!"

눈류의 얼굴에 화색이 돌았다.

몬스터에게 기습적인 공격을 몇 번 선사한 후, 류화와 함께 최대한 도망치자고 생각했는데 이렇게 쉽게 일이 풀릴 줄이야!

"그렇다면 얼른 도망가자."

"주인, 그전에 협상할 것이 있다."

"그래. 협상… 뭐?"

일그러지는 눈류의 표정.

류화는 보지 않아도 알 수 있었지만 애써 모른 척 자신의 말만 하기 시작했다.

그동안 당했던 서러움을 한 번에 날리기 위해 이런 순간을 얼마나 기다렸던가!

"첫째, 더 이상 나를 때리지 마라. 주인에게 맞으면 삶이 서러울 만큼 아프다."

"……."

휙! 휙!!

"언제까지 도망만 칠 것이냐!!"

류화가 말을 시작함과 함께 마계 몬스터의 공격이 시작되었지만 류화는 다급히 속도를 올려 달리면서 계속 협상을 시도했고, 몬스터는 부아가 치민 얼굴로 따라왔다.

"두 번째, 빵도 바꿔야겠다. 내 고급스러운 입맛과 맞지 않는다. 프르아 지역에서 지하 암반수로 만드는 빵집이 있는데 그곳의 갓 구운 빵이 맛있다고 한다. 앞으로는 그 빵만 먹겠다. 세 번째, 달리다 보면 다리의 근육이 뭉친다. 나근나근 잘생긴 남자 하인을 한 명 붙여달라. 그래서 매일 안마를 받고 싶다. 참고로 하인은 상체가 노출되어야 하며 가슴 근육이 잘 잡혀 있어야 한다."

눈류는 어이없음을 느꼈다.

이런 상황에서 협박은 차라리 이해가 되었다.

자신과 비슷한 수준의 소심함과 치사함을 갖췄지 않은가!

그런데 아무리 암컷이라 할지라도 잘생기고 옷을 벗은 남자는 무엇인가?

"그리고 네 번째. 내 털들은 예민하다. 손가락으로 대충 빗긴다고 정리되지 않는다 말이다. 정말 내 주인이라 지금까지 참은 것이니, 내 배려심에 감사해라. 그러니 앞으로는 드워프들이 미스릴로 만든 빗으로 빗겨줬으면 한다. 난 소중하니까. 마지막으로 하루 야채와 토트웰 지역의 물은 전에도 설명했으니 자세한 얘기는 생략하겠다."

"크아아악!! 이놈들, 거기 서!!"

파지지지직!! 콰콰쾅!!

마계의 몬스터는 이제 인내심이 한계에 다다른 듯 마기를 발출하기 시작했지만 류화는 여전히 미꾸라지처럼 잘 피했고, 그로 인해 애꿎은 숲만 파괴되었다.

"주인, 놈은 강하다. 주인 따위는 놈과 싸워봐야 이길 수 없다. 어서 내 제안을 받아들여라."

바드드드득.

눈류의 이가 심하게 갈렸다.

조건은 물론 류화의 태도도 상당히 거슬리고 화가 난 상태인데 이제는 주인 따위라니?

"주, 주인! 살기를 내뿜지 마라! 날 자꾸 위협한다면 떨어뜨려 버리겠다!"

"어디 한번 해봐."

"내, 내가 못할 것 같은가?"

"하든, 못하든 넌 죽어."

류화는 다급히 머릿속을 굴렸다.

자신의 예상은 이런 것이 아니었다.

어떻게든 살고 싶은 마음에 눈류가 제안을 들어줄 것이라 생각했었다.

그런데 이렇게 뇌가 단순한 인간이 존재하다니!

'어떻게든 죽는단 말인가?'

류화는 곧 이어질 고통을 느끼며 온몸을 한 번 부르르 떨었다.

그러자 결심은 쉽고 빠르게 이어졌다.

'그래, 내가 죽을 바에는 주인을 죽이자!'

단순한 것 역시 눈류와 동급 레벨의 류화였다.

채애애앵!!

"크으윽!"

눈류는 이를 악물며 몬스터의 날카로운 손톱을 검으로 막았다. 하지만 마계의 상급 몬스터의 위력을 보여주듯 바닥의 흙이 파이며 뒤로 주르르륵 밀려났다.

'류화, 죽여 버리겠어!'

눈류는 황급히 이어지는 몬스터의 공격을 피하기 위해 바닥을 구르며 마나를 검에 끌어올렸다. 그와 함께 주황빛 조화의 마나가 이글거리는 검!

'나를 정말 버리다니!!'

검은 몬스터를 향하고 있지만 분노는 허공에 뜬 채 아직도 제안을 받아들이라고 외치는 류화를 향해 있었고, 눈류의 파멸의 검과 몬스터의 마기가 허공에서 부딪쳤다.

콰콰콰쾅!! 콰지지직!!

주변 일대가 그 힘을 이기지 못한 채 파괴되어 재로 변하였다.

"쿨럭."

멀쩡하지 못한 것은 눈류도 마찬가지였는데 입에서 선혈을 토해내며 비틀거렸다. 자신의 마나를 뛰어넘은 마기 때문이었다.

'너무나 강하군.'

사용할 수 있는 모든 스킬들을 발휘했다.

그로 인해 마계의 몬스터도 어느 정도 충격을 입었지만 그 뿐, 큰 부상은 존재하지 않았다.

'피로도 회복 못한다.'

몸에 피로가 쌓이며 지치는 것을 느꼈지만 빵을 먹을 여유도 없이 눈류는 포션만 쉬지 않고 흡수하며 공격과 방어에 열중했다.

'크윽!!'

눈류의 목에서 피가 솟구쳤다.

조금이라도 늦게 피했더라면 아예 목이 잘려 버렸을 것이다.

'포션으로 겨우 버티고 있지만 한 번에 죽어버리면 포션도 소용없다.'

눈류의 눈동자에 좌절감이 가득 차올랐다.

살고 싶었다. 죽는다고 퀘스트가 끝나는 것이 아니란 사실을 일주일간의 경험을 통해 알고 있었지만 그래도 죽을 때의 기분이 싫었다.

하지만 여기서 류화의 제안을 받아들이는 것은 더욱 싫었다.

쓸데없는 곳에만 발휘되는 쫀쫀한 자존심!!

'내가 죽든 살든, 류화… 너만은 죽인다!!'

눈류는 류화를 향해 온갖 욕설을 선사하며 마계 몬스터의 목을 향해 검을 휘둘렀다.

녀석의 몸은 조화된 마나로도 벨 수 없을 정도였기에, 유일한 희망을 품은 공격이었다.

그러나 속도조차 눈류를 초월한 마계 몬스터는 다급히 눈류의 검을 피하며 품 안으로 파고들었고, 눈류는 이를 악물며 녀석의 칼날 같은 손톱 공격을 방어하려 했지만 늦은 후였다.

서거거걱!!

"으윽!!"

눈류의 입에서 비명이 터져 나왔다.

목의 상처도 치료할 여유가 없어 포션으로 생명을 겨우 붙잡고 있는데 방금의 공격으로 왼쪽 팔이 반이나 잘려 덜렁거렸다.

피가 하염없이 솟구쳤고, 생명은 빠른 속도로 줄어들었다.

더군다나 마계 몬스터가 날갯짓까지 하자 마계의 비명이 섞인 돌풍이 머릿속과 몸을 난자했고, 이제는 포션을 쉬지 않고 흡수해도 생명이 떨어지는 속도를 따라가지 못했다.

"죽어라."

마계 몬스터의 한 손에 검은 칼이 형성되었다.

그리고 눈류의 목을 향해 빠르게 움직였다.

눈류는 더 이상의 저항을 포기한 듯 웃음 가득한 얼굴로 검을 쳐다봤다.

마나의 벽을 사용한다면 방어할 수 있다. 그러나 마나의 벽은 초당 생명이 210씩 줄어든다. 지금처럼 포션으로 겨우 생명을 잡고 있고, 남은 생명도 얼마 없는 상황에서는 사용해 봐야 죽게 되는 스킬!

'류화… 젠장.'

눈류는 검이 지척까지 다가온 것을 확인한 뒤 두 눈을 감았다.

그런데 그 순간이었다.

눈류는 몸이 붕 뜨는 것을 느끼며 두 눈을 떴다.

그러자 예상하지 못한 허공이 보였고, 고개를 숙여 밑을 내려다보니 마계의 몬스터가 멀어지는 것을 알 수 있었다.

"류화?"

그때서야 눈류는 류화가 자신을 구했다는 사실을 알 수 있었다.

"주인, 흐윽. 내 제안 따위 안 받아줘도 된다. 살아만 있어라."

"류화… 너…….."

"미안하다. 사실 내 신세가 너무 처량해서 억지를 부렸던 것이다. 그런데 주인이 혼낼 것 같아서 나도 모르게 떨어뜨렸다. 처음에는 외면하려고 했다. 하지만 주인이 죽는 모습은 도저히 볼 수 없었다. 차라리 내가 죽고 말겠다!"

눈류는 가슴속에서 전기가 흐르는 듯한 감동을 느꼈다.

그렇게 원망하고 군 생활 기간보다 더 오랫동안 두들겨 패고 싶었던 류화가, 혼날 것을 알면서도 자신을 살리다니…….

더군다나 울먹거리고 있다! 분명 가식이 없는 슬픔!!

'류화… 죽이지는 않으마.'

류화의 속 깊은 모습에 대인배 같은 자비로운 결심을 한 눈류는 마계의 몬스터가 류화의 속도를 못 따라온다는 것을 확인한 뒤 다급히 인벤토리에서 붕대 등을 꺼내 상처를 치료했다.

부상이 너무 깊은 것은 완치할 수 없지만 일단 지혈을 하자 더 이상 생명이 줄어들지 않았고, 포션의 흡수 역시 멈출 수 있었다.

그사이 류화는 속으로 짐승 모드가 발동되어 웃고 있었는데…….

'설마 구해줬는데 나를 때리지 않겠지?

사실 류화는 눈류를 죽일 생각이 없었다.

아무리 밉다 할지라도 명색이 주인이지 않은가!

그런데도 떨어뜨린 이유는 그렇게까지 하면 제안을 허락할 줄 알았기 때문이다.

하나 눈류는 죽음을 각오하며 맞섰고, 그러자 당황한 것은 오히려 류화였다.

결국 류화는 너무나 안타깝고 아쉽지만!! 맛있는 빵과 야채, 물, 남자 노예 등등을 포기하기로 결심했다.

눈류가 죽지 않으면 자신이 죽는다! 그런데 눈류를 죽게 놔둘 수도 없고, 자신도 살고 싶다!

그래서 생각한 것이 제안을 포기하며 눈류를 살리는 것이었다. 더불어 눈물 연기까지 한다면 분명 자신을 용서할 것이라는 판단!

'나의 연기력은……'

류화는 빠른 속도로 일행이 있는 곳을 향하며 스스로의 표정 연기에 감탄했다.

그동안 눈류가 거짓 연기를 하는 것을 보며 몰래 연습한 결과물이었고, 감동을 받은 눈류가 때리지 않음은 물론이고, 어쩌면 맛있는 것을 줄지도 모른다는 핑크빛 상상에 빠지며 발그레 미소까지 지었다!

그러나 그 모든 것은 헛된 망상과 다름없었으니…….

류화는 모르고 있었다.

눈류가 자신의 상상 이상으로 소심하다는 것을!

그날 이후 류화는 눈류와 함께 월하의 요리를, 아주 맛있는 척하면서 함께 먹어야 했다.

매일 눈류에게 죽기 직전까지 두들겨 맞으면서.

"도대체 어디 있노!"

불길한 숲에 들어온 지 2주째가 되자 기적은 지친 얼굴로 소리쳤다.

몸은 전혀 피곤하지 않았지만 언제 끝날지 모른다는 생각으로 인해 심적으로 무너진 상태였고, 그런 기적을 곁에 있는 레몬이 다독였다. 그러나 레몬의 표정 역시 많이 힘들어 보였다.

"얼마나 더 가야 될까요?"

온몸에 구타의 흔적이 남아 있는 류화의 등에 탄 라일라가 눈류를 향해 물었지만, 눈류 역시 뭐라고 마땅히 대답할 수 없었다.

이 주 동안 그렇게 찾아다녔지만 나오지 않는 여신상. 더군다나 류화와 함께 정찰을 하면서 느낀 점은 불길한 숲이 끝없이 이어졌다는 것이다.

'모두 지쳐 가는 것인가.'

눈류는 아래를 내려다보며 한숨을 내쉬었다.

현실 시간으로는 4일밖에 흐르지 않았지만 자신의 할 일을 미루면서 게임만 한다는 것은 사실상 쉽지 않은 일이다. 더군다나 박하다의 경우는 언제까지나 샤인에게 도장 일을 미룰 수도 없었다.

'시간이 없다.'

눈류는 시선을 돌려 숲 멀리를 쳐다봤다.

어떤 힌트나 흔적이라도 있다면 이렇게 막막하지 않을 것이다.

더군다나 현재 전진하고 있는 방향에 여신상이 있다고 장담할 수도 없다.

운이 좋으면 빨리 발견할 수 있겠지만, 최악의 경우 몇 달을 쳇바퀴 돌 듯 돌다가 퀘스트를 포기해야 할지도 몰랐다.

'운에 맡기는 수밖에 없구나. 정 안 되면 어쩔 수 없지.'

이제 와 다른 장인을 구해 다시 올 수도 없는 노릇이기에 눈류는 박하다의 시간이 허락하는 순간까지도 찾지 못한다면 포기할 생각을 하고 있었다.

아니, 굳이 박하다가 아니더라도 일행 중 몇은 이미 심적으로 지쳐 있는 상태였다.

차라리 이 길로 몇 달 동안 걷다 보면 여신상이 나온다! 라고 확신할 수 있다면 아무도 포기하지 않을 것이다.

하지만 불확실한 미래라는 것은 사람의 마음을 쉽게 지치게 만들었다.

"다녀올게요."

류화와 함께 월하의 감격스러울 만큼 토 나오는 음식을 모두 먹어치운 눈류는 박하다에게 말한 뒤 류화의 등 위에 올라탔다.

시간의 제약으로 인해 이제 일행은 이곳에서 멈추고 류화와 함께 하염없이 돌아다니기로 결정한 것이었다.

그런 눈류에게 월하는 추가로 요리를 만들어 싸주는 센스를 잊지 않았고, 눈류는 진심으로 밝게 웃으며 요리를 받았다.

어차피 류화가 먹을 것이기에.

"저게 뭐지?"

일행과 멀어지자마자 류화에게 많이 먹어야 힘을 낸다는 거짓이 가득한 이유와 함께 월하의 요리를 모두 먹인 뒤, 한참이나 이동하던 눈류는 눈동자에 힘을 줬다.

"어둠……."

눈류는 이마를 찌푸렸다.

눈앞에 보이는 것은 마치 블랙홀을 옮긴 듯한 어둠의 터널

같았는데 크기가 어마어마했다. 성인 남자 수십 명이 동시에 들어갈 정도로 넓었으며, 끝이 보이지 않을 만큼 깊었다. 그리고 그 속에서 느껴지는 어마어마한 마기!

'차, 찾았다!'

중립의 눈류조차 호흡이 괴로울 만큼 사방은 마기로 가득 차 있었지만, 눈류는 괴로워하기보다는 오히려 환한 미소를 지었다.

드디어 퀘스트를 끝낼 수 있다는 행복감 때문!

'그런데 여신상은?'

눈류는 서둘러 두리번거리며 여신상을 찾았다.

그리고 잠시 지나지 않아 주먹을 불끈 쥐었다.

어둠의 터널 북쪽 끝에 푸른빛을 발하는 여신상을 발견했기 때문이다.

"아름답다……."

끄덕, 끄덕.

여신상을 바라보며 눈류가 중얼거리자 여성체인 류화조차 넝하니 고개를 끄덕였다.

바람에 살랑살랑 움직인다고 착각할 만큼 세세하게 조각된 성인 여성 크기의 여신상은 수정으로 조각되었다고는 믿을 수 없을 정도로 아름다웠는데, 이마에 빛바랜 크리스탈이 박혀 있었다.

'이제 새 크리스탈을 넣기만 하면 끝이구나. 다만… 방해가 만만치 않겠어.'

눈류는 움직이는 류화의 등에서 멀어지는 여신상을 쳐다보며 생각에 잠겼다.

이곳에서 느껴지는 마기는 현재까지 지나온 곳들과는 비교가 되지 않는 수준이었다.

더군다나 육감을 통해 느껴보니 근방에 마계의 몬스터들도 꽤 많았다.

그것도 모자라 분명 저 구멍은 마계와 연결되는 통로일 것이다. 그렇다면 언제든지 새로운 마계의 몬스터들이 나올 수 있다는 뜻!

'작업이 얼마나 오래 걸릴지는 알 수 없지만, 아버지가 크리스탈을 교환하는 동안 우리는 몬스터들로부터 아버지를 보호해야 하는군.'

쉽지 않을 것이라 예상되었지만 길을 찾은 것이 더 기쁘기에 눈류는 곧 걱정을 떨치며 일행에게 향했고, 잠시 후 일행 모두는 여신의 조각상이 있는 곳으로 향했다.

거리가 꽤 멀었지만 이동에 있어 어려움은 존재하지 않았다.

월하가 류화 자체에 좌표를 설정한 뒤, 류화가 여신상이 있는 곳으로 이동하면 텔레포트 마법으로 이동하는 형식으로 왔기 때문이다.

그러나 월하의 마법에도 한계가 존재했기에 한 번에 모두를 이동시킬 수 없었고, 두 번에 걸쳐서야 모두가 도착할 수 있었다.

"이야, 대단하네에."

"정말 장관이군요. 소름이 끼치는……."

주변을 둘러보던 기적과 루크가 저도 모르게 말했고, 모두는 동감한다는 듯 고개를 끄덕였다. 그와 함께 라일라는 다급히 신성력으로 자신을 비롯해 모두를 보호했다.

불길한 숲 자체에 마기가 존재했고, 이제는 어느 정도 익숙해졌다. 하지만 이곳에서 감도는 지독한 기운은 도저히 견딜 수가 없기 때문이었다.

"아버지."

그런 일행을 지켜보던 눈류가 조각상을 유심히 바라보며 감탄하고 있는 박하다를 불렀다. 시간이 없었다. 언제 몬스터들이 공격을 시도할지도 알 수 없었다. 그렇기에 서두르자는 의미였고, 그 뜻을 알아차린 박하다는 진지한 표정으로 여신상에 손을 댔다.

[크리스탈의 해제와 장착.]

여신의 수정상을 찾았다.

이제는 크리스탈을 해제하고 장착을 해야 한다.

다만 그러기 위해서는 수리 스킬이 고급 레벨 3 이상이어야만 가능하다.

쉴 틈도 없이 몰려오는 몬스터들로부터 장인을 보호하여 임무를 완수하라!

"컥! 고급 레벨 3?"

박하다가 손을 댐과 동시에 퀘스트 알림창이 모두에게 떴다.

그러자 기겁하는 표정으로 소리치는 박하다.

그 모습에 일행은 불안함이 가득한 얼굴로 바라봤다.

분명 저 행동으로만 본다면 박하다의 스킬 레벨이 부족하다는 것이었다.

그것인 즉 여신상을 찾았음에도 불구하고 퀘스트를 새로 하거나 포기를 해야 한다는 뜻!

"아, 아버지… 서, 설마?"

눈류의 목소리가 떨렸다.

그런 눈류를 향해 박하다는 시선을 마주치지 않으며 고개를 떨구었다.

"다 찾아놓고 포기해야 하는 겁니꺼?"

"어쩌겠어."

"너무 아쉽지만 다른 방법이 없군요."

박하다의 모습에서 현실을 파악한 일행이 한마디씩 아쉬움이 가득 담긴 말을 내뱉었다.

그리고 눈류는 애써 웃으며 괜찮다고 말하기 위해 박하다에게 다가갔다.

평소 인품으로는 있을 수 없는 일이지만 박하다가 고개를 푸욱 숙인 채 미안해하고 있었기에 그 모습이 안쓰러웠다.

그러나 가까이 다가간 눈류의 눈동자가 가자미로 변하기 시작했으니……

바르르르!

전신을 부들부들 떨고 있는 박하다!

그런데 절대 눈물을 흘리거나 참는 것이 아니었다!

'서, 설마!'

눈류의 예상은 정확하게 맞아들었다.

박하다가 호탕한 웃음을 터뜨리며 고개를 들었기 때문이다.

"크하하! 레벨 3이라니! 이 몸은 레벨 4이신데!! 모두들 이 위대한 박하다님에게 감사해라! 레벨 4이시다!! 으하하!"

"......"

연기까지 하면서 생색을 내는 자신의 아버지가 창피한 눈류였다.

캬아아아아악!!

"기적아, 뒤로 빠져!"

"알겠습니더!!"

콰콰콰쾅!!

"리야, 힐 좀 쉬!"

"일리아, 뒤를 부탁할게!"

모두는 정신없이 몬스터들과 싸우고 있었다.

깊숙한 곳이어서인지, 아니면 여신상이 존재하는 곳이라 그런지 몬스터들의 위력은 이전보다 더욱 강한 놈들이 많았고 마계의 몬스터들도 마찬가지였다.

'끝이 없군.'

눈류는 검은색의 불꽃같은 개를 검으로 베며 박하다 쪽을 힐끔 쳐다봤다.

박하다는 여전히 장인의 작업 전용 도구로 스킬을 발휘하며 열심히 하고 있었는데 표정이 심각했다.

'이제 이틀 정도 남은 것인가.'

눈류는 거머리 몬스터의 촉수 공격을 피하며 검으로 내려쳤다.

조금 전 박하다가 진행 상황을 말해줬는데, 작업을 시작한 지 하루가 지났음에도 불구하고 30%를 겨우 넘어선 상태라고 했다. 그렇기에 시간을 계산하면 이틀이란 시간 동안 이 지긋한 몬스터들과 계속 싸워야 한다는 것이다.

'그래도 4라서 다행이다.'

만약 스킬 레벨이 3이었다면 진행 속도는 더 느려졌을 것이고, 일행이 가지고 있는 포션을 생각할 경우 어쩌면 몬스터들에게 모두 목숨을 잃을지도 모르는 일이었다. 아니, 현재도 사실 불안불안한 상태였다.

생각보다 여신상을 찾는 데 오랜 시간을 허비했으며, 그동안 몬스터들과 쉬지 않고 싸워왔기에 월하가 준비해 온 최고급 포션들은 다 소비된 상태였고, 몬스터들의 능력을 생각하면 일행이 가지고 온 포션으로 이틀을 버틸 수 있을지 의문이었다.

그나마 길을 찾는 동안은 자주 몬스터들이 나왔지만 이렇게 쉬지 않고 출몰하지는 않았다. 더군다나 일행이 가지고 있는 포션 중 가장 좋은 것이 중급이었으며, 모두가 월하의 포션을 쓴 것은 아니었기에 일부는 월하와 마찬가지로 포션이 동난 상태였다.

'최대한 아껴보는 수밖에.'

눈류는 퀘스트 채팅으로 모두에게 말하며 빠르게 몬스터들을 베기 시작했다. 지금까지는 스킬을 남발했지만 앞으로는 자제해야 했다. 그리고 상처를 입어도 포션으로 치료하기보다는 마법사들에게 몸을 맡겼다.

현재 멤버 중 마법사만 넷!

그중 마계의 몬스터들과 상극인 신성력의 라일라와 가장 강력한 마법사인 월하가 박하다를 지키기 위해 여신상에 붙어 있었지만 일정 거리만 도달하면 마법을 받을 수 있었기에 거리상의 어려움은 없었다.

"타하아아압!!"

마법사들의 버프보다 지속 시간이 짧은 카리스마가 사라지자 눈류는 큰 목소리로 마나를 발출하며 카리스마로 일행에게 힘을 더해줬다.

그러자 몇 마리의 몬스터들이 스턴 상태에 빠졌고, 남은 일행이 자신의 능력을 최대한 살려 몬스터들을 죽이고 또 죽였다.

하지만 개미 떼와 같은 몬스터들은 해치우면 다시 몰려왔고, 마계의 터널에서도 강력한 마계 몬스터들이 드문드문 솟구쳤기에 끝이 보이지 않는 싸움이었다.

"하아… 하아……."

"정말 징하네예!"

"그러게."

눈류는 피로도로 인해 인벤토리에서 빵을 꺼내며 등을 맞댄 기적에게 대답했다.

작업을 시작한 지 어느덧 3일이 지났고 크리스탈도 해제를 했다.

그리고 현재는 새 크리스탈을 장착시키는 중이었는데, 진행 속도가 해제보다 빨라 곧 끝나기 직전이었다.

다만 문제가 하나 있었으니 바로 포션이 모두 동난 것이었다.

아무리 아끼려고 노력했으나 수없이 밀려드는 몬스터들로 인해 흡수하는 속도도 만만치 않았기에 나타난 결과였다.

"그래도 이제 몇 마리 남지 않았습니다."

루크의 말에 눈류는 고개를 끄덕였다.

여신의 수정상에서 크리스탈을 해제하는 순간부터 몬스터들의 출몰 수가 급격히 줄어들었다. 더군다나 지금은 새로운 몬스터들이 아예 나타나지 않는 상황이었다.

이제 남은 몬스터는 총 여섯 마리.

비록 포션은 없다 하지만 월하까지 수비에서 공격으로 가세한 지금 더 이상 새로운 몬스터가 나타나지 않는다면 퀘스트를 무사히 마칠 수 있을 것이었다.

"이제 10분도 남지 않았다!"

그때 박하다의 외침이 모두의 귓속을 파고들었고, 일행은 밝은 얼굴로 힘을 내며 남은 몬스터들을 처리했다. 하지만⋯ 루운의 퀘스트는 끝나는 순간까지 방심은 금물이었다.

드드드드드!

"젠장."

눈류는 말을 내뱉으며 저도 모르게 쓰게 웃었다.

이대로 끝나줬으면 고맙겠지만 지축이 흔들리며 새로운 기운이 느껴지는 것이 아직 끝이 아님을 알려줬고, 곧 한 마리의 마계 몬스터가 모습을 드러냈다.

검은색 빛으로 이루어진 사자 형상의 하체를 가졌고 상체는 인간의 모습이었는데 몸 주변으로 반투명한 검은빛 장막이 실드처럼 형성되어 있었으며, 한 손에는 긴 창을 쥐고 있었다.

"행님예, 이길 수 있겠지예?"

기적이 긴장한 얼굴로 앞으로 나서며 말했다.

방어력에 특화되었으며 신성력까지 갖춰 마계의 몬스터들에게는 더 큰 힘을 발휘하고, 공격력이 약한 편이었기에 자신이 몸빵을 하려는 것이었다.

"어쩌면."

눈류는 담담한 어투로 대답하며 마계의 몬스터를 노려봤다.

만약 포션이 있었더라면 자신들이 질 수 없는 싸움일 것이다. 그러나 현재는 포션이 존재하지 않았으며, 한 명씩 빠르게 죽인다면 이기지 못할 수도 있었다.

파아아앙!

그 순간 허공에서 마치 지면이 파이는 듯한 소리와 함께 눈류는 그림자 조각을 발휘했다. 마계의 몬스터가 몸을 날린 방향은 바로 여신의 수정상이 있는 곳이었고, 박하다의 곁에 있던 라일라는 신음을 흘리며 다급히 신의 방패를 소환했다. 더불어 블링크로 그 곁에 나타난 월하 역시 여신상과 박하다를 보호하기 위해 자신이 사용할 수 있는 가장 강력한 실드를 소환했으며, 눈류의 검에 조화된 마나가 이글거렸다.

콰지지지직!!

채애애앵!!

"아아아악!"

"윽······."

모두의 눈이 놀란 토끼처럼 커졌다.

라일라의 신성력이 무장된 신의 방패는 물론 월하의 실드까지 창 공격 한 번으로 깨버리다니!

"더블 소울!"

월하와 라일라가 입에서 피를 흘리며 넘어지는 것을 확인하자마자 눈류는 다급히 십자 형태의 더블 소울을 발휘했고, 소울은 바람을 가르며 마계의 몬스터를 덮쳤다.

지지지직!

그러나 기가 찬 일이 발생했으니 더블 소울은 반투명한 어둠의 장벽에 부딪치며 허무하게 사라졌다.

눈류는 입술을 꽉 깨물었다.

실드 두 개를 단 한 번에 깨뜨리는 모습을 보며 방어력만큼은 약하기를 원했다. 하지만 그 기대가 산산조각나 버렸다.

스파아앗!

그때 마계의 몬스터가 재차 움직이기 시작했고, 눈류와 월 하는 몬스터를 향해 신형을 날렸다. 이길 수 있다는 생각은 없었다. 다만, 크리스탈이 완벽하게 장착되기 위해 시간을 끌어야 했다. 그 고생을 해서 여기까지 왔고 이제 몇 분 남지 않았는데 이렇게 무너질 수 없었다!

그 생각은 모두가 마찬가지인 듯 다들 독기 서린 표정으로 마계의 몬스터에게 달려들었지만⋯ 1분이 채 지나지 않아 일리아와 리야, 레몬이 목숨을 잃었다.

'빌어먹을!'

말도 안 되는 공격력으로 인해 그 어떤 이도 방어를 하지 못한 채 단 한 번에 죽음에 이르렀고, 눈류는 남은 마나를 확인하며 분통을 터뜨렸다.

동료들이 눈앞에서 죽어가는데 아무런 힘이 될 수 없다는 자괴감이 전신을 휘어 감았으며, 마나가 차는 순간 스킬을 발휘하지만 눈에는 생기가 없었다.

'잠깐.'

막 스킬을 발휘하고 공격을 피해 바닥을 뒹굴던 눈류의 눈동자에 이채가 흘렀다.

'분명 공격을 받는 순간 잠깐 동안 사라진다!'

몬스터의 막강한 보호막인 반투명한 장막!

공격을 하기보다 막기에 바빠서 미처 깨닫지 못했지만 방금 전 자신과 월하가 번갈아가며 공격을 하는 순간 눈류는 확실히 볼 수 있었다.

장막은 스킬 중에서도 강한 위력의 스킬에 공격당하면 아주 찰나의 시간 동안 사라졌다.

눈류는 월하에게 음성 채팅을 시도했다.

현재로서 놈의 장막을 없앨 수 있는 이는 월하밖에 존재하지 않기 때문이었고, 눈류의 설명을 들은 월하는 고개를 끄덕이며 마나를 회복하기 위해 한 걸음 물러섰다.

그사이 기적마저 죽임을 당했지만 희망을 찾은 눈류는 냉정을 잃지 않으며 시간을 끌기 위해 노력했다.

그리고 곧 월하에게서 신호가 오자 라일라에게도 신호를 보내며 극한을 발휘했다.

극대화되는 공격력!

그와 동시에 월하는 헬 파이어를 발출하였다.

이전과 다른 점이 있다면 크기가 성인 남자보다 크다는 것이었고, 헬 파이어는 무시무시한 기세로 마계의 몬스터를 향해 이글거리는 입을 벌렸다.

콰아아아앙!!

몬스터가 서 있는 곳에서 거대한 폭발이 일어났다.

카아아아아악!!

곧이어 마계 몬스터의 처절한 비명이 울려 퍼졌고, 라일라는 황급히 연기가 자욱한 곳을 향해 달렸으며, 월하는 힘없는 미소와 함께 바닥에 주저앉았다.

"오빠!!"

연기가 사라지자 마계의 몬스터는 더 이상 보이지 않았고, 그 자리에는 눈류만이 피투성이가 된 채 누워 있었다.

환하게 웃으며 엄지손가락을 세운 채로.

"어떻게 된 것입니까?"

영문을 모르겠다는 듯 루크가 회복된 눈류를 향해 묻자, 눈류는 자신이 생각한 것을 설명해 줬다.

눈류가 떠올렸던 것은 속임수였다.

월하의 헬 파이어는 공격이 아닌 실드를 깨기 위한 도구였으며, 라일라가 환영 마법으로 헬 파이어의 크기를 조절했다. 그리고 눈류는 그림자 조각을 사용해 헬 파이어 뒤에 바짝 붙어서 접근했다.

헬 파이어는 다른 화염계 마법과 달리 직접 공격을 당하지 않는 이상 열기가 느껴지지 않기에 가능한 전술이었다.

"하지만 헬 파이어가 장벽과 부딪쳤을 때의 폭발력은 무시할 수 없기에 그 순간 저는 마나의 벽이란 스킬로 제 몸을 보호하였고, 찰나의 시간 동안 상박이 사라지자 파멸의 검을 녀석의 심장에 박아버렸습니다. 다만, 더 이상 마나가 존재하지 않아 파멸의 검으로 인한 폭발력은 피할 수 없었죠. 죽음까지 예상했었는데 운이 좋았군요."

눈류의 말에 루크와 페르탄은 감탄하며 고개를 끄덕였다.

그런 위급한 상황에서 이런 묘안을 떠올리다니!

"끝났다! 으하하!!"

그때 박하다의 외침과 함께 모두는 볼 수 있었다 .

여신상의 이마에서 신성하고 신비스러운 빛이 뿜어져 나와 마계의 입구를 덮어버리는 장관을……

드디어 여신의 조각상 퀘스트가 완료된 것이었다.

Part 2
변비와 마나석

The knight of mask

"정보."

생명:28,030 마나:23,900
이름:눈류 레벨:225 성향:중립 길드:레전드
칭호:없음 명성:3,062 직업:가면의 기사

근력:2,393(+1,359) 체력:470(+708)
민첩:335(+708) 지식:32(+700)
재치:60(+703) 정신:590(+707)
예술:45(+703) 상술:35(+705)
검폭:214(+708) 신속:282(+708)

투혼:449(+658) 가호:227(+658)

심안:199(+628) 마나:319(+628)

가면:320(+628) 암흑:136(+478)

저항:147(+378)

공격력:11,256(+801) 방어력:2,356(+1150)

마공력:2,196(+410) 마방력:2,594(+510)

스텟 포인트:0 스킬 포인트:0 전투 숙련치:27.44%

'생각보다 업을 많이 했어.'

퀘스트를 마친 뒤, 루운에게 보상까지 받은 눈류는 일행과 헤어진 뒤 포인트들을 모두 투자한 정보를 확인했다.

몬스터들이 쉬지 않고 몰려와 괴로웠던 만큼 많은 경험치를 얻었기에 5업이나 하게 되었고, 곧 눈류는 이번에 변형된 마나의 벽을 재차 확인했다.

마나의 벽   Lv.115:33초 동안 마나로 몸을 보호한다.

그 어떤 공격에도 데미지를 입지 않으나 초당 생명이 220씩 소모되며 받은 데미지의 일부를 적에게 돌려준다. 소모마나:5,300

제한:마나를 초월한 자.

사실 처음에는 왜 스킬 레벨을 올려도 줄어드는 초당 생명과 소모마나가 많아지는지 이해할 수 없었다. 마나의 벽은 실드의 형식인데 스킬 레벨을 올린다고 더 강해지는 것이 아니었다. 애초에 처음부터 모든 공격을 막아주는 스킬이 아니던가!

하지만 스킬 레벨 100을 넘기면서 그 이유를 알게 되었다.

보호와 동시에 받은 공격의 일부 데미지를 돌려준다!

적의 공격이 강하면 강할수록 더 큰 피해를 입힐 수 있다는 말이었고, 눈류는 흐뭇한 표정으로 창을 닫으며 미소를 지었다.

5업과 함께 더 강해진 스킬, 그리고 루운에게 퀘스트 보상으로 명성 100과 더불어 꽤 값이 나가는 수정 반지를 습득했다. 마법 방어력이 괜찮은 A급의 중급 반지였지만, A급이 되면 더 좋은 마법 반지를 찰 계획인 눈류였기에, 적당한 가격에 팔 생각을 하는 중이었다.

그와 함께 보름이 넘는 퀘스트 기간 동안 많은 잡템들과 쓸 만한 아이템도 얻었으니 성공적인 퀘스트였다.

"루운도 도움이 되긴 하는군. 이제 한숨 자야겠어."

항제의 퀘스트를 빨리하고 싶은 마음도 컸시만 얼마나 걸릴지 알 수 없는 일이기에 눈류는 곧 로그아웃을 해 잠을 청했고, 현실 시간에서 8시간 동안 푹 잔 후 라스트 월드에 접속해 고대의 산으로 향했다. 다행스럽게도 류화로 인해 시간은 오래 걸리지 않았다.

"대단하다."

류화의 등 위에 올라탄 눈류는 주변 경치를 바라보며 입을

쩍 벌렸다.

오랜만에 찾게 된 고대의 산.

이전에도 얼마나 아름다운지 봤었지만 정상에서 아래를 내려다보는 것과 류화를 타고 하늘을 날며 보는 것은 또 달랐고, 눈을 떼기 힘들었다.

"류화, 그만 정상으로 가자."

눈류는 더 경치를 관람하고 싶었지만 퀘스트를 진행해야 하기에 아쉬운 목소리로 말했다. 그 말에 류화는 내려가다 말고 빠르게 몸을 틀어 위로 솟구쳤고, 눈류는 시간 단축을 비롯해 오랜만에 예뻐 보이는 류화의 머리를 쓰다듬어 주기 위해 손을 내밀었다.

그러자 움찔하는 류화!

그동안 눈류에게 얼마나 맞고 살았는지를 보여주는 반사적인 행동!

그 모습에 눈류는 실소를 흘리며 곧 류화와 함께 마법진 위에 올라섰다.

앞으로는 주 오 일만 때리자고 생각하며.

똑똑똑.

마법진을 타고 또 다른 고대의 산에 도착한 눈류는 이전의 기억을 떠올리며 울트와 나니아가 사는 집으로 향해 노크를 했다.

집은 예전과 똑같은 모습이었는데, 잠시 시간이 지나자 눈류는 고개를 갸웃거렸다. 몇 번 더 두드렸음에도 불구하고 아무도 나오지 않기 때문이었다.

"어디 간 것인가?"

눈류가 몸을 돌려 의아해할 때쯤 의문은 머지않아 풀렸다.

울트의 우렁찬 목소리가 들리더니 모습을 드러냈기 때문이었다.

사냥을 다녀오는 듯 울트의 한 손에는 검은색의 먼지구름 같은 몬스터가 들려 있었고, 울트의 몇 걸음 앞에서 나니아가 자기를 잡아보라며 뛰고 있었다.

'여전하군.'

눈류의 표정에 추억이 젖어들었다.

사실 울트를 생각하면 고생한 것이 먼저 떠올랐지만, 오랜만에 봐서인지 울트조차 반갑게 느껴지는 순간, 울트의 커다란 외침이 눈류의 귓속을 파고들었다.

"허허! 거기 서랏!!"

울트는 나이에 맞지 않게 어린아이처럼 천진난만하게 웃으며 손에 든 몬스터를 온 힘을 다해 집어 던졌다!

그러자 검은색의 주먹만 한 몬스터는 나니아를 향해서… 가 아닌 정확히 눈류를 향해 총알보다 빠른 속도로 돌진했고, 지난 일을 떠올리며 싱글벙글 웃고 있던 눈류는 복부에 엄청난 충격을 느끼며 뒤로 나가떨어졌다.

"커억!!"

눈류는 자신도 모르게 포션을 흡수했다.

그 많은 자신의 생명이 1/3이나 줄어들었기 때문이다!

'이 망할 놈의 영감!'

분명 자신을 정확하게 겨냥하고 던진 것이다.

그렇지 않고서야 나니아한테 이렇게 세게 던질 일도 없었고, 능력이 대단한 울트가 나니아와 전혀 다른 위치에 있는 자신을 이렇게 정확히 맞힐 순 없었다!

'으으윽!!'

하지만 현재 눈류는 부탁을 하기 위해 온 입장.

속에서는 부아가 치밀어 올랐지만 눈류는 자리에서 일어서며 웃음을 잃지 않았다.

충격으로 코와 입에서 피가 흘러내려도 웃는 아부 정신!

그러나 그런 눈류조차 표정 관리를 어렵게 만드는, 라스트 월드 노벨 가식상 1순위가 바로 울트였으니…

"아니, 자네는!! 허헐! 반갑네!"

'이, 이 능청!'

"나는 자네가 정말 그곳에 있는지 몰랐네. 우리 나니아를 향해 던진다는 것이 심각한 수전증으로 인해 커브가 되더군. 허허헐."

"그, 그렇군요. 하하. 커브가 하필 절묘하게 저를 향한 것이군요? 절대 사심없이 말입니다!"

"자네, 뭔가를 아는구만? 허허허!"

"반가워요!"

웃고 있지만 분노로 인해 눈류의 눈가에 경련이 일어나기 시작했을 때, 나니아의 밝은 목소리가 들려 눈류는 고개를 끄덕였다. 울트는 몰라도 나니아는 반가운 이였다.

"자자, 일단 들어가서 얘기를 하지. 귀한 손님이 찾아왔는데 서 있게 하는 것은 예의가 아니지!"

'죽이려고 하신 것은 예의이군요.'

울트의 말에 눈류는 실소를 흘리며 문을 향해 몸을 돌렸다. 그때 막 문을 열고 들어가려던 울트가 환히 웃으며 말했다.

"그런데 자네, 생각보다 예의가 있구먼."

"무슨 말씀이신지?"

뚱딴지같은 소리에 고개를 갸웃거리는 눈류.

"우리를 위해 식량을 가지고 왔지 않은가? 그놈 참, 먹음직 스럽게 살이 잘 올랐구먼."

"……."

울트는 군침을 삼키며 말했고, 눈류는 자연적으로 울트가 바라보는 곳으로 시선이 돌아갔다. 그곳에는 영문을 모른 채 헛바닥으로 코를 파는 류화가 서 있었다.

'젠장, 서 있는 것은 예의가 아니라며!!'

울트, 나니아, 류화와 함께 집에 들어온 눈류는 이마에서 굵 은 땀방울을 흘리며 속으로 욕설을 내뱉기 시작했다.

울트가 밥을 먹자고 하더니 그전에 배가 고파야 한다며 일 을 시켰기 때문이었다.

눈류는 밥을 먹지 않는다고 했는데도 말이다!

그래서 눈류는 칼을 갈고, 몬스터의 고기를 준비했으며, 지금은 땅까지 파고 있었다. 삭혀야 제 맛인 요리가 있다는 이유로 말이다.

"허허, 그 정도면 충분하다네. 이리로 오게."

그때 울트의 목소리가 들렸고, 눈류는 류화의 곁에 있는 평상에 앉아 울트를 마주 봤다.

"이것 좀 마시게나. 아주 시원하다네."

"감사합니다."

안 그래도 인벤토리에서 물을 꺼내 마시려던 중이었는데, 울트가 보기만 해도 갈증이 사라질 것 같은 물을 바가지에 퍼서 건네자 눈류는 고마움을 표하며 허겁지겁 마셨다. 그러나 상대는 울트였다.

'커억!!'

눈류의 얼굴이 일그러졌다.

물은 물인데 익숙한 맛! 그리고 절대 잊을 수 없는 맛이었다!

바로 환수의 눈물!

'이 사람이 정말……'

주먹이 바르르르 떨렸다.

이미 환수의 눈물을 먹었기에 더 이상 효능도 존재하지 않았다.

한마디로 자신을 골탕 먹이기 위해 건넨 것!

"어떤가? 시원하지? 허허허, 고마워하지는 말게나."

"너무 감사해서 당장 몬스터를 때려죽이고 싶을 정도이군요."

"허허허. 자네의 마음만 받겠네!"

"음식 다 됐어요!"

눈류와 울트 주변에서 심상치 않은 살기가 모락모락 피어나는 순간 나니아의 화사한 목소리가 들렸고, 둘은 살기를 거두었다.

'참자, 참자!'

눈을 감은 채 마인드 컨트롤을 하는 눈류!

자신은 퀘스트로 인해 부탁을 하려고 온 것이다.

그런데 자꾸 울트의 도발에 넘어가 이번에는 살기까지 풍겨 버렸다.

이러다 울트가 맘이 상해 황제에게 가지 않는다면 자신만 손해!

눈류는 황제의 보상만을 생각하며 한참이나 스스로를 진정시켰고, 음식을 먹으라는 나니아의 말에 두 눈을 떴다.

모락모락.

따뜻한 김과 함께 맛있는 향기가 자욱하게 나는 돼지고기 요리가 식욕을 돋구었고, 눈류는 류화에게 한 접시 줌과 동시에 자신도 맛을 보았다.

'놀랍군.'

상상을 초월할 정도의 고기 육질과 이전에도 확인한 나니아의 뛰어난 솜씨가 만들어낸 고기는 본분을 잊게 만들 정도였으며, 눈류는 배가 고픈 상태는 아니었지만 자신도 모르게 한 접시를 뚝딱 비우고 말았다.

"맛이 있나 보군. 더 먹게나."

"감사합……."

안 그래도 그럴 생각이었던 눈류는 접시에서 시선을 떼며 고기를 쳐다보다가 가자미 눈동자가 되었다. 게 눈 감추듯이 음식을 먹었다. 그런데 그 짧은 시간 동안 대단히 많던 고기가 하나도 남아 있지 않았다!

눈류는 황급히 주변을 둘러봤다. 그리고 곧 범인을 알 수 있었다.

울트의 접시 옆에 수북하게 쌓인 뼈!!

'뭐, 이런…….'

자신이 다 먹고 나서 더 먹으라고 한 울트는 왜 그런 표정인지 정말 영문을 모르겠다는 듯 바라봤고, 눈류는 속으로 실소를 흘리며 아쉬움이 가득한 손길로 접시를 내려놨다.

이제 정신을 차리고 부탁을 해야 할 시간이었다.

"그런데 나를 찾아온 용건이 뭔가?"

때마침 울트가 이유를 묻자 눈류는 헛기침을 한 번 한 뒤, 자신이 온 목적을 얘기했다.

"명을 받았습니다, 울트님을 모셔오라는."

고대의 산에 울트와 나니아만 있는 것이 아닐 수도 있었다. 황제의 퀘스트와 함께 새로운 NPC가 나타날 수도 있는 것이었다. 그러나 눈류는 울트와 나니아라고 확신했다.

상상할 수 없는 능력, 황제조차 쉽게 데리고 올 수 없는 존재! 그리고 고대의 산! 생각할 필요도 없는 문제였다.

"자네에게 명을 내릴 자라면?"

"황제 폐하이십니다."

"황제라……."

눈류의 말에 울트의 시선이 먼 하늘을 쳐다봤다.

그의 눈빛에는 여러 가지 감정이 교차하는 듯했는데, 잠시 시선을 돌렸던 울트는 곧 연한 웃음과 함께 중얼거렸다.

"황제가 아닐지도 모르지."

"네?"

울트가 황제에게 존칭을 쓰지 않고 있었지만 눈류는 전혀 신경 쓰지 않았다. 숨겨진 고대의 산을 관리하는 존재였다. 그런 이가 황제에게 고개를 숙일 이유가 존재하지 않는다고 생각했던 것이다.

"나는 현 황제가 태어나기 이전부터 이곳 고대의 산에서 머물렀어. 그래서 황제가 어떻게 생겼는지, 어떤 인품인지조차 모른다네. 그렇다면 황제는 나를 어떻게 알까?"

눈류는 곰곰이 생각에 잠겼다.

지금까지는 단지 퀘스트만 생각했는데 깊게 파고들자 한 인물이 떠올랐다.

인간이지만 인간이기를 벗어난 자!

"그렇다면……."

"카르엔 그놈이지. 나를 알고 있는 몇 안 되는 놈 중 하나. 분명 그놈이 정보를 준 것이야."

'잠깐.'

눈류의 머릿속이 빠르게 회전하기 시작했다.

300년을 산 카르엔을 놈이라 부르다니?

'그러고 보니……'

이전에 왕궁 도서관에서 전설이라 불리는 20인에 관한 글을 읽었었다.

그런데 그중 한 명이 머릿속에서 번개처럼 번쩍거렸다.

"서, 설마?"

"오호. 그놈들을 제외하고 나를 아는 놈이 있단 말인가?"

눈류의 눈동자가 점점 커지며 경악에 물들자 울트는 재미있다는 듯한 표정으로 놀리듯 묻더니 곧 웃음과 함께 말했다.

"다른 이들은 나를 선의 지배자라 불렀지."

눈류는 자신도 모르게 자리에서 벌떡 일어섰다.

선의 지배자! 아직까지 공개되지 않은 레전드 중 한 명!

상급에 속해 있는 존재였으며, 모든 생명체는 물론 생명체가 아닌 것들까지의 내면 속 선을 읽고 파괴한다는 레전드!

'그래, 울트가 전에 그런 기술을 보인 적이 있다.'

환수의 퀘스트로 인해 처음 이곳을 찾았을 때 울트가 교차선이라는 것을 알려줬다. 하지만 가면의 기사를 제외한 다른 레전드가 아직 살아 있다고 생각하지 못했기에, 황궁 도서관에서 선의 지배자에 관한 내용을 읽으면서 울트와 매치를 시키지 못했었다.

아니, 선의 지배자의 경우는 행방불명이라 적혀 있었고 워낙 자세한 정보가 없었던 것도 이유였다. 그리고 글에서는 40대 중반의 모습으로 묘사되어 있었다. 물론 그 모습이었어도 나이는 훨씬 많았지만 말이다.

"그렇게 놀랄 것은 없다네. 이제는 힘없는 늙은이니."

'신도 때려잡을 인간이……'

"어서 앉게나."

울트가 재차 얘기하자 눈류는 떨리는 가슴을 진정시키며 자리에 앉았다.

그러면서 동영상 촬영이 잘되고 있는지 확인했다.

황제의 퀘스트라는 것 자체만으로도 방송국에 비싸게 팔릴 일인데, 고대의 산을 지키는 자가 레전드, 선의 지배자였다니! 값어치가 더욱 오를 것이었다.

'그래서 선의 지배자가 나타나지 않았구나. 그렇다면 레전드는 19명만이 탄생하는 것인가? 그럴 리가 없다. 분명 20명의 레전드가 존재하고, 그 20명이 다 탄생한다면 새로운 레전드가 추가될 수도 있다고 했었어.'

울트의 경우 다른 레전드들과는 달리 스스로가 후계자를 정하는 형식이었지만 눈류는 그 사실까지는 알 수 없었고, 어차피 자신과는 무관한 일이기에 금세 생각에서 벗어나 울트를 바라봤다.

"어차피 한번 유희를 즐길 생각이었지만 생각보다 이르게 되었군."

"할아버지, 정말요?"

울트의 말에 곁에 있던 나니아가 반색하며 물었다.

"그렇단다. 잠시 자리를 비워도 문제가 없을 것이다. 그러고 보니 나니아로서는 처음으로 하는 세상 구경이 되겠구나."

"와아!"

나니아는 진심으로 기쁜 듯 얼굴에 미소가 가득 번졌는데, 눈류는 그와 다른 의미로 웃음과 함께 주먹을 불끈 쥐었다.

울트의 말을 해석하면 그가 자신을 따라 황제에게 가겠다는 것이었다.

"그런데 문제가 하나 있다네."

"네?"

울트가 자신을 향해 시선을 돌리며 애석한 표정으로 말하자 눈류는 의아한 표정으로 되물었다.

"가고 싶고, 가고 싶다네. 그래도 인연을 맺은 자네의 부탁인데 내 어찌 거절하겠는가."

이제는 눈물까지 글썽이기 시작했다.

왠지 스멀스멀 피어오르는 불안감!

"하지만! 이 몸이 늙고, 늙어 걸을 힘조차 없는 것을 어찌하겠는가?"

'300년은 파워 워킹을 하셔도 될 것 같은데요?'

"그렇다고 방법이 없는 것은 아니지만……."

말끝을 흐리는 울트!

눈류는 체념이 섞인 한숨을 속으로 내쉬었다.

어차피 저 얍삽한 영감은 자신이 바라는 것을 해주기 전까지는 움직이지 않을 것이다.

　문득 루운과 울트가 싸우면 어떻게 될까 하는 궁금증과 함께 눈류는 말문을 열었다.

　"방법이 무엇입니까?"

　"젠장……."

　어둡고 축축한 동굴 안, 키스는 얼굴을 일그러뜨리며 입술을 꽉 깨물었다.

　그런 키스의 몸에는 온통 검은색 벌레들이 기어다니고 있었는데, 살을 물어뜯는지 피가 철철 흐르고 있었다.

　'이곳에 비하면 유혹의 층은 천국이었군.'

　키스는 자신의 생각에 실소를 흘렸다.

　현재 키스는 퀘스트 중이었는데, 바로 스킬 퀘스트였다.

　전직을 하며 얻게 되는 스킬에서 추가로 새로운 스킬을 얻을 수 있는 퀘스트!

　흔하지 않은 퀘스트 중 하나였으며, 키스가 포기하지 않는 이유였다.

　스킬 퀘스트는 그 스킬을 직접 얻기 전까지는 어떤 것인지 알 수 없지만 대략적인 위력은 알 수 있다. 처음 퀘스트를 받을 때 스킬 위력이 상중하로 표시되기 때문인데, 현재 키스가 진행하고 있는 스킬은 상급의 스킬이었다.

　키스는 퀘스트를 받자마자 흥분에 들떠 움직였다. 그리고 퀘스트의 위치인 지하 동굴을 찾는 데 일주일이 걸렸고, 현재 위치한 3층까지 내려오는 데 총 4일이 더 걸렸다.

첫 번째 층은 몬스터들이 끊임없이 나타났는데 3일이란 시간 동안 해치운 다음에야 끝이 났고, 두 번째 층은 유혹의 층이었다.

들어서자마자 10명이 넘는 미녀들이 나타났다. 미녀들은 각양각색의 머리카락 색을 가졌고, 나이도 천차만별이었다. 10대 초반부터 30대 초반까지 있었는데 한 명, 한 명 다 남자의 혼을 뺄 만큼 아름답고 귀여웠으며 섹시했다.

그런 여인들이 반 누드인 상태로 유혹을 시작하자 젊고 건강한 키스 역시 흥분을 할 수밖에 없었다.

하지만 거기까지였다.

키스는 자신에게 마법을 발휘해 그 충격으로 유혹에서 벗어났고 여인들을 모두 죽여 버렸다. 여인들은 정신계 쪽으로만 강한 것인지 전투 능력은 뛰어나지 않았다.

그 후 찾게 된 곳이 3층이자 마지막 층인 고통의 층이었다.

들어서자마자 벌레들의 습격이 시작되었다.

전신을 덮은 벌레들이 움직일 때마다 온몸이 간지러웠으며, 곳곳에서 깨물며 느껴지는 통증에 정신이 혼미해졌다. 그러나 아무리 마법을 발휘해도 벌레들은 사라지지 않았다. 마치 환영인데 통증만 진짜인 것처럼 말이다.

그렇게 하루가 지나자 키스는 이제 바닥에 주저앉아 이 시간이 끝나기만을 기다리고 있었다.

쿠웅!

키스는 기척과 함께 자리에서 일어서며 어이없는 표정을 지었다.

그 앞에는 거대한 몬스터가 나타나 있었다.

몸은 오우거의 두 배는 되어 보였고, 얼굴은 사람 머리의 5~6배는 되어 보였는데 눈, 코가 존재하지 않았다. 오로지 날카로운 이빨을 뽐내는 입만이 존재할 뿐! 단번에 자신을 삼킬 수 있을 만큼 컸다.

'이런 상황에서 싸우라는 것인가?'

그나마 다행인 점은 벌레들이 물어뜯어 살점이 찢겨져 나가고 피가 흐르는데도 생명은 줄어들지 않는다는 것이다.

하지만 쉬지 않고 밀려오는 간지러움과 통증은 집중을 방해하기 충분한 요소였다.

콰콰쾅!!

선제공격은 키스였다.

키스는 폭발성 마법을 발휘해 몬스터의 철갑처럼 은은한 검은 빛이 흐르는 가슴을 노렸다. 그러자 굉음이 울려 퍼졌고, 키스는 연기가 걷히자 안색을 굳혔다.

적어도 조금의 타격은 주었다고 기대했다.

몬스터는 전혀 방어를 하지 못한 채 마법에 적중되었기 때문이다.

하지만 몬스터는 아무런 이상도 없어 보였으며, 가슴 역시 흠집조차 나지 않았다.

'만만한 놈이 아니라는 것인가. 젠장, 이 벌레들!'

키스는 이런 상황에서 전투를 치러야 한다는 것이 짜증스러 웠다. 그래서 자신의 최강 마법 중 하나를 준비했다. 아니, 벌레들이 없었더라도 마찬가지였을 것이다. 몬스터의 방어력이 대단해 보였기에!

"죽어라!!"

지이이이이잉!!

키스의 마법 지팡이 앞에 원의 형상을 한 빛이 형성되더니 순식간에 몬스터를 노리며 레이저처럼 달려들었다.

차아아아악!!

빛이 몬스터의 목에 적중하는 순간, 곧 키스의 얼굴이 경악에 물들었다.

지금까지 그 어떤 몬스터도 막은 적이 없는 마법이었다. 자신보다 레벨이 높은 몬스터도 맞으면 그 부위가 잘려 나갔다. 레전드 대마법사가 되면서 얻게 된 마법!! 그런데 그 스킬이 막히고 있었다.

'마, 말도 안 돼!'

빛은 몬스터의 목에 닿았다가 옆으로 다 흩어졌고, 이에 키스는 이를 악물었다.

죽을지도 모른다는 불안감이 정신을 집중하게 해주었다.

하지만 스킬 퀘스트답게 몬스터의 능력은 대단했다.

뿌드드득!!

"커어억!"

결국 키스의 입에서 거친 신음이 토해져 나왔다.

큰 덩치에 맞지 않게 대단히 빠른 속도를 보유했으며, 놀라운 힘도 갖추고 있었다.

그 주먹에 한 대 스쳐 맞았음에도 불구하고 오른쪽 팔이 부러졌다.

키에에에!!

몬스터는 괴성과 함께 침을 질질 흘리며 재차 키스를 덮쳤다.

그러자 키스는 블링크를 발휘해 이리저리 피해 다니며 마법을 난사했다.

하지만 포션을 사용할 수 없기에 한계가 존재했고, 결국 키스는 몬스터의 커다란 손아귀에 몸이 잡혀 버렸다.

주르르르륵. 툭, 툭.

입만 존재하는 몬스터의 머리에서 침이 줄줄 떨어져 키스의 얼굴을 적셨다.

'조금만 더, 조금만!'

키스는 마나를 확인하며 녀석이 조금 더 자신을 음미하기를 원했다.

바로 눈앞에서 입 안을 보니 희망이 생긴 것이다.

몬스터는 온몸의 근육에 은은한 검은 빛이 흘렀다. 하지만 입 안은 그렇지 않았다.

크르르르르!!

그때 몬스터가 입을 쩌억! 벌리며 키스를 붙잡은 손을 움직였다.

'됐다!'

그와 함께 키스는 차갑게 미소 지었다.

드디어 마나가 원하는 마법을 발휘할 만큼 회복되었기 때문이다.

"난 죽기 싫으니 네가 죽어라."

그 말과 함께 키스와 몬스터의 벌어진 입 사이로 키스의 몸통만 한 빛이 형성되었고, 빛은 몬스터의 입 안을 향해 수십 갈래로 뻗어지며 파고들었다.

"마법진이 생겼군."

키스는 지친 얼굴로 미소를 짓다가 3층을 벗어나는 마법진을 확인한 뒤 포션을 흡수했다. 이동 마법진이 생기면 포션을 흡수할 수 있다는 이전 경험이 있기에 한 행동이었고 키스의 예상은 맞았다.

키스는 벌레들도 사라진 것을 확인하며 상처를 치료하고 생명과 마나, 피로도를 회복한 뒤 붉은색 마법진 위에 올라섰다.

지이이이잉.

키스는 잠시 후 주변을 둘러봤다.

마법진에서 이동된 곳은 황금빛 불꽃들이 사방에서 타는 동굴이었는데 정중앙에 돌로 된 테이블이 존재했고, 그 위에 두 개의 붉은 잔이 존재했다.

[스킬 퀘스트 선택의 기로.]

힘든 관문을 이겨내고 최후의 장소에 도착했다.

두 개의 잔 중 하나는 바로 스킬을 얻을 수 있는 축복의 잔이며, 다른 하나는 또 다른 퀘스트를 거쳐야 하는 저주의 잔이다.

그대는 어떤 잔을 선택하겠는가?

키스는 인상을 찌푸렸다.

자신이 싫어하는 것 중 하나가 바로 이런 식의 확률 싸움이었다.

'둘 중 하나라……'

하지만 빠져나갈 방법이 존재하지 않기에 키스는 두 잔을 유심히 쳐다봤다. 그럼에도 불구하고 한참이나 키스는 선택을 하지 못했다. 두 잔은 물론 안에 들어 있는 투명한 액체까지 똑같기 때문이었다.

"어쩔 수 없지."

고민에 고민을 거듭하던 키스는 왼쪽에 있는 잔을 집어 들었다.

조금 전 오른팔이 부러졌기에 왠지 왼쪽이 좋을 것 같다는 기대감 때문이었다. 키스는 잔에 든 액체를 꿀꺽꿀꺽 삼켰다.

치이이이이이!!

그러자 키스의 온몸에서 검은색의 연기가 피어올랐다.

[스킬 퀘스트 저주의 잔.]

그대는 저주의 잔을 선택했다.

그로 인해 모습이 변하게 되었으며,

저주를 풀고 스킬을 얻기 위해서는 새로운 퀘스트를 성공해야 한다.

발키리 왕국의 대신관 다버서를 찾아가라.

제한:저주의 잔을 선택한 유저.

혜택:스킬.

"으윽!!"

키스의 입에서 화가 난 신음이 새어 나왔다.

외형은 크게 상관없었다. 그러나 똑같은 보상인데 새로운 퀘스트를 해야 한다는 것에 분노했다.

스파앗!

동굴을 나오기 직전 키스는 마법으로 거울을 소환했다.

"큭. 나쁘지 않군."

거울 속에는 한 청년이 바라보고 있었다.

30대 초반으로 보임에도 불구하고 얼굴은 온통 검버섯이 존재했고, 이빨도 몇 개 존재하지 않았으며 머리카락은 온통 하얀 청년이……

그 시각, 루크는 리야와 함께 사냥을 하다 휴식을 취하고 있었다.

그러다 리야가 요리를 만들고 싶다 하자 로그아웃을 하고 싫었지만 어쩔 수 없이 승낙했고, 시간이 흘러 요리가 다 만들어지자 언제나처럼 맛있게 먹기 시작했다.

그런데 그때 루크의 눈에 한 유저가 들어왔다. 바로 키스였다.

'오오, 생긴 것은 불편하시지만 그래도 그대는 나에게 축복입니다!!'

루크는 속으로 감사의 기도를 올리며 주먹을 불끈 쥐었다.

오늘따라 리야가 유독 양을 많이 했기에 혼자 먹기에는 너무 두려웠다.

그렇기에 자신의 앞에 나타난 유저를 설득해 함께 먹어야 했다.

"저기요!"

평소 낯가림이 심하고 다른 이에게 고통을 주기 싫어함에도 불구하고 루크는 천사의 미소로 가장한 악마의 손길을 내뻗었다.

자신이 살기 위해 남도 죽일 수 있다!

바로 눈류와 어울리며 자신도 모르게 터득한 생존의 기술이었다.

"무슨 일이죠?"

루크의 부름에 키스는 고개를 갸웃거렸다.

왜 자신을 부른 것인가?

"너무 맛있지만 양이 많은 듯한데 같이 드시겠습니까?"

루크의 말에 키스는 그 앞에서 끓고 있는 수프를 바라봤다.

고기와 야채가 푸짐하게 들어 있는 것이 맛있어 보였고, 동굴을 빠져나와 몬스터들에게 화풀이를 하며 내려왔기에 배도 고픈 상태였다.

'냄새도 좋은데.'

키스는 곧 현재 자신의 모습이 변했다는 것을 인지하자 루크의 제안에 동의했다. 굳이 거절할 이유가 존재하지 않았기에.

키스가 자리에 앉자마자 루크는 함박웃음을 지으며 수프가 가득 담긴 접시를 내밀었다.

꿀꺽.

바로 코앞에서 냄새를 맡자 입 안에 군침까지 돌아 키스는 사양하지 않고 고기와 수프를 한 스푼 가득 떠서 입에 넣었다.

그리고 밝은 표정으로 맛을 음미했다.

잠시 후… 루크와 리야는 키스의 손에 사망해 근처 마을로 소환되었다.

푸른 바다가 펼쳐진 곳, 하늘에는 새하얀 구름이 둥실둥실 떠 있었다.

그리고 그곳 하늘에 눈류가 있었다.

붉은빛 류화의 등 위에 올라타 바람에 머리카락을 휘날리며 눈류는 아래를 내려다봤다.

한 폭의 그림 같은 모습! 그러나 실상은 달랐으니…….

쪼르르르륵.

"주인, 시원한가?"

"그래, 이런 경험은 처음이구나."

하늘에서 바다를 향해 노상방뇨를 한 눈류는 류화에게 진심으로 흐뭇해하며 대답했다.

"자, 이제 준비를 해볼까."

눈류는 그 말과 함께 인벤토리에서 알약 두 개를 꺼냈다.

울트가 원한 것은 바로 고대의 산에 머물고 있는 신수의 마나석이었다.

라스트 월드에서의 신수는 환수와 드래곤보다 아래 단계에 속한 신의 동물인데 모양과 능력, 존재 이유가 다 달랐다.

그중 울트가 원한 신수는 바다에 살고 있었는데 특이한 부분이 있었다.

바로 만성 변비!! 그로 인해 일 년에 한 번 변을 배출한다!!

그런데 그 변 속에 기운을 샘솟게 하는 마나석이 함께 나온다는 것!

그래서 그동안 울트는 매년 신수의 마나석을 먹었다는 것이다!

그리고 주의점이 있었으니, 변은 하루가 지나면 흔적도 없이 사라지니 그 안에 마나석을 찾아야 한다고 했다.

한마디로 눈류는 현재 똥을 뒤지기 위해 온 것이었다.

'후우, 이젠 하다못해 똥까지…….'

눈류의 두 눈동자에 서러움의 눈물이 맺히기 시작했다.

그러나 고개를 저어 애써 슬픔을 떨쳐 냈다.

그래도 황제의 퀘스트가 어디인가!! 일단 성공만 하면 보상이 대단할 것이다!

"류화, 먹어라."

스스로를 위로한 뒤 눈류는 한 알은 자신이 먹고, 다른 한 알은 류화에게 건넸다.

알약은 바다에서도 숨을 쉬고 말을 할 수 있게 하며, 깊이 내려가도 아무런 영향을 받지 않게 하는 효과가 있는 것으로 울트가 건네준 것이었다.

"주인, 나도 가는가?"

"그래. 내가 믿을 존재가 너밖에 없지 않은가. 너만 믿는다."

눈류의 믿음에 가득 찬 눈빛에 류화는 속으로 뿌듯해하며 고개를 끄덕였다.

"걱정 마라. 위대한 내가 주인을 돕겠다!"

"역시 류화!"

"주인!!"

눈류와 류화는 서로를 바라보며 고개를 끄덕였다.

끈끈한 신뢰가 묻어 나오는 장면… 일 리가 없었고, 속으로 미친 듯이 웃는 눈류.

단지 혼자서 고생하기 싫었기에 단순하기로는 기적과 맞먹는 류화에게 거짓말을 한 것이었다.

풍덩!!

그런 눈류의 마음도 모른 채 류화는 약을 먹고 눈류를 등에

태운 뒤 물속으로 몸을 던졌다. 그러자 약의 효과로 인해 아무런 문제점이 존재하지 않았고, 놀랍게도 물의 저항조차 받지 않아 빠른 속도로 내려갔다.

그렇게 얼마쯤 내려갔을까? 눈류는 붉은색 마법진을 볼 수 있었다.

'저곳이 신수의 화장실로 향하는 마법진이군.'

위치를 자세히 알려준 울트로 인해 빠르게 마법진을 찾은 눈류는 류화와 함께 안으로 이동했다. 그와 함께 눈류는 너무나 넓은 공간에 경악을 금치 못했다.

무슨 놈의 화장실이 성인 천 명은 들어갈 수 있을 정도로 넓다는 말인가! 더불어 높이도 대단했다!

또 놀라운 점은 동굴 위에 커다란 구멍이 나 있었는데 바다가 존재했고, 물고기들이 지나다녔다.

'마법이 걸려 있는 것인가? 물이 들어오지 못하게.'

지이이이잉.

그 순간이었다. 눈류는 뭔가 거대한 진동을 느끼며 동굴 위에 사리 삽은 구멍을 쳐다봤다.

무엇인가 다가오고 있었다. 아주 큰 존재가!

쑤우욱!

"……."

눈류의 신형이 휘청거렸다.

이제야 동굴의 구멍이 존재하는 이유를 알게 되었기 때문이다.

동굴의 구멍은 현재 무엇인가로 막혀 있었는데 주름이 자글자글한 것이 낯익었다!

바로 항문!!

'대체 항문이 저렇게 크다면 몸집은…….'

동굴에 나 있는 구멍은 거의 집 한 채와 맞먹는 크기였는데 그곳이 볼록 나온 신수의 항문으로 가득 차 있었고, 눈류와 류화는 언제 나올지 모르는 마나석을 얻기 위해 민망하지만 주시할 수밖에 없었다.

움찔, 움찔!

항문이 꿈틀거리기 시작했다.

하지만 1년에 한 번씩 쌀 정도로 변비가 심한 신수가 금방 일을 끝낼 일이 없었고, 30분이 지나자 눈류와 류화는 바닥에 주저앉아 관람했다.

그때까지도 신수는 항문만 움찔거렸는데 괴로운지 간간이 들려온 비명 소리가 동굴을 흔들었다.

그렇게 3시간 정도가 흘렀을 때 눈류가 자리에서 벌떡 일어섰다.

드디어 무엇인가가 모습을 드러냈기 때문이었다!

하지만 기대도 잠시, 변은 순식간에 쏘옥 들어갔고 신수의 절규에 찬 괴성이 재차 들려왔다.

시간은 흘러 10시간이 지났다.

얼마나 심심한지 눈류는 원숭이처럼 류화의 털을 관리해 주며 빈둥대고 있었다.

뿌지지지직!!

그 순간 눈류는 자신의 귀로 똑똑히 들었다.

이것은 분명 장 속에서 오랜 시간 합숙한 변들이 항문을 가출하는 소리!!

눈류는 눈을 번쩍 들고 고개를 들었다.

자신의 예상처럼 신수의 항문에서는 너무나 굵고 새하얀 변들이 뿜어져 내리고 있었다.

'커억!!'

마치 변의 비!!

"류, 류화!"

다급히 류화의 등 위에 올라탄 눈류는 변들을 피해 동굴 천장으로 치솟았고, 신수가 볼일을 끝내고 사라지자 망연자실한 표정으로 아래를 내려다봤다.

이 넓은 동굴의 2/3정도가 변으로 가득 차 있었다.

코를 찌르는 냄새까지는 참을 수 있다.

그런데 하루 만에 어찌 저 변들을 다 헤집는단 말인가!

'그러니 니에겐 비징의 무기가 있다.'

눈류는 인벤토리에서 검을 소환하려고 했다.

—검을 소환하실 수 없습니다.

불안감에 사로잡힌 눈류는 스킬을 발휘하려고 했다.

—스킬을 사용하실 수 없습니다.

"……."

원래 계획은 바람의 비명으로 변을 다 날려 버리려고 했다.

이 정도 양이면 어쩔 수 없이 몸에 튀겠지만 일단 하루가 지나기 전에 찾는 것이 급선무이기에!

그런데 스킬을 발휘할 수 없다니! 그 말은 손으로 다 헤집으라는 말이 아닌가!!

눈류는 류화를 쳐다봤다.

그러자 류화는 애써 시선을 돌렸다.

맞는 것이 두렵지만, 자신도 나름 신수로서 자존심이 있지! 다른 신수의 변을 만질 수는 없는 것이었다!

하지만 세상은 언제나 주먹이 가까운 법.

잠시 후 류화는 코피를 줄줄 흘리며 앞발로 변을 헤집기 시작했고… 곧이어 눈류 역시 눈물을 머금으며 변을 만질 수밖에 없었다.

바로 하루라는 시간 제한 때문이었다.

"으아아악!!"

다음날, 눈류의 입에서 괴성이 터져 나왔다.

고약한 냄새와 동거를 하면서 변을 뒤지며 마나석을 찾았다.

온몸에 심한 똥독까지 오르면서 말이다! 그리고 포선도 쉬지 않고 마셨다! 똥독으로 생명이 계속 줄어들었기에!

그런데… 무수한 노력에도 불구하고 마나석을 찾지 못했으며, 아직 남은 변도 많았다.

"빌어먹을……."

24시간이 지나자 변들이 투명해지기 시작했다.

이제 사라지는 것이었다.

'이렇게 실패하는 것인가……'

울트는 분명 자신이 원한 것을 들어주지 않으면 자신과 함께 움직이지 않을 것이다. 그러나… 더 이상 방법이 없었다. 이제 신수의 변은 사라진다. 그러면 마나석도 사라지는 것이다.

변만 사라지고 마나석은 남아 있으면 좋겠지만, 그렇다면 처음부터 이 고생을 할 일도 없었다.

스파아아앗!!

곧 흰색의 빛무리가 일렁거리면서 변들이 사라졌고, 눈류는 좌절감에 허탈한 표정으로 변들이 있던 곳을 쳐다봤다.

그리고 잠시 후… 눈류의 분노에 찬 비명이 동굴 안을 흔들었다.

이제야 안 것이다.

마나석은 사라지지 않는다는 사실을…….

Part 3
은진과의 재회

The Knight of mask

"으아아악!!"

똥들에게 기습을 받는 꿈을 꾼 진하는 비명과 함께 잠에서 깨어났다.

그런 진하의 이마에는 식은땀이 맺혀 있었고, 놀란 표정은 곧 분노로 바뀌기 시작했다.

어제의 일이 떠오른 것이다!

너무나 억울하고 힘겹게 신수의 마나석을 찾아 울트에게 찾아갔다.

다 좋았다. 걸을 힘도 없다는 울트가 마나를 이용해 허공을 뛰어다니고 있는 모습도 참을 수 있었다. 그런데 왜 마나석은 안 사라진다는 얘기를 하지 않았냐고 묻자 깜빡했다고 말하며 픔! 웃음을 터뜨리던 울트의 표정만은 잊을 수가 없었다.

류화가 눈앞에서 대놓고 비웃어도 이렇게까지 화가 나지는 않을 것이다!

"으윽!! 울트! 울트! 울트!!"

진하는 이불을 물어뜯으며 발광을 하기 시작했다.

그러다 제 풀에 지쳐 대 자로 바닥에 뻗어버렸다.

그래도 이불을 울트라 생각하고 살해하니 마음이 조금 누그러들었고, 진하는 컴퓨터 전원을 켠 다음 라스트 월드 홈페이지에 접속했다.

그리고 여러 정보를 확인하다 찬성에 관한 소식에서 손을 멈췄다.

찬성과 일행이 새로운 던전을 발견했고 퀘스트를 진행한다는 기사였는데, 진하는 한참이나 기사 속 찬성의 모습을 바라보다가 휴대폰을 꺼내 들어 자신도 모르게 번호를 눌렀다.

하지만 전화는 그 누구도 받지 않았고, 곧 다른 번호를 눌러 전화를 시도했지만 결과는 마찬가지였다.

바람을 피우면서 찬성과 은진 둘 다 휴대 번호를 바꿨기 때문이었다.

진하는 쓴웃음을 흘렸다.

휴대 번호를 바꾼 것도 모자라 둘은 이사까지 해버렸다.

은진은 원래 집에서 이사를 갈 계획이었고, 찬성은 혼자 살았기에 집을 옮기는 것은 자신이 결심하면 바로 실행할 수 있었다.

'그래서 이 고생을 하고 있지.'

둘을 찾기 위해 노력했다.

그러나 집 번호까지 바뀌면서 연락을 할 방도가 없었고, 주변에 수소문을 해봐도 알 수 없었다. 더군다나 인터넷에서 정보를 알 수 있는 것은 둘 다 하지 않았기에 찾을 방도가 존재하지 않았다.

'우리 다 안타깝군.'

진하는 자리에서 일어나 도장으로 향하며 생각에 잠겼다.

만약 솔직히 말을 했더라면 홧김에 찬성을 한 대 때릴 수는 있겠지만, 이렇게 감정의 골이 깊어지지는 않을 것이었다.

하지만 둘은 끝내 자신을 농락했고, 헤어진 이후에도 사실을 말하기보다는 은폐를 하기 위해 노력했다.

진하는 안타까웠다.

미안해서인지, 아니면 무서워서인지 자신을 피하는 그 둘이나, 집착과 분노를 버리지 못한 채 조금씩 다가가고 있는 자신이나…… 모두가 답답할 만큼 화가 나면서도 진심으로 안타까웠다.

도장에 들어선 진하는 과격하게 몸을 움직였다.

"이제는 돌이킬 수 없다."

3시간의 운동을 끝내고 샤워를 하며 진하는 굳은 얼굴로 혼자 속삭였고, 곧 욕실을 빠져나와 주방에 음료수를 꺼내러 갔다가 스테이크가 먹음직스럽게 구워져 접시에 담겨 있는 것을 볼 수 있었다.

꼬르르륵.

때마침 배에서 밥을 달라고 항의를 했다.

'아무도 없나?'

진하는 집 안을 확인했다.

현재 은하는 도장에 있었기에 분명 아버지 박하가 만든 것이라 확신했다.

그런데 집에는 자신밖에 없었다.

'컥! 설마 나를 위해!!'

진하는 감격에 찬 눈빛으로 스테이크를 바라봤다.

그러고 보니 며칠 전, 시간이 아깝다고 배를 채우는 약만 먹고 밥을 잘 안 먹는 자신을 걱정하던 아버지가 아닌가!!

"오랜만에 감사하군요. 잘 먹겠습니다!"

진하는 스테이크를 두 번 나눠서 입 안 가득 넣었다.

육질이 아주 부드러웠고, 육즙이 잔뜩 흘러나왔다.

배까지 고픈 상태였기에 가히 황제의 만찬도 부럽지 않은 맛!

그렇게 스테이크를 20초도 안 되어 뱃속으로 이사시킨 진하는 흐뭇한 표정으로 방으로 들어가 선예와 잠시 통화를 한 뒤 라스트 월드에 접속했다.

그리고 잠시 후,

문득 술이 먹고 싶다는 생각에 스테이크와 어울리는 포도주를 사러 나갔다 온 박하의 절규가 집 안을 가득 채웠다.

게임에 접속한 눈류는 먼저 아이템 장터에 올린 아이템의

코멘트들을 확인한 뒤, 아이템과 잡템들을 모두 팔았고 류화를 위해 고급 빵과 질이 좋은 음료를 구입했다. 물론 절대로 순수한 의도는 아니었다.

신수의 마나석을 구해주자 울트는 또 다른 제안을 했는데, 발키리 왕국의 대신관 다버서를 만나 여신의 성수를 갖다 달라는 것이었다.

그런데 발키리 왕국이 어디인가! 거리가 꽤 먼 곳이었으며, 텔레포트 비용도 비쌌다.

그렇기에 힘내라는 의미에서 준 것이었지만 그런 속셈도 모른 채 류화는 감탄하며 발키리 왕국의 발힐리로 최선을 다해 달렸다.

그렇게 발힐리에 도착하자 눈류는 오딘 교단 근처의 사람이 드문 산속에서 내려 류화를 불러들였다. 다른 유저들에게 류화를 보이고 싶지 않은 마음 때문이었다.

그 후, 몬스터들을 처치하면서 천천히 숲을 내려가 교단으로 향했는데 교단은 여전히 사람들로 줄이 늘어져 있었다. 그리고 눈류의 등장과 함께 많은 유저들이 소리를 치며 쳐다봤다.

"가, 가면의 기사다!"

"우와, 나 가면의 기사 처음 봐!"

"사인 좀 해주세요!"

"우리 친추해요. 네?"

가면을 착용하고 내려온 순간부터 예상한 일이었지만 줄이

길어 오랜 시간 유저들에게 시달릴 생각을 하자 눈류는 머리가 아파왔다.

'그냥 맨 얼굴로 올 것을 그랬나.'

다른 이들에게 정체를 드러내는 것을 극도로 싫어하는 눈류였다.

그런데도 이렇게 가면까지 착용한 이유는 그래야 대신관을 만나기가 쉽기 때문이었다.

그리고 자신이 이곳에 온다 해도 문제가 될 일은 없다고 판단했다.

"저랑 1:1해요. 네?"

"님아, 저 장비 좀 주세요."

"눈류님, 저랑 라앤해요. 네? 저 남자 친구 없어요!"

"으아아, 신기하다."

유저들의 반응은 여러 종류였는데, 눈류는 애써 밝은 얼굴로 하나하나 대답하며 이미지 관리를 했다. 괜히 조금이라도 기분 나쁘게 행동했다가는 당장 라스트 월드 게시판에 글이 올라올 수도 있기 때문이었고, 이미지가 좋아서 나쁠 것은 없었다.

그리고 어차피 줄을 기다리는 동안 계속 무시할 수도 없는 노릇이었다.

샤방샤방!!

마치 여신이 강림한 듯 눈류는 성인군자 모드로 돌변했고, 유저들은 그런 눈류의 모습에 가면의 기사는 매너가 좋다, 착하다 등등으로 생각하게 되었다.

하지만 모든 진실을 아는 존재가 있었으니, 바로 류화였다.

"주인, 재수없다."

밖에 나와 있지는 않지만 눈류가 듣는 모든 얘기들은 정신적 교감으로 함께 들을 수 있었던 류화는 최대한 참으려고 했다.

맛있는 빵과 음료도 주지 않았던가!

그러나 모든 것에는 선이 존재하는 법이었고, 너무나 치가 떨리는 눈류의 가식과 발키리 왕국까지 오며 자신의 필요 가치를 재차 깨닫게 되자 까칠 류화 모드가 된 것이었다.

"주인, 토 나온다. 착한 척하지 마라."

"주인, 삼 일 전에 먹은 잡초가 올라왔다. 귀여운 척은 좀 심했다."

"주인, 진심으로 주인이 창피하다."

"……."

속으로는 울컥했지만 눈류는 티를 내지 않으며 여전히 유저들에게 친절하게 대하고 있었디. 그동안은 두들겨 패며 군기를 잡았지만 이제 주먹으로 다스리는 것은 한계가 있다 생각했으며, 자신이 게임 플레이를 하는 내내 류화의 도움이 필요할 텐데 인자한 주인이 되고 싶었다.

하나 눈류는 곧 생각을 정정했다.

사랑도 줄 놈이 있고, 줘봤자 소용없는 놈이 있다고!

결국 눈류는 한참이나 기다렸던 줄을 이탈해 깊은 숲으로 들어가 류화를 소환했다.

잠시 후… 반 시체가 된 류화를 포션으로 치료하고 다시 반 시체로 만들기를 10여 번 반복한 뒤에서야 눈류는 재차 교단으로 이동했고, 한참이나 기다린 다음에서야 대신관 다버서를 만날 수 있었다.

'이제 보니 더욱 강했군.'

입구에서 자신의 정체를 알리자 기사는 안을 향해 신호를 보냈다. 그러자 두 명의 존재가 모습을 드러냈는데, 바로 다버서의 호위 기사들 중 두 명이었다. 그리고 눈류는 느낄 수 있었다.

이전에 그들을 만났을 때 생각했던 경지보다 더욱 강하다는 것을!

그때의 자신은 약했기에 능력을 측정할 수 있는 데 한계가 존재했던 것이다.

'언젠가는 이들을 넘을 수 있을까?'

눈류는 두 명의 기사 뒤를 따라가면서 속으로 중얼거렸다.

이들도 마찬가지겠지만 자신 역시 계속 강해지고 있었다.

더불어 라스트 월드에서 최고가 되고 싶다는 욕구가 꿈틀거렸다.

다른 이들은 모르겠지만 눈류에게 있어 최고는 유저들 중 가장 강한 것이 아니었다. 바로 최강이라 불리는 NPC들! 가면의 기사를 비롯한 현재도 능력을 제대로 측정할 수 없는 그들! 그들마저 이기는 것이었다.

'일단은 내 목표가 우선이지만.'

잠깐의 시간 동안 미래를 생각하며 의지를 불태우던 눈류는 곧 생각에서 빠져나와 고개를 들었다. 어느새 대신관 다버서가 있는 곳에 도착했기 때문이었다.

"오랜만이군. 헐헐."

"그렇군요."

여전한 모습인 다버서는 환한 웃음으로 반겨주었고, 눈류는 고개를 숙이며 대답했다. 그런 다버서의 곁에는 눈류를 안내한 이들까지 포함해 여섯 명의 기사가 자리하고 있었다.

"그때보다 더욱더 강해졌군. 헐헐, 자네의 명성은 익히 들었다네. 아마 이 대륙에서 자네를 모르는 이가 없을 것이야."

"과찬이십니다."

소문이란 무서운 것이었다.

더군다나 유저들만 소문을 흘리고 듣는 것이 아니었다.

NPC들도 이곳 세상에서는 한 인격체!

"그런데 무슨 일로 찾아온 것인가?"

"울트님의 부탁으로 인해 찾아뵙게 되있습니다."

다버서의 질문에 눈류는 단도직입적으로 대답했다.

가면의 기사도 아는 수백 년을 산 다버서였다. 분명 울트도 알 것이기에 숨길 이유가 존재하지 않았다.

그러자 다버서보다 옆과 뒤에 서 있던 호위 기사들의 표정이 눈에 보이게 변했다.

"울트라… 아직 살아 있나 보군. 허헐."

"수백 년은 더 사실 것 같습니다."

"그렇지. 그 노인네라면 충분히 가능하지!"

다버서의 얼굴에 진한 웃음이 피어올랐다.

"그래, 울트가 원하는 것이 무엇이지?"

"여신의 성수입니다."

"허헐, 욕심하고는. 여신의 성수라, 쉽게 줄 수 있는 물건은 아니네."

"알고 있습니다."

오면서 충분히 예측했던 일이었다.

분명 또 다른 난관이 기다리고 있을 것이라고!

"안 그래도 일이 있었는데 자네라면 믿고 맡길 수 있을 듯한 데, 어쩌겠는가?"

"어떤 일이든지 제가 해내겠습니다."

"그렇다면 따라오게. 아무리 자네가 기사의 후예라 할지라도 혼자서는 할 수 없는 일이야. 오늘은 재미있는 날이야. 부탁을 가지고 나를 찾아온 이가 자네뿐만이 아니니."

'누군가 또 있다는 말인가? 흐음, 모르는 유저와 파티를 해야 한다는 것이군.'

다버서의 말에 내심 불편했지만 눈류는 티를 내지 않고 그를 따라 안쪽으로 걸어갔다. 맨 앞과 뒤에는 여섯의 호위 기사들이 나눠서 함께 걸음을 옮겼고, 웅장한 건물을 둘러보며 3분 정도 더 걸어가자 수수한 방이 하나 나타났다.

"들어오게나."

다버서가 문을 열고 말하자 눈류는 고개를 끄덕이며 들어갔다.

안에는 작은 테이블 하나와 10명 정도가 마주 보고 앉을 수 있는 기다란 테이블 두 개와 함께 의자들이 놓여 있었는데, 기다란 테이블에 한 남자가 앉아 있었다.

벌떡!

그때 남자가 눈류를 보며 여러 가지 감정이 서린 얼굴로 일어섰다.

하지만 눈류는 별다른 감흥이 없는 얼굴로 그 앞에 마주 섰다.

현재 가면을 착용한 상태였기에 당연한 반응이라 생각했기 때문이었다.

그러나 곧 이어진 다버서의 말에 이번에는 눈류의 얼굴이 꿈틀거렸다.

"키스라고 했나? 인사하게. 자네와 함께 임무를 수행할 가면의 기사의 후예이네."

"키, 키스?"

"하하. 여기서 또 뵙게 되는군요, 눈류님."

"얼굴이……?"

눈류는 놀란 얼굴로 키스를 향해 되물었다.

이전에 봤던 키스가 아니었다! 그렇다고 성형을 한 것이라 생각하기도 어려웠다.

흔히 성형은 필요 이유에 따라 달라지겠지만 그래도 더 나은 모습을 갖추기 위함이 아니었던가? 그런데 키스는 아주 못생긴 얼굴이 되어 있었다.

"퀘스트를 하다 저주로 인해 이렇게 되었습니다."

"그렇군요."

"허헐. 둘이 아는 사이였던가?"

눈류와 키스가 얘기를 주고받자 다버서는 호기심 가득한 얼굴로 물었고, 키스와 눈류는 쓰게 웃을 뿐 자세한 얘기는 하지 않았다.

한 번밖에 만나지 않았지만 아는 사이는 맞았다.

그러나 좋은 만남이 아닌 죽음을 필요로 한 만남이었고, 그날 퀘스트로 인해 라이트와 키스에게 죽음을 맞은 눈류는 다신 만나지 않기를 바란다고 말했었다.

그런데 서로 모두 중요한 퀘스트가 걸린 시점에서 이렇게 만나다니!

"아는 사이라니 일이 더 수월해지겠군. 그런데 언제까지 서 있을 것인가? 헐헐, 자리에 앉게나."

다버서의 얘기에 눈류와 키스는 마주 보며 자리에 앉았다.

그러자 다버서의 얘기가 시작되었다.

"얼마 전, 북부에 위치한 비명의 늪지대에 신관들과 성기사들이 파견되었다네. 그들의 목적은 최근 들려오는 괴이한 소문을 확인하기 위함이었는데, 몇을 제외하고는 모두 목숨을 잃었다네. 그리고 살아온 이들의 말로는 소문이 사실이라더군."

"어떤 소문입니까?"

다버서가 얘기를 하다 차를 마시자 궁금한 듯 눈류가 물었다.

"키메라일세."

"키메라요?"

"아니, 인위적인 키메라라기보다는 자연적으로 융합된 새로운 존재들이라 할 수 있겠지. 아무래도 마계의 영향을 받은 듯하네."

"그렇군요."

눈류는 긴장한 얼굴로 고개를 끄덕이며 지난날을 떠올렸다.

이전에 키메라와 한 번 전투를 벌인 적이 있었다.

그때 상대한 키메라의 여러 능력이란 무시무시한 수준이었다.

"마음 같아서는 우리가 해결하고 싶지만 현재 교단에서는 안 그래도 인원이 부족한 상황이네. 요즘 들어 마계의 존재들이 곳곳에서 자주 나타나고 있기 때문이지. 곧 나의 호위 기사들도 전장으로 떠나야 할 판국이야. 그래서 자네들에게 부탁하는 것이네. 그대들의 힘이라면 내 믿고 맡길 수 있을 것 같으니."

눈류는 다버서의 말에 키스를 쳐다봤다.

능력으로만 따진다면 키스는 최고의 파트너 중 한 명이 될 것이다.

그러나 그날의 기억으로 인해 마음속에는 여전히 찝찝함이 남아 있었다.

'하지만 거절할 수도 없는 노릇이다.'

눈류는 결국 결심을 굳히고는 키스와 함께 자신들이 하겠다고 대답했다.

"고맙다네. 자네들이 이번 일을 성공한다면 내 그대들이 원하는 것을 주겠네. 아참, 놈들은 강하니 동료들을 더 모으는 것이 좋을 것이야."

—대신관 다버서와 친밀도가 상승하였습니다.

[다버서의 부탁.]

대신관 다버서는 골머리를 앓고 있었다.

바로 비명의 늪지대에 나타난 돌연변이들 때문!

동료들을 모아 비명의 늪지대에 존재하는 혼돈의 탑을 찾아 근원을 해치우자!

인원 제한:6명. 레벨 제한 없음.

눈류와 키스는 퀘스트 알림창과 함께 서로를 바라봤다.

좋으나, 싫으나 퀘스트가 끝나기 전까지는 한 팀이 된 것이었다.

"저기가 좋겠군."

교단을 빠져나온 눈류는 가면과 장비를 해제한 뒤, 발키리 왕국에 위치한 작은 여관에 들어가 술을 주문했다.

퀘스트는 출발하기까지 현실 시간으로 하루가 주어졌고, 오랜만에 맘의 여유를 찾고 싶었기 때문이다.

곧 주문한 고기 안주와 술이 나오자 눈류는 술을 한 모금 마시며 생각에 빠졌다.

퀘스트의 인원 제한이 총 여섯이었다.

그것은 자신과 키스도 포함한 숫자일 것이니 각자 두 명의 동료를 내일까지 선택해야 했다.

'누가 좋지?'

사실 한 명은 이미 결정한 눈류였다.

어디를 가든, 무엇을 하든 라일라를 가장 우선에 뒀고 라일라 역시 언제나 자신과 함께했기에. 그래서 남은 것은 한 명이었는데 퀘스트가 얼마나 걸릴지 알 수 없는 노릇이라 시간이 많은 유저들을 먼저 떠올렸다.

그러다 문득 월하가 이전 퀘스트에서 요즘 시간이 많다던 얘기를 떠올린 눈류는 다급히 친구 접속창을 확인했다.

다행스럽게도 월하는 접속해 있었다.

그 시각, 월하는 짜증이 단단히 난 얼굴로 바람이 머무는 곳에 앉아… 아니, 잡혀 있었다.

언제나 자기중심적이며 모든 유저들에게 두려움의 존재인 월하가 잡혀 있다니! 다른 유저가 듣는다면 웃을 만한 얘기였지만 눈류와 조금씩 가까워지고 길드에 속하면서 자신도 모르게 조금씩 성격이 변하기 시작한 월하였다.

그리고 가장 중요한 이유는 현재 월하를 잡고 있는 이가 바로 행방불명된 스테이크로 인해 만취한 박하다였다.

아무리 변해가고 있다 해도 짜증이 나고 시간이 아깝다고 느껴진다면 월하는 바로 빠져나왔을 것이다. 그러나 상대가 자신보다 나이가 한참이나 많았고, 눈류의 아버지였기에 함부로 굴지도 못하며 잡혀 있는 것이었다.

"으하하! 우리 월하는 도도한 것이 매력이구나!!"

"그러게 말이네!"

"앞으로는 도도 월하라 부르자고. 으헤헤!"

"……."

박하다의 외침에 진석과 만파가 함께 웃었다.

하지만 함께 자리하고 있는 루크는 도저히 웃을 수가 없었다.

표정의 변화는 없지만 온몸에서 피어나는 살기를 느끼고 있기에!

그러나 그것도 잠시, 월하의 얼굴이 부드러워졌다. 바로 눈류에게서 음성 채팅이 왔기 때문이다.

"월하."

"무슨 일이지?"

"그게, 퀘스트를 하나 받았는데 너의 도움이 필요하다."

눈류는 퀘스트에 관한 설명을 하기 시작했고, 얘기가 끝나자 월하는 바로 승낙했다.

함께 퀘스트를 하면 매일 대결할 수 있었고, 요즘은 시간이 많기에 월하로서는 거절할 이유가 없었다.

"그래, 고맙다. 난 그동안 발키리 왕국에서 보낼 생각이니 너는 현실 시간으로 하루 뒤에 이리로 와줘."

그 말과 함께 눈류가 음성 채팅을 종료하자 월하는 자리에서 벌떡 일어섰다.

"눈류가 당장 제 도움이 필요하다고 하네요. 그럼."

눈류는 분명 현실 시간으로 하루 뒤에 오라 했지만 이놈의 술자리를 벗어나고 싶었던 월하는 그렇게 말한 뒤, 박하다가 뭐라 얘기도 하기 전에 술집을 벗어나 눈류가 있는 발키리 왕국으로 향했다. 그렇게 월하가 사라지자 루크는 눈치를 살피며 결심을 굳혔다.

자신도 빨리 이 자리를 벗어나고 싶었다.

이전에 만취 길드로 인해 큰 상처를 얻은 적이 있기에 더욱 그러고 싶었다.

그런데 때마침 월하가 먼저 선수를 치며 빠져나가자 도망치고 싶은 마음이 심하게 간절해졌다.

"저기… 저도 갑자기 일이 생겨서……."

루크가 애써 웃으며 일어나 조심스럽게 말문을 열었다.

그러자 박하다와 만파, 진석은 너그러운 미소를 지으며 말했다.

살기를 풀풀 풍기면서 말이다.

"편하게."

"게임하고 싶으면."

"앉아."

"제 엉덩이는 이미 의자와 하나가 되었습니다."

무서운 50대인 그들과 살아남는 법을 깨달은 루크였다.

갑자기 자신을 찾아온 월하와 잠시 사냥을 한 진하는 라스트 월드의 접속을 종료했다. 길어질 수 있는 퀘스트를 대비해 휴식을 갖기 위함이었다. 진하는 잠을 자기 전 외출복으로 갈아입었다.

선예에게 들러 퀘스트에 대해 말하기 위해서였다.

전화로도 말할 수 있지만 항상 잘 챙겨주지 못하는 것이 마음에 걸리는 진하였기에 시간이 날 때면 되도록 얼굴을 보려고 노력했고, 오늘도 마찬가지였다.

'간식 좀 사가자.'

밖으로 나와 길을 걷던 진하는 제과점을 보자 떠오른 생각에 선예가 좋아하는 슈크림 빵을 한가득 사서 재차 걸었고, 잠시 후 은정의 집 앞에 도착할 수 있었다.

띠리링, 띠리링.

진하는 초인종을 누르며 문을 열어주기를 기다렸다.

그런데 시간이 조금 흘렀음에도 불구하고 아무도 나오지 않았고, 몇 번 더 누르니 그때서야 은정이 허겁지겁 나왔다.

"허억, 허억. 오라버니? 이 시간에 무슨 일이에요?"

은정이 뜻밖이라는 표정으로 질문했지만 진하는 잠시 대답을 하지 못했다.

은정의 상태가 너무나 이상했기 때문이었다.

빨개진 볼, 헝클어진 머리카락과 옷, 헐떡이는 숨!

그 모습에 순진한 진하는 자연스럽게 19세 이상 관람할 수 있다는 상상이 들어버렸고, 자신도 얼굴이 붉어진 채 말을 더듬었다.

"어, 어? 서, 선예 좀 보려고."

"아, 그래요? 들어와요."

은정은 그 말과 함께 안으로 들어갔다. 그러나 진하는 시험의 답을 찍는 아이처럼 잠시 갈등했다.

만약 자신의 상상이 맞다면……?

그렇다면 괜히 자신 때문에 둘의 19세 사랑이 중단될 수도 있었다!

자신은 그렇게 눈치없는 놈이 맞는데!

그렇기에 진하는 눈치없는 티를 팍팍 내며 집 안으로 들어갔고 곧 자신의 상상이 망상이었다는 것을 깨달을 수 있었다.

"으으윽!!"

"자기야, 내 기술이 빡시제?"

진하는 웃음과 함께 둘을 쳐다봤다.

은정이 그런 모습이었던 것은 기적과 레슬링을 하고 있었기 때문이다.

"에, 행님 왔습니꺼?"

기적은 은정의 목을 양팔로 조르면서 진하를 향해 인사했고, 잠시 그 광경을 지켜보던 진하는 진지한 표정으로 말했다.

"기적아… 은정이가 놔달라고 팔을 치는데?"

"아닙니더. 원래 이리 반항하면서 기술을 푸는 겁니더!"

"눈에 검은자위가 어, 없어지는 것 같은데?"

"힘들면 다 그렇습니더!"

"입에 게거품이 물잖아……."

"행님도 참, 우리 자기가 꽃게도 아니고 뭔… 컥!"

"……."

"자, 자기야!!"

"콜록, 콜록!!"

기적은 그때서야 팔을 놓으며 은정을 끌어안았고, 그러자 은정은 막혀 있던 숨을 토해내며 기침을 했다.

"괘, 괘안나?"

"자기의 사랑이 나를 치료해 주고 있어서 괜찮아……."

"내 사랑이 치유력이 좋긴 하제."

'뭐, 저런…….'

미련함으로 큰일을 낼 뻔한 기적에게 주의를 줘야겠다고 생각하던 진하는 그런 일을 겪고도 금세 눈동자가 하트로 변하는 둘의 모습에 실소를 흘리며 둘의 몫으로 산 슈크림 빵을 방에 두고 선예의 방으로 향했다.

스르르륵.

방문을 조심스럽게 여니 선예는 잠을 자고 있었는데, 입고 있는 귀여운 잠옷에 미소를 지은 진하는 선예의 몫인 슈크림 빵을 내려놓은 뒤 침대에 소리가 나지 않게 앉아 선예를 내려다봤다.

많은 생각이 머릿속에서 필름처럼 스쳐 지나갔다.

선예를 라스트 월드와 현실에서 처음 만나게 되었을 때부터 시작해서 그동안의 여러 가지 추억들이.

그리고 언제나 생각의 끝은 미안함이었고, 훗날 선예의 마음을 받아준다 할지라도 그동안 그녀의 가슴을 아프게 한 미안함은 사라지지 않을 것 같았다.

'언제 일어나려나.'

진하는 침대에서 내려와 바닥에 앉으며 두 눈을 감았다.

그런 진하의 등과 머리는 선예가 누워 있는 침대에 기댄 상태였고, 눈을 감은 채 휴식을 취하며 선예가 일어나기를 기다리던 진하는 얼마 지나지 않아 잠이 들었다.

"으음."

진하는 두 눈을 뜨며 자신이 잠이 들었다는 것을 깨달았고, 황급히 일어서려다 어깨에서 느껴지는 감촉에 고개를 돌렸다.

언제 일어났는지 선예가 침대에서 내려와 자신과 같은 자세로 앉아 어깨에 머리를 기대고 잠들어 있었다.

'저녁인가?'

방에 불이 켜져 있는 것으로 봐서 진하는 저녁이라고 생각했고, 선예가 덮어준 듯한 이불을 매만지며 몸을 살짝살짝 움직였다.

온몸이 저려와 참을 수 없었기 때문이다.

하지만 그럼에도 선예가 깨지 않게 하기 위해 아주 조금씩만 꿈틀거린 뒤 움직임을 멈췄고, 그때 잠에서 덜 깬 목소리가 들렸다.

"일어나셨어요?"

"잘 잤어?"

"네. 헤헤."

선예는 잠긴 목소리로 대답하며 고개를 끄덕였다.

그 모습에 이제는 움직일 수 있다! 라고 생각한 진하는 재차 밀려오는 저림을 풀기 위해 일어나려고 했다. 하나 이번에도 그럴 수 없었다.

자신의 움직임을 느낀 선예의 부탁 때문이었다.

"조금만 더 이렇게 있어요."

"그래."

속으로는 저림에 눈물을 흘리지만 겉으로는 웃으며 진하는 고개를 끄덕였고, 둘은 서로의 머리에 머리를 맞대며 두 눈을 감았다.

아주 오랜 시간 동안……

"어, 둘 다 와 있네."

라스트 월드에 접속한 눈류는 친구 접속창을 확인하며 중얼거렸다.

선예를 만나고 집에 들어와 한숨 더 잔 것이 지각을 하게 된 이유였고, 눈류는 류화와 함께 빠르게 약속 장소인 타오르는 대지로 이동했다.

타오르는 대지는 절망의 늪지대를 가기 위해서는 꼭 지나야 하는 곳인데, 절망의 늪지대에 유저들이 거의 찾지 않는 이유이기도 했다. 다른 좋은 사냥터도 많은데 2, 3일이나 시간을 허비하면서까지 찾아가고 싶지 않기 때문이다.

그래서 타오르는 대지 역시 유저들이 거의 없는 편이었다.

"오빠!"

"이제야 왔군."

류화와 눈류가 허공에서 모습을 나타내자 라일라는 손을 흔들며 소리쳤고, 월하는 차분한 목소리로 말했다.

"늦어서 미안해."

눈류는 지면에 발을 디디며 진심을 담아 말했다. 그와 동시에 류화를 불러들였다.

아직까지 류화의 존재를 키스와 그쪽 일행에게 굳이 먼저 알려주고 싶은 생각이 없었다. 류화를 타고 등장한 것도 가는 도중 라일라에게 월하와 자신 빼고는 아무도 없다는 말을 들었기 때문이다.

비록 말 타는 법을 아직도 익히지 않아 라일라의 뒤에 타고 가야 하고, 그 모습에 월하가 저번처럼 또 비웃을 수 있겠지만! 말이다.

"눈류, 네 생각에 말은 두 마리만 샀다."

"고, 고맙다……."

굳이 말하지 않아도 될 부분을 얘기하는 월하의 말에 눈류는 가자미 눈동자가 되어 대답했고, 곁에 있던 라일라는 그런 눈류의 모습이 귀엽다고 생각하며 웃음을 머금었다.

타오르는 대지는 거리도 거리지만, 사막과 같은 더위를 주는 곳이기에 걸어서 가기에는 힘이 들었다. 만약 거리라도 짧다면 차라리 포션 값을 일정 포기하며 스킬을 무한정 발휘해서 갈 수도 있지만, 그것은 희망사항일 뿐이었기에 빠른 속도를 가진 말은 필수였다.

물론 말 역시 체력이 떨어진다.

하지만 말은 유저들처럼 마나 포션을 사용하지 않은 채 체력만 회복시키면 그만이기에 경제적으로 안성맞춤이었다. 타오르는 대지에는 몬스터가 존재하지 않기에 마법사들의 마나가 남아돌기 때문에.

"저희가 늦었군요. 죄송합니다."

그때 뒤에서 남자의 목소리가 들렸고, 눈류와 월하, 라일라는 동시에 고개를 돌렸다.

키스는 한 쌍의 남녀와 함께 나타났는데, 둘 다 낯이 익었다.

바로 라이트와 라인이었다.

두근… 두근… 두근…….

눈류는 심장이 요동치는 것이 느껴졌다.

눈시울이 뜨거워졌으며, 호흡도 급격하게 빨라졌다.

그것도 모자라 가슴이 칼로 난도질당하는 듯 아파왔다.

하지만 눈류는 이성의 끈을 가까스로 놓지 않았다.

아니, 놓을 수 없었다. 만약 여기서 놓게 된다면 자신이 그동안 정체를 숨기기 위해 노력한 것이 모두 물거품이 되기에!

"반갑습니다. 지난번에는 실례가 많았습니다."

"아닙니다."

라이트의 인사에 눈류는 애써 태연한 체하며 인사를 받아주었고, 라이트는 곧 월하와 라일라와도 말을 나누었다.

"반가워요."

그때 약간은 톤이 높은 여성의 목소리에 눈류는 움찔했지만, 속으로 침착하자고 몇 번이나 되새기며 밝은 미소와 함께 몸을 돌렸다.

"네, 반갑습니다."

"그런데 성형을 하셨군요."

"지난 모습은 마음에 들지 않아서요."

"아, 그때의 모습도 멋지셨는데 무슨 이유라도?"

"굳이 이유라고 하자면, 그 어렵다고 알려진 성형 퀘스트에 도전하고 싶다는 마음 때문이었죠."

"그렇군요."

라인이 미소와 함께 라이트를 따라 월하, 라일라에게 말을 건네자 눈류는 몰래 한숨을 길게 내쉬었다. 라인의 질문과 태도는 마치 탐색이라도 하는 것 같았다.

'조심해야겠어.'

아직 자신의 정체를 의심하고 있을지 모른다는 생각이 들자 눈류는 경계를 기울이자고 재차 다짐했다.

'그런데 진은은 왜 오지 않았지?'

눈류는 고개를 갸우뚱거렸다.

라인이 왔다면 진은은 자연적으로 함께 오는 것이 정상이었다.

'뭐, 일이 바쁜 것이겠지.'

그러나 깊게 생각해 봐야 알 수 있는 것이 아니었고, 잠시 후 서로가 모두 인사를 나누자 눈류와 키스를 필두로 한 일행은 말에게 다가갔다.

그리고 그런 눈류의 뒷모습을 쳐다보는 라일라의 눈동자에는 슬픔과 연민이 가득했다.

Part 4
하나 되어

The knight of mask

달그락, 달그락.

그 어떤 생명체도 존재하지 않는 타오르는 대지를 다섯 마리의 말이 힘차게 걷고 있었다. 그 위에는 눈류와 키스의 일행이 타고 있었다. 류화를 자주 탔으면서도 아직 말은 엄두가 나지 않아 눈류는 라일라의 뒤에 타 이동 중이었다.

"그래서 제가 그 몬스터를 한 방에 죽여 버렸죠."

"오, 그런 일이 있었군."

길을 가는 내내 키스와 라이트는 수다를 떨며 이런저런 얘기를 주고받았지만 바로 곁에서 움직이는 눈류 쪽의 일행은 약속이라도 한 듯 하나같이 침묵을 지켰다.

그 이유는 바로 눈류 때문이었다.

월하는 애초에 과묵한 편이었고, 눈류가 아무런 말을 하지 않은 채 생각에 빠져 있으니 라일라도 덩달아 말문을 열지 않게 되었다.

그래서 간간이 키스와 라이트가 던지는 질문에 대답만 할 뿐, 눈류 쪽은 침묵을 지키며 움직였다. 그렇게 몇 시간을 걷자 가장 연장자인 라이트가 잠시 쉬고 가자는 의견을 제시했다.

"그러죠. 말들도 쉬어야 하니."

눈류는 라이트의 말에 동의했다.

비록 더위를 보호하는 마법을 받았고, 계속 힐을 받으며 체력을 회복했지만 휴식 자체가 없다면 말들이 견디지 못할 것이기 때문이다.

더불어 아주 다급한 것도 아닌데 잠깐씩 쉬면서 음식도 먹고, 마법사들 역시 마나를 회복할 필요가 있었다.

현재 월하와 키스, 라일라는 말에게 버프와 힐을 하면서도, 일행 역시 더위에서 보호해 주고 있었다.

스파아아앗!

차아아아아!

마법사인 셋은 말에서 내리자마자 가장 먼저 마법으로 말이 도망가지 못하도록 하였고, 곧이어 각자에게 맡겨진 임무를 수행했다.

키스는 태양이 작렬하는 하늘에 먹구름을 소환해 그늘을 만들었고, 월하는 빙계 마법으로 쉬려는 곳의 온도를 조절했다. 그리고 라일라는 신성한 물을 소환해 말은 물론 모두가 마시고 씻을 수 있도록 도움을 줬다.

라일라가 만들어내는 물은 일반 물보다 시원하고 맛이 좋았으며, 먹으면 30분 동안 신성력에 보호를 받는 효과가 존재했다.

스르륵.

그렇게 모든 준비가 끝나자 아직 많이 친해지지 못한 두 팀은 약간 거리를 두고 앉아 음식을 꺼내기 시작했는데, 월하는 자동적으로 자리에서 일어섰다.

'허억!'

'커억!'

월하의 행동에 라일라가 울상이 되고, 많은 생각으로 인해 머릿속이 혼잡한 눈류마저 정신이 번쩍 들게 했지만 월하는 아무것도 모른 채 요리 도구를 꺼내었다. 키스와 라이트, 라인은 육포와 빵을 먹으며 흥미롭게 지켜보다 말을 나누었다.

"예상외군요."

"그러게. 누군가 요리를 한다면 당연히 라일라일 줄 알았는데."

키스와 라이트의 대답에 라인도 고개를 끄덕였다.

월하! 악명으로 자자했던 유저였다.

눈류가 온다는 것을 이미 알아서인지 모르겠지만, 모두가 모였을 때 키스 쪽 이들은 눈류보다 월하에게 더욱 큰 관심을 주고 있었다.

그 정도로 악명만 자자할 뿐 많은 부분이 베일에 감춰진 존재였고, 유명한 것으로만 따지자면 눈류보다 낮은 유저가 아니었다.

그런데 그런 월하가 앞치마를 두르고 요리를 한다?

어디서도 그런 말을 들어보지도 못했으며, 생각조차 하지 못했기에 셋은 신선한 충격을 받았고, 그런 와중에도 라인의 시선은 눈류를 향하고 있었다.

그녀가 눈류가 온다는 것을 알면서도 퀘스트를 함께하기로 결심한 것은 혹시나 하는 마음 때문이었다.

아니라고, 아니라고! 생각하면서도 정말 진하일지도 모른다는 일말의 불안감!

그 마음이 설령 확인을 한다 하더라도 어떻게 해야 하는지 답이 존재하지 않지만 라인을 이끈 원동력이었고, 라인은 언제, 어디서, 무엇을 하든 눈류에게 향한 집중을 놓지 않았다.

"다 됐다."

월하의 말과 함께 눈류는 다급히 라일라를 쳐다봤다.

하지만 아무리 사랑한다 할지라도 모든 것을 다 대신해 줄 수는 없다는 듯, 라일라는 어느새 입 안 가득 빵을 문 채 대화가 통하지 않는 말들과 수다를 떨고 있었다.

'또 시작이구나.'

월하의 강함과 자금력에만 도취되어 있던 눈류는 미처 요리 시간을 고려하지 못한 것을 뒤늦게 후회했다.

그러나 이미 엎질러진 물!

눈류는 자신이 알 정도로 온몸이 떨린다는 것을 알았지만 스마일을 유지하며 붉은색 양념이 된 고기 요리를 접시에 가득 폈다.

"다 먹으면 알지?"

월하의 말에 눈류는 잠시 고민했다.

월하는 지금 대결을 하자고 하는 것이었고, 약속을 했기에 하루에 한 번은 그녀가 원할 경우 대결을 해야 했다.

그렇지만 눈류는 지금 마음 상태가 좋지 않아 싸우고 싶은 마음이 없었다.

특히 분명 훗날 적으로 만나게 될 키스와 라이트, 라인 앞에서는 더욱더 말이다.

물론 몬스터가 나타나는 등 피할 수 없는 사정이 생긴다면 능력을 보여야겠지만, 적어도 먼저 나서서 움직이고 싶은 마음이 없었다.

그런데 그때 뜻밖의 인물이 구원의 손길을 내뻗었다.

바로 월하의 요리 냄새에 이끌려서 온 키스였다.

"월하님, 저는 어떻습니까?"

키스의 말에 월하의 눈동자에 기대감이 서렸다.

현재까지 레벨 200대에서 월하가 인정한 라이벌은 눈류 단 한 명뿐이었다.

그러나 키스라면 레전드 대마법사! 스토리상 눈류와 천적이자 라이벌인 유저였다.

오면서 간간이 얘기할 때 들은 얘기로는 레벨도 눈류보다 높은 상태!

대단히 재미있는 싸움이 될 것 같았다.

"그래, 월하. 오늘은 내가 조금 쉬고 싶어. 키스님하고 대결을 해. 충분히 강할 테니 말이야."

기회는 이때다! 싶은 눈류가 황급히 나서자 어떻게 할지 고민하던 월하는 고개를 끄덕였다.

그러자 키스는 천연덕스럽게 웃으며 말을 덧붙였다.

"그런 의미로 저도 음식을 맛봐도 될까요?"

사실 키스의 가장 큰 목적은 월하가 만든 요리였다.

워낙에 맛있는 것을 좋아하는 탓도 있지만 월하가 만들었다는 사실에 어떤 맛일지 너무나 궁금했었다. 더불어 평소 능력을 겨뤄보고 싶었으니 모든 조건을 충족시킬 수 있는 기회였고, 나선 것이다.

"그러세요. 얼마든지 먹으셔도 됩니다!"

눈류는 너무나 기쁜 소식에 미처 표정 관리도 하지 못한 채 환하게 웃으며 소리쳤다.

대신 싸워주는 것도 모자라 몬스터들에게도 독극물인 월하의 음식을 먹어주겠다니!

눈류는 당장 키스교를 만들어 예배를 드리고 싶은 심정이었고, 눈류의 말과 함께 키스는 자리에 앉아 한 수저 가득 고기 요리를 퍼 입에 넣었다.

그리고 고기를 씹던 키스는 웃는 얼굴로 월하를 바라보며 바로 대결을 신청하였다.

진심으로 죽여 버리겠다는 다짐과 함께.

첨벙, 첨벙.

하루하고도 반나절이 더 지나서야 일행은 비명의 늪지대에 도착할 수 있었다.

그사이, 요리로 살심을 품었지만 안타깝게 패배를 한 키스는 분이 풀리지 않는지 몇 번이나 더 월하에게 도전을 해 눈류가 편히 쉴 수 있도록 도와주었다.

"끈적거려."

라이트가 짜증난 어조로 투덜거렸다.

이름에 걸맞게 비명의 늪지대는 온통 늪으로 되어 있었지만 마법으로 인해 발은 젖지 않았다. 그러나 숲 전체에 가득한 습기는 일행에게 불쾌감을 선사했다.

어떤 힘이 있는 것인지 마법으로도 어떻게 할 수 없었다.

'문제는 습기가 아냐.'

그러나 눈류는 아랑곳하지 않으며 걱정 가득한 표정으로 주변을 둘러봤다.

현재 일행의 전진 속도는 느렸다.

늪지대에 들어오는 순간 포션 제한 알림이 떴기에 조심스러워진 것이다.

그것은 퀘스트 성공 여부를 결정할 만큼 중요한 문제였으며, 포션 없이 생명과 마나 조절을 하고 휴식을 취하며 싸워야 했기에 속도뿐 아니라 여러 부분에서 걸림돌이었다.

더군다나 현재 있는 곳도 퀘스트 존이었다.

다른 유저는 존재하지 않는다! 그 말인 즉 몬스터들이 넘쳐 난다는 것이다.

그리고 아무리 게시판을 검색해도 이곳에 다버서가 말한 키 메라들이 나타난다는 정보가 없었다.

그렇다면 키메라들은 퀘스트를 진행하는 자신들에게만 나 타난다는 뜻이었는데… 분명 그 난이도가 만만치 않을 것이었 다.

'시작부터 힘들군.'

제발 아니기를 바랐던 일들이 모두 현실로 나타나자 눈류는 마음이 먼저 지치는 것 같았다.

스스스스슥.

그 순간이었다.

만약을 대비해 계속 정신을 집중하며 기척을 느끼려고 하던 눈류의 표정이 굳어졌다.

사방에서 무엇인가가 느껴졌으며 온몸에서 위험하다는 경 고를 보냈다!

"적입니다."

눈류가 가라앉은 목소리로 말하자 그때서야 모두는 각자의 무기를 쥔 손에 힘을 주며 사방을 경계했다.

라인과 라이트는 레벨 300대였지만 육감을 깨달은 눈류보 다 기척을 알아차리는 것이 빠를 수 없었고, 곧 지독한 마기와 함께 몬스터들… 아니, 다버서가 말한 키메라들이 모습을 드 러냈다.

"이거, 위험한데."

라이트가 억지 미소를 지으며 중얼거렸다.

키메라들은 여러 마리의 몬스터들이 합쳐진 듯 괴상하고 위협적으로 생겼는데, 몸 전체에서 검은빛 마기가 풀풀 흐르고 있었다.

"뭐, 이기면 그만 아니겠습니까? 우리들이라면 마왕도 잡을 걸요."

키스 역시 떨리는 목소리를 애써 침착하게 유지하며 사기를 복돋아주기 위해 말했지만 모두는 힘든 싸움이 될 것이라 예상했다.

만약 포션만 사용할 수 있다면 크게 어렵지 않을 것이다.

키메라들이 어떤 공격도 다 방어하고, 포션을 쓸 의미가 없어질 정도로 막강한 공격력을 갖추지 않은 이상 말이다.

"후퇴할 수는 없으니 전진뿐이겠군요. 라일라!"

눈류는 라일라를 소리쳐 불렀다.

키스와 월하와는 달리 라일라는 큰 전투 능력이 없기 때문이다.

비록 상대들이 마기를 흘려 신성력으로 공격을 할 수 있지만, 그래도 위기 대처 능력이 떨어지기에 파티원들 중앙에서 보호를 받는 편이 나았다.

그런 눈류의 뜻을 알아차린 라일라는 눈류의 곁에서 뒤로 위치를 이동했고, 눈류는 검을 소환했다.

이글이글!

레드 마나가 이글거리는 눈류의 검이 모습을 드러냈다!

그러자 유명한 빛의 검의 주인이 눈류라는 사실에 키스와 라이트, 라인의 얼굴에는 놀란 빛이 잠깐 서렸지만 곧 시선을 거두었다.

지금은 절대 한눈을 팔 상황이 아니기 때문이다.

"바람의 비명!"

눈류의 검에서 마나의 폭풍이 발휘되었다.

폭풍은 나타난 12마리의 키메라들 정중앙을 향해 파고들었고, 그와 함께 일행과 키메라들 모두가 동시에 움직였다.

"타하아아압!!"

눈류는 버프창을 확인하며 카리스마를 사용했다.

그러자 근처에 있던 키메라들 중 마법 방어력이 약한 두 마리가 스턴 상태에 빠졌고, 눈류는 그림자 조각을 발휘해 접근했다.

키에에에!

'라일라!'

현재 일행은 각기 두 마리씩의 키메라들과 붙고 있었다.

그러나 전투 능력보다는 보조 능력이 뛰어난 라일라가 두 마리를 상대할 수는 없었고, 눈류는 라일라에게 달려드는 키메라를 확인하며 다급히 몸의 방향을 뒤틀었다.

스파아앗!

하지만 눈류에게 남을 돌볼 여유가 존재하지 않았다.

덩치는 작지만 오크의 몸에 온통 검은색 칼날이 박힌 키메라가 눈류의 등을 보는 순간 달려들어 옆구리에 상처를 입혔다.

촤아아악!!

깊게 베였는지 눈류의 옆구리에서는 피가 뿜어져 나왔고, 라일라는 놀란 얼굴로 다급히 치료 마법을 발휘했다.

"라일라, 넌 나한테 붙어 있어!"

라일라를 등에 지고 상처가 나은 것을 확인한 눈류가 외쳤다.

'젠장. 힘들겠어.'

눈류는 자신을 향해 달려드는 네 마리의 키메라를 바라보며 인상을 찡그렸다.

포션만 흡수할 수 있다면 스킬을 남발해 이길 수 있을 것 같은데, 그럴 수가 없으니 답답했다.

콰지지직!!

"크윽!!"

오우거의 몸은 온통 돌로 이루어졌으며, 등에는 날개까지 달린 몬스터가 손에 쥔 검을 내려쳤다. 그러자 눈류는 반사적으로 자신의 검으로 막았는데, 그럼에도 불구하고 손목이 찌릿찌릿 저리더니 신형은 밑으로 움푹 파고들었다.

맨땅이라 해도 바닥이 파일 정도의 위력인데 늪지대이니 깊이가 남달랐고, 그 틈을 타 조금 전 빠른 속도로 자신을 공격한 키메라가 눈으로 찾기 힘들 정도의 스피드로 달려들었다. 그래서 눈류는 마나가 아깝지만 어쩔 수 없이 그림자 조각을 발휘해 늪지대에서 솟구쳐 올라와 검을 휘둘렀다.

콰콰콰쾅!!

콰지지지직!!

사방에서 전투가 진행된 지 몇 분이 흘렀는데, 상황은 전체적으로 안 좋았다.

라일라의 치료와 신성력의 도움을 받으며 싸우고 있는 눈류는 물론 월하 역시 고전하고 있었다. 월하의 상대는 사자와 와이번을 섞은 듯한 키메라와 동글동글 공 같은 키메라였는데, 그중 공의 형태를 한 키메라가 자꾸만 마법을 캔슬시켰기 때문이었다.

'귀찮아.'

월하는 자신이 발휘할 수 있는 최대의 속도로 동시 마법을 전개했다.

찌이이잉!!

그러자 공과 같은 키메라의 몸이 전류에 휘감긴 듯 번쩍였는데, 세 개 중 두 개가 캔슬되어 허공에서 흩어졌고, 남은 하나만이 놈을 노리며 달려들었지만 곁에 있던 은빛의 갑옷과 같은 근육을 가진 키메라가 달려들어 대신 방어했다.

은빛의 키메라는 방어력이 대단한 듯 마법에 적중해도 작은 상처밖에 생기지 않았다.

"타하아압!!"

라이트의 검이 고무젤리같이 생겼고, 날카롭기로 유명한 몬스터인 카스트의 이빨을 가진 키메라의 신형을 위에서 아래로 베어버렸다. 그러나 키메라는 순식간에 몸이 복구가 되었으며, 그사이 박쥐의 날개를 가진 그림자 같은 키메라가 라이트의 한쪽 팔을 스치고 지나갔다.

"크으윽!!"

라이트는 팔이 마비가 되는 듯한 느낌에 자신도 모르게 검을 떨어뜨릴 뻔했지만, 왼팔로 오른손을 부여잡으며 이를 악물었다.

이제 시작이었다. 그런데 최강 멤버라 할 수 있는 자신들이 이렇게 무너질 수 없었다!

라스트의 눈에 독기가 서렸다.

'좋지 않아.'

괴로운 것은 라인도 마찬가지였다.

라인의 직업은 홍염의 기사! 이름 그대로 불꽃을 발휘하는 기사였는데, 하필이면 자신에게 달라붙은 키메라들 중 하나가 물 계열의 힘을 가지고 있었다. 더 강한 위력이 아닌 동등한 수준이라면 상성상 불꽃이 물에게 밀리는 것은 당연한 이치!

더불어 다른 키메라의 기습까지 방어하자니 공격할 틈이 없었고, 마나는 줄어가는데 반격의 여지가 없자 짜증이 밀려왔다.

'어렵다.'

곁에서 두 마리의 키메라와 맞붙고 있는 키스 역시 지치기는 마찬가지였다.

자신의 주특기인 레이저 마법을 발휘해 키메라들을 위협했지만 한 마리의 키메라가 거울과 같은 것을 소환해 자꾸만 굴곡시켜 버렸다.

그래서 마법은 계속 엉뚱한 곳만 박살 내버렸고, 한 번은 근처에 있던 라인을 위협하기도 했다.

'망할… 어떻게 해야 되는 것이냐!!'

이 멤버로도 불가능하다면 도대체 누가 퀘스트를 깰 수 있다는 말인가!

레벨 300대인 라이트와 진은. 특히 라이트는 이 중에서뿐 아니라 라스트 월드 내에서도 최상위 레벨 중 한 명이었다. 그리고 레벨 300대와 붙어도 밀리지 않을 눈류와 월하, 그리고 자신. 더불어 신성력으로 인해 이런 마기에는 강한 위력을 발휘하는 라일라!

이 조합으로도 마땅한 방법이 없다니! 키스는 기가 찰 노릇이었다.

일행이 강한 만큼 키메라들도 강하게 설정되어 나타난 것이지만 그런 것까지 생각할 여유가 존재하지 않는 키스였다.

주르르륵.

눈류는 이마에서 흐르는 식은땀을 닦을 힘도 없이 키메라들의 공격을 방어하고 있었다. 그러다 라일라가 신성력으로 빈틈을 만들어주면 일격필살의 공격으로 기습을 시도했지만 아직까지 큰 효과는 없었다.

'방법이 있을 것이다. 어떻게든!'

눈류는 계속해서 키메라들과 접전을 치르며 억지로 틈을 짜내 일행을 쳐다보고는 했다. 서로가 도움을 줄 수 있는 방법이 없지 않을까 해서였다!

그러던 눈류의 표정이 일순간 바뀌었으니…

'이상해, 뭔가.'

눈류는 이질감을 느끼며 다급히 파티창으로 일행을 향해 자신의 생각을 말했다. 그러자 일행 역시 그때서야 무엇인가를 깨달을 수 있었다.

그것은 바로 상성!

현재 일행은 자신들의 능력과 최악인 키메라들과 전투를 치르고 있었다.

마법사인 월하와 마법을 캔슬시키는 키메라, 물리력의 라이트와 아무리 베고 부숴도 재생하는 키메라, 홍염의 라인과 물의 키메라, 레이저가 주특기인 키스와 거울로 굴곡시키는 키메라! 그나마 마나로 모든 것을 베고 폭발시키는 눈류에게는 큰 상성을 가진 키메라가 없었는데 네 마리나 되다 보니 그 역시 어려움을 겪고 있었다.

'상대를 바꿔야 해!'

눈류는 더 이상은 한계라는 사실을 잘 알고 있었다.

마나를 아낀다고 했지만 이미 자신을 비롯해 일행 모두 마나가 많지 않은 시점이었고, 생명도 적지 않게 줄어 있었다.

라일라가 계속해서 힐과 보조 마법으로 도움을 주는데도 말이다!

그리고 온몸에 크고 작은 상처들을 모두 입어 생명이 조금씩 계속해서 줄어드는 상황이었다. 만약 여기서 조금만 더 시간을 지체했다가는 모두가 죽음을 맞이할 판국!

"지금입니다!"

눈류는 파티창으로 일행과 의견을 조율한 뒤 마지막으로 소리쳤고, 모두는 다급히 고개를 끄덕였다.

그 순간 눈류는 아직 버프 시간이 남았음에도 불구하고 네 마리의 키메라들 사이로 파고들며 카리스마를 발휘했다.

"크아아악!!"

일행에게는 사기를!! 적들에게는 스턴 효과와 함께 고막이 찢어질 듯한 충격을!!

그러자 키메라 세 마리가 스턴 상태에 빠져들었고, 그 틈에 모두는 공격을 시도함과 동시에 위치를 이동했다.

오히려 키메라들이 불리한 역상성의 위치로!!

그와 함께 상황은 반전이 되었다.

가장 먼저 라이트가 키메라들을 위협하기 시작했다. 그의 능력은 현재의 눈류 역시 이길 수 없을 만큼 대단한 수준이었는데, 라이트는 마법 방어력이 높은 키메라들을 상대하며 검을 움직였고, 윌하는 물의 키메라를 상대로 마음껏 마법을 발휘했다.

물의 키메라는 땅 속성 마법으로 공격하면 더 큰 데미지를 입힐 수 있었다.

또한 굴곡을 시키던 키메라와 마법을 캔슬시키는 키메라는 라인이 맡았고, 키스는 검으로는 베도 베도 끝이 없던 고무 키메라를 빙계 마법으로 얼린 뒤 레이저 마법으로 산산조각을 내버렸다.

그렇게 역상성이 되자 일행은 잠시 유리한 위치에 올라섰지만 문제는 마나의 한계였다. 이미 너무 많은 마나를 소비한 상태였기에 몇 마리의 키메라들을 해치웠음에도 불구하고 마나가 거의 떨어져 재차 불리한 위치에 놓이고 말았다.

그러나 그때 빛을 발휘하는 유저가 있었으니 바로 눈류와 월하, 키스였다.

마나를 깨달음으로 인해 스텟 마나가 생성되었고, 빠르게 마나가 회복되는 셋!

셋은 남은 키메라들의 능력을 파악하며 자신들이 가장 큰 데미지를 입힐 수 있는 키메라들만 상대하며 하나씩 무너뜨렸다.

그렇게 얼마의 시간이 지났을까?

어느덧 키메라의 숫자는 다섯으로 줄어 있었지만 파티원들 중 라이트와 라인 역시 전투 불능 상태가 되어버렸다.

그리고 최후까지 활발하게 움직이던 셋 역시 자신과 맞붙고 있는 키메라들로 인해 남은 두 마리를 어떻게 손을 쓸 수 없는 입장이었다.

스파아아앗!!

그때였다. 눈류와 월하를 협공하던 두 마리의 키메라가 자리에서 이탈하더니 뒤쪽에 있는 라일라와 라인을 향해 달려들었다.

'피, 피해!!'

눈류는 그 사실을 알아차리며 본능적으로 소리쳤다.

그러나 숨이 차 호흡도 힘든 지경이었기에 목구멍을 통해 소리는 빠져나오지 않았고, 결국 눈류는 마나를 확인하며 자신의 몸도 돌보지 않은 채 스킬을 발휘함과 동시에 몸을 비틀었다.

'극한! 그림자 조각!!'

극대화되는 공격력!

더불어 몸이 조각나면서 잔상을 일으켰다.

'파멸의 검!!'

눈류는 그것도 모자라 최후의 마나를 불태워 파멸의 검까지 시전하며 검을 던져 버렸다.

그러자 지쳐 있는 라일라만 노리며 바로 앞까지 접근했던 키메라는 미처 방어를 하지 못한 채 검에 가슴이 뚫리며 그 부위가 폭발해 버렸고, 라인을 향해 접근한 키메라의 손 등에 박힌 칼날이 막 라인을 찌르려는 순간!

그림자 조각을 발휘한 눈류의 신형이 그 틈 사이로 파고들었다.

푸우우욱!!!

"오, 오빠!!"

"눈류!!!"

월하와 라일라의 외침이 무슨 일이 일어났는지를 알려주었다.

주르르륵.

눈류는 자신의 가슴을 바라봤다.

관통당한 갑옷에는 칼날이 박혀 있었고, 그 사이로 피가 쉬지 않고 새어 나왔다.

그것도 모자라 생명이 확연하게 줄어들었으며, 아주 **빠른** 속도로 떨어지고 있었다.

"왜, 왜……?"

그때 바로 등 뒤에서 라인의 떨리는 목소리가 들렸지만 눈류는 대답하지 않았다. 아니, 대답할 수 없었다.

입에서 쉬지 않고 피가 토해졌기 때문이었으며, 전략상 자신보다 라인이 죽는 것이 맞지만 저도 모르게 라인이 죽는 모습을 보고 싶지 않아 움직인 것을 어쩌겠는가.

털썩.

곧 눈류는 사망했다는 알림과 함께 모든 정신을 잃으며 라인의 몸으로 쓰러졌다.

그런 눈류의 얼굴에는 씁쓸한 미소가 어려 있었다.

벌컥, 벌컥.

시끄러운 여관 1층 식당에서 진은이 술병째 잡고 마시고 있었다. 그런 진은을 곁에 앉은 길드원들이 말리려고 노력했지만 진은은 아무 말도 들리지 않는 듯 재차 술을 마시기에만 바빴고, 진은의 곁에는 이미 동이 난 술병이 한가득이었다.

'너와 나, 어떻게 해야 할까?'

진은은 차갑게 웃으며 자리에 있지도 않은 은진을 향해 물었다.

언제부터인가? 은진과 조금씩 거리감이 느껴졌다.

자신이 진하를 자꾸만 생각해서? 아니었다. 절대 그것뿐만이 아니었다.

진은은 느낄 수 있었다. 은진의 마음이 자신에게서 멀어지고 있다는 사실을!

'바보였다. 외로움에 진하도 버리는 여자… 왜 나를 버릴 것이라고는 생각하지 못했을까?'

진은은 너무나 쓰라린 미소를 지었다.

그렇다고 누구를 탓할 수도 없는 노릇이 아닌가?

그런 사람인 줄 알면서도 선택한 것은 바로 자신.

욕을 한다면 자신에게 해야 하는 것이었다.

'이젠 너를 붙잡을 수 없는 건가.'

진은은 자리에서 일어나 술을 한가득 구입해 인벤토리에 넣었다.

그런 진은의 걸음은 비틀비틀 위태로워 보였지만 길드원들그 누구도 말릴 수 없었다.

무슨 힘듦인지는 모르지만 말려봐야 소용없고, 차라리 저렇게 괴로워할 때는 차라리 혼자 풀게 두는 것도 한 방법이기 때문이다.

더군다나 이곳은 라스트 월드! 이 세상 안에서는 어떤 일을 저지르고 다쳐도 현실에서는 문제가 존재하지 않았다.

사아아아악. 투둑, 투둑.

진은은 밖으로 나오자 비가 내리는 것을 바라봤다.

하늘이 자신의 마음이었고, 비가 눈물이라는 생각이 머릿속으로 스쳐 지나갔다.

터벅, 터벅.

진은의 힘없는 걸음이 마을 안에 있는 마법진을 향해 이동했다.

가슴이 터질 것 같았다. 온몸이 비로 차갑게 젖었지만 심장만은 뜨겁게 달아올랐으며, 어떻게 할 수 없을 정도였다.

'내가 생각해 봐야 답이 나오는 것은 없지.'

진은은 마법진 위에 올라서며 차갑게 스스로를 비웃었다.

알고 있다. 이렇게 시간이 흐르다 언젠가는 자신이 버려질 것이라는 사실을.

그러나 알면서도 먼저 헤어지자고 할 자신이 없었다. 아니, 할 수 없었다.

바보이기에, 정말 미련하고 어리석은 바보이기에…….

스파아아앗!!

마법진 위에 올라선 진은의 신형이 나타난 곳은 근처에 위치한 라듀의 숲이었다.

라듀는 마법사였지만 인간을 초월하고 싶은 욕망에 자의로 키메라가 되었던 존재였다. 그때 그가 실험을 한 곳이 이곳 라듀의 숲이었고, 유독 키메라들이 많은 곳이기도 했다.

"세인."

진은은 사냥터에 들어서자 술병을 꺼내 한 모금 마시며 자신의 펫인 세인을 불렀다.

세인은 초록 빛깔의 작은 요정과 같은 모습이었는데, 속도를 미약하게나마 올려주는 능력이 있었다. 아직 각성을 하지 못해 효과는 작은 편이지만, 만약 각성을 하게 된다면 속도와 크리 위주 공격의 진은에게 큰 힘이 될 것이었다.

"너는 언제나 내 곁에 있을 것이지?"

진은은 온화한 미소를 지으며 세인에게 물었다.

그러자 세인은 얘기를 알아듣기라도 하는 듯 고개를 끄덕이며 진은의 곁을 맴돌았고, 진은은 곧 검은 진주를 소환했다.

검은빛 진주로 만들어진 다크 쉐도우의 무기!

힘든 퀘스트를 통해 얻은 만큼 그 위력은 대단했고, 진은의 신형이 자신을 발견하고 달려드는 몬스터들 사이로 파고들었다.

가슴속에서 화산처럼 끓어오르는 분노와 슬픔, 절망을 가득 담은 채.

라일라가 다급히 남은 마나를 짜내 눈류를 치료하려고 했지만, 눈류는 결국 죽음을 맞이했다. 그렇다고 부활을 쓰기에는 라일라의 마나가 너무 부족했다.

그로 인해 파티원들은 알 수 있었다.

단 한 명이라도 죽을 경우, 퀘스트는 처음부터 다시 시작해야 된다는 것을.

그래서 모두는 타오르는 대지에서 다시 이동을 해야 했지만 그 누구도 눈류를 탓하지 않았다.

사실 눈류가 살아 있었다 할지라도 그 상황에서 모두가 이긴다는 보장이 존재하지 않았다. 그리고 동료를 구하기 위해 목숨을 버린 것이었는데 어찌 탓하겠는가. 또한 눈류로 인해 상황을 잠시나마 역전할 수 있었으며, 한 번의 경험이 있기에 두 번째를 쉽게 풀 수 있었다.

파티원들의 예상처럼 재차 이루어진 키메라들과의 교전은 처음보다는 쉬웠다. 그들 역시 역상성 상대를 공격하며 움직였지만, 전투 경험이 많은 눈류와 파티원들의 호흡보다 부족했고, 그 결과 단 한 명도 죽지 않은 채 키메라들을 해치울 수 있었다.

물론 모두 크고 작은 부상은 불가피했다.

역상성으로 최대한 공격을 했음에도 불구하고 키메라들의 능력이 뛰어났기 때문이었다.

그 후의 진행은 어렵지 않았다.

비록 몬스터들이 자주 출몰했으며, 키메라들도 간간이 모습을 드러냈지만 처음에 등장한 12마리의 키메라들만큼 어려운 상대가 아니었다.

굳이 어려운 점을 꼽으라면 바로 근원이 존재한다는 탑의 위치였다.

도대체 혼돈의 탑이 어디에 있는지 감을 잡을 수 없었다.

그래서 결국 눈류는 류화를 소환했다.

하지만 키스를 비롯한 셋에게는 아직 알리고 싶지 않기에 그들이 없는 장소에서 소환했으며, 며칠 동안 부르지 않았다고 류화는 삐쳐 있었지만, 월하가 만든 요리를 당분간 안 준다고 하니까 반색하며 뭐든지 시키라고 외쳤다.

그렇게 눈류는 류화와 함께 일행이 쉬는 시간에는 탑을 찾기 위해 나섰다.

이리저리 다니며 몬스터들의 공격도 받고 귀찮은 점도 존재했지만 그로 인해 월하의 요리를 자신도 먹지 않았으니 너무나 행복했다.

그리고 3일 정도가 지났을 때, 눈류는 탑을 발견했다.

비 내리는 늪지대에서 솟아 있는 검은색의 탑!

탑에서는 자욱한 마기가 안개처럼 깔려 있어 눈류는 단번에 혼돈의 탑이라는 사실을 알아차릴 수 있었다.

그러자 전진 속도는 빨라졌다.

위치가 헷갈리면 류화는 소환하지 않은 채 물어봤고, 류화는 눈류를 통해 밖을 보는 듯 정확한 길을 알려줬다.

그렇게 해서 혼돈의 탑을 발견한 지 하루가 채 걸리지 않아 모두는 혼돈의 탑 안에 입성할 수 있었다.

"지독하군."

라이트가 인상을 찡그리며 말했다.

혼돈의 탑 안은 아무것도 존재하지 않았는데 마기가 너무 자욱했다.

오죽하면 마법을 발휘해 마기를 보호하고 있음에도 불구하고, 라일라의 안색이 창백하게 변했다.

"일단 가보죠."

키스 역시 불편한 얼굴로 걸음을 떼었다.

아직 적들은 나타나지 않고 있었다. 그러나 언제나 방심은 금물이었기에 키스는 정신을 집중하며 한 걸음, 한 걸음을 조심스럽게 옮겼다.

"저기 마법진이 보입니다."

얼마나 걸었을까? 어둠으로 인해 잘 보이지도 않는 탑 내부를 10여 분 이상 움직였을 때 키스가 한곳을 손가락으로 가리켰다.

그곳에는 푸른빛의 마법진이 하나 놓여 있었는데 여섯 명이 모두 설 정도로 넓었다.

"가자."

"네."

키스와 일행을 바라보며 말한 눈류는 라일라의 기운없는 목소리에 순간 발걸음을 넘췄다가 곧이어 재차 걸음을 움직였다.

라인을 대신해 자신이 죽었기 때문이라는 사실을 잘 아는 탓이었고, 그렇다고 물어봐야 마기 때문이라 대답하며 애써 웃을 라일라이기에…….

'항상 너에게 상처만 주는군.'

눈류는 남몰래 깊이 한숨을 내쉬며 마법진 위에 올라섰고,

곧 모두가 올라서자 마법진은 환하게 빛났다.

"어?"

마법진에서 이동된 눈류는 저도 모르게 당황한 소리를 내며 곁에 있는 라인을 쳐다봤다. 그것은 라인도 마찬가지였는데, 일행 모두가 사라졌기 때문이었다.

현재 자리에 있는 이는 눈류와 라인 둘뿐!

'어, 어떻게 된 것이지?'

눈류는 다급히 파티창으로 대화를 시도하려고 했다. 하지만 무슨 영문인지 파티창으로도 라인을 제외하고는 대화가 불가능했다. 그것은 친구, 길드창도 마찬가지라 곧 눈류는 체념과 함께 이마를 찡그리며 주변을 둘러봤다.

현재 자신이 서 있는 곳은 숲이었다.

그렇다고 초목이 무성한 아름다운 숲은 아니었다.

온통 붉은빛으로 물든 숲에는 마른 나무들과 돌들이 자리를 차지하고 있었는데, 마치 죽음의 향기가 나는 피의 숲 같았다.

'퀘스트의 조화인가.'

눈류는 일행과 떨어진 것이 퀘스트 때문이라 생각했다.

아니, 그것이 아니라면 설명할 방도가 존재하지 않았다.

그렇다면 분명 다른 일행도 둘씩 나눠서 다른 공간에 떨어졌을 것이다.

'이전에 마녀를 만났을 때와 비슷하군.'

과거 퀘스트를 떠올리며 눈류는 라인을 쳐다봤다.

하필이면 라인과 함께라는 것이 마음에 걸렸다.

단둘이만 있게 된다면 당연히 시선과 관심 모두 다 자신에게 쏠리게 된다.

'어떻게든 되겠지.'

눈류는 실소를 흘리며 라인과 함께 숲을 걷기 시작했다.

어디를 가야 되는지, 무엇을 해야 하는지도 알 수 없지만 가만히 있을 수는 없기 때문이었고, 몬스터들이 간혹 땅속에서 솟아올라 와 위협했지만 그리 위험한 수준은 아니었다.

"왜 저를 구했죠?"

피로도로 인해 잠시 휴식을 취하기로 한 뒤, 메마른 나무에 등을 기대고 앉아 빵과 말린 고기를 꺼내던 눈류는 라인의 말에 동작이 멈췄다.

"당신은 그런 상황에서도 어떻게 해야 위기를 넘기는지 알아차릴 만큼 판단력이 좋아요. 그런데 저를 구하기 위해 목숨을 버렸다? 당신이 살아야 조금이나마 희망이 있는 상황인데? 이해가 되지 않는군요."

눈류의 가면 속 눈동자가 라인을 응시했다.

이미 이유에 대해서 설명을 했었다. 그럼에도 이렇게 묻는 것은 분명 그 말이 변명이라 생각한다는 것이다.

"단지 동료가 눈앞에서 죽는 것이 싫었을 뿐입니다."

"그것뿐인가요?"

자신을 직시하는 라인의 눈빛에 눈류는 눈동자가 흔들리지 않도록 노력했다.

그리고 고개를 끄덕이며 재차 말했다.

"그것뿐입니다."

"그렇군요."

라인의 표정은 뭔가 탐탁지 않은 듯 보였지만 눈류는 더 이상 말을 하지 않은 채 빵을 입에 넣었다. 그러자 단단한 빵이 입 안에서 씹혔고, 그런 눈류의 머릿속에는 라일라가 떠올랐다.

언제나 자신을 위해주기만 하는 아이… 라일라가.

"후우. 덥군."

그 시각, 라이트는 뜨거운 열기에 땀을 주르륵 흘리며 고개를 절레절레 저었다.

타오르는 대지를 벗어난 지 얼마나 됐다고 또다시 이렇게 뜨거운 곳에 오게 될 줄이야!

"제가 마법이라도……."

"아냐, 괜찮아. 언제 적이 올지 모르는데 마나가 가득 찬 상태가 아닌 이상 불안해."

라이트는 자신을 바라보며 고개를 끄덕이는 소녀를 쳐다봤다.

바로 라일라였다.

라일라는 라이트와 함께 이곳 사막과 같은 공간에 떨어졌는데, 처음에는 당황했지만 많은 경험이 있는 라이트로 인해 지금은 안정된 상태였다.

그리고 라이트가 일부러 더욱 수다를 떨며 어색한 분위기를 사라지게 만들어 라일라는 라이트에게 큰 거리감을 느끼지 않고 있었다.

"정말 걷는 것도 힘들군."

조금 전 몇 마리의 몬스터들을 해치우고, 더위에 지친 라이트는 마나가 가득 찬 라일라의 마법으로 인해 시원함을 느끼며 바닥에 주저앉았다.

이 더위에 몬스터와 싸우는 것도 힘들다. 그것도 모자라 지면이 모래로 이루어져 있어 발이 푹푹 빠졌기에 걷는 것 자체도 너무 지쳤다.

"그러게요."

라일라는 물을 마시며 대답한 뒤 눈류를 떠올렸다.

자신과 라이트가 이곳에 있다는 것은 분명 눈류도 누군가와 다른 공간에 있다는 말이 되었다.

'아니겠지.'

문득 라인을 떠올린 라일라는 애써 고개를 저었다.

눈류와 라인이 함께 있다고 달라지는 것은 없지만 괜히 싫은 것도 어쩔 수 없기 때문이었다.

'젠장, 심심해.'

어둠 일색인 파괴된 도시를 걸으며 키스는 속으로 중얼거렸다.

그 이유는 바로 침묵의 월하 때문이었다!

하필이면 가장 말이 없는 월하와 떨어진 키스는 그래도 나름 노력했었다.

평소보다 더욱 뛰어난 수다 신공을 발휘하며 말을 걸어봤고, 그녀가 만든 요리도 한입 먹어줬다! 그런데도 월하는 한참을 얘기해도 짧게 대답만 할 뿐이니 키스의 입장에서는 속이 뒤집어질 것 같았다.

'내가 말을 말자! 에휴!'

키스는 절로 나오는 답답함을 한숨으로 표시했지만, 월하는 관심이 없는 듯 묵묵히 걸음만 옮길 뿐이었다.

그런 월하의 머릿속에는 오로지 몬스터가 언제 나와서 자신을 즐겁게 해주고, 눈류하고는 언제쯤 만날 수 있냐는 것뿐이었다.

그때 월하의 생각을 듣기라도 한 듯 폐허 속에서 좀비들이 녹색의 침을 질질 흘리며 걸어나오기 시작했고, 월하의 얼굴에 미소가 서렸다.

그리고 혼자 떠드는 수다에 지친 키스는… 좀비에게 쪼르륵! 달려가 대화를 나누기 시작했다. 돌아오는 대답은 크르르! 뿐이었고 살기를 담은 공격도 했지만, 단지 월하보다 자주 대답을 한다는 이유로 좀비가 사랑스럽게 느껴지는 키스였다.

타탓! 타타탓!

메마른 나무들이 불꽃에 휩싸여 타고 있었고, 그 위로는 두꺼운 고기가 잘 익어가고 있었다. 눈류는 그런 고기를 잠시 바라보다 하늘로 시선을 돌렸다.

어둠이 내려앉은 하늘에는 달이 떠 있었고, 달은 낮에 보여지던 핏빛이었다.

눈류의 눈동자에 추억이 자리 잡기 시작했다.

그러자 눈류는 속으로 쓰게 웃으며 두 눈을 감았다.

그와 함께 라인의 시선이 느껴졌지만 눈류는 상관하지 않았다.

어느덧 둘만 따로 떨어진 지 3일째 되는 밤이었고, 그동안 많은 일이 있었다.

몬스터들의 기습으로 죽을 뻔한 적도 있었으며, 가면 갈수록 나타나는 몬스터들의 능력도 강해졌다.

더불어 라인은 눈류가 어디에 살고, 몇 살이냐는 등 그에 관해서 자주 묻는 편이었고, 눈류는 질문에 대해 짧게 대답하며 말을 자제하려고 노력했다.

말을 나누다 보면 자신도 모르게 실수를 할 수 있기 때문이다.

'어떻게 하지……'

라인의 시선을 느끼며 눈류는 곰곰이 생각에 잠겨 있었다.

퀘스트의 기간이 예상보다 길어졌기에 뭔가 다른 방법을 찾아야 했다.

현재 다른 파티원들은 어떻게 하고 있는지 모르겠지만, 라인과 자신은 현실에서 잠을 막아주는 약까지 먹으며 퀘스트를 진행 중이었다.

오늘로 퀘스트를 시작한 지 10일째! 현실 시간으로는 3일이 조금 넘는 시간이었으며, 인간의 체력에는 한계가 존재했다.

비록 약이 있다고 하지만 인체에 좋은 것은 아니었고, 그 역시 임시방편이었다.

'류화를 보여줘야 하나.'

퀘스트가 어떻게 진행되는지는 알 수 없다.

그러나 일단 어디로든 빠르게 전진을 해야 했다.

그리고 이제는 강한 몬스터들이 출몰하기에 라인만 혼자 두고 류화와 길을 찾아다니기도 힘들었다.

한 명이 죽으면 퀘스트는 원점부터 시작된다! 잠시라도 라인을 혼자 둘 수 없었다.

그렇다고 언제까지 느린 속도로 이동을 하자니 초조함이 치밀어 올랐다.

'별수없지.'

눈류는 한숨을 내쉬며 라인의 말에 두 눈을 떠 그녀가 내미는 고기를 받았다.

라인이 준비해 온 어린 사슴의 뒷다리 부분이었는데 육질이 줄줄 흐르는 것이 군침을 돌게 했다.

"감사합니다."

눈류는 라인에게 고마움을 표시하며 한입 베어 물었다. 그러자 라인 역시 뒷다리를 하나 잡고 뜯기 시작했고, 음식을 다 먹은 뒤 눈류는 그때까지도 잠시 고민하다가 결국 체념한 표정으로 류화를 소환했다.

스파아아앗!!

허공에서 빛이 형성되더니 그 속에서 붉은빛의 우아한 자태를 뽐내며 류화가 등장했다.

"어어……?"

그 모습에 라인의 두 눈이 휘둥그레졌다.

설마 펫을 각성시킨 두 명 중 한 명이 눈류일 줄이야!

"다른 이들에게는 비밀입니다."

눈류는 그 말과 함께 놀란 표정의 라인을 뒤로한 채 사슴 뒷다리를 구울 때 함께 익힌 커다란 생선을 류화에게 내밀었다.

앞으로 류화의 활약이 중요하기에 잘 부탁한다는 의미였지만, 그 속내를 모르는 류화의 입장에서는 눈류의 갑작스러운 친절이 의심스러웠다.

"주인, 먼저 먹어라."

류화는 입에서 침을 질질 흘리면서도 선뜻 먹지 않으며 눈류에게 양보했다.

그런 류화의 태도를 전혀 다르게 생각한 눈류는 은은한 감동을 느끼며 웃는 얼굴로 고개를 저었다.

"나는 이미 먹었다. 걱정 말고 먹어라."

"주인, 그게 아니다."

"응? 그럼 뭔가?"

눈류는 고개를 갸웃거렸다.

자신을 위해서가 아니라면 왜 안 먹고 있다는 말인가?

"독을 탔는지, 안 탔는지 먼저 시식해 보라는 것이다."

"……"

결국 류화는 라인 앞에서 먼지 나도록 두들겨 맞은 다음에서야 눈물을 질질 흘리며 생선 구이를 발라먹기 시작했다.

"다 온 것 같습니다."

라인과 함께 류화에 올라타 반나절 허공을 질주하던 눈류는 밝은 표정으로 말했다.

멀리서 거뭇거뭇한 무엇인가가 보였는데, 조금 더 가까워지자 또렷한 윤곽을 확인할 수 있었다.

바로 이전에 보았던 혼돈의 탑과 똑같은 모양의 탑이었다!

'탑 속에 탑이라⋯⋯. 이제 끝인 것인가?'

"다른 사람들도 와 있을까요?"

라인 역시 뒤늦게 탑을 확인하며 들뜬 얼굴로 물었지만, 눈류는 아무런 대답도 하지 못했다. 파티원들과 아무런 연락도 되지 않는 상황에서 자신이 알 수 있는 문제가 아니었기 때문이었다.

'그러기를 바랄 수밖에.'

곧 눈류와 라인은 류화의 등에서 내려 탑 입구에 형성되어 있는 마법진 위에 올라섰다.

─포션 사용불가 제한이 사라졌습니다.

눈류는 환하게 웃었다.

지금까지 가장 큰 문제가 바로 포션을 사용할 수 없었던 것이었다.

그런데 탑 안으로 이동하자마자 뜬 알림창은 그런 걱정을 없애주었고, 기쁜 일은 그것뿐만이 아니었다.

"오빠!"

"라인!"

"이제야 오셨군요."

"눈류, 늦었어."

탑 안에는 따로 흩어졌던 키스와 월하, 라이트와 라일라 모두가 자리하고 있었다.

"별일없었어?"

눈류는 아이처럼 자신의 품에 달려든 라일라를 따스한 얼굴로 안아주며 물었다. 그러자 라일라는 고개를 끄덕이며 눈류의 가슴에 더욱 세차게 얼굴을 파묻었다.

그동안의 걱정과 눈류를 향한 그리움을 표현하는 것이었고, 품에서 벗어나 고개를 든 라일라는 오늘에서야 눈류가 라인과 함께였다는 것을 알게 되어 마음이 불편했지만 애써 내색하지 않으며 미소로 눈류를 대했다.

그런 라일라의 배려에 눈류 역시 웃음으로 고마움을 표시했고, 곧 모두는 그동안 있었던 일들을 털어놓기 시작했다.

그중 키스가 쉬지 않고 수다를 떨었는데, 월하와 단둘이 며칠만 함께 있으면 이렇게 된다는 것을 보여주는 듯했다.

"옵니다."

그때 눈류가 라일라의 앞에 서며 작은 목소리로 말했다.

그러자 키스는 여전히 수다를 멈추지 않은 채 앞을 경계하며 쳐다봤고, 다른 파티원들 역시 전투 자세를 취하며 주시했다.

샤샤샤샤샥!! 끼리릭! 끼리리릭!!

'박쥐?'

눈류는 귀를 파고드는 듣기 싫은 소리에 인상을 찌푸렸다.

마치 바로 옆에서 유리를 철로 박박 긁는 듯한 고통이었고, 새카맣게 무리를 이루어 모습을 드러낸 것은 바로 박쥐들이었다.

다만 일반적인 박쥐와는 달랐는데, 가까이서 보자 여러 종류의 몬스터들이 다 몰려 있었다.

오크, 오우거, 라트, 웨어 울프, 라미아, 코볼트, 미노타우로스 등등… 온갖 종류의 몬스터들의 등에 커다란 박쥐 날개가 달려 있었고, 신체 일부분 역시 다른 몬스터들과 조합이라도 된 듯 괴이한 모습이었다.

'키메라들의 소굴인가.'

처음 늪지대에 들어오자마자 만났던 12마리의 키메라, 그들 역시 여러 몬스터들이 섞인 듯한 모습에 위협적이고 특이한 능력들을 소유하고 있었다.

"수가 꽤 많군요."

앞장선 눈류가 말했지만 모두는 긴장하지 않았다.

바로 포션을 사용할 수 있기 때문!

"그래도 무한 체력, 마나인 우리들이 지겠어?"

"그렇군요."

눈류는 동의하며 고개를 끄덕였다.

지금 눈앞에 나타난 박쥐 키메라들은 처음 만났던 12마리의 키메라들보다 수는 압도적으로 많았지만 크게 위험하다고 느껴지지 않았다.

"그럼 메인 식사 전에 입가심을 해볼까? 으랍차!!"

라이트가 크게 외치며 박쥐 키메라들 사이로 파고들자 그 뒤를 라인과 눈류가 뒤따랐고, 라일라 역시 신성력을 발휘하며 마기를 살짝 풍기고 있는 박쥐 키메라들에게 데미지를 입혔다. 그리고 월하는 후방에서 범위 계열의 마법으로 요소, 요소에 피해를 입혔는데 여러 마법으로 일행에게는 도움을, 적들에게는 피해를 주었다.

그렇게 15분 정도의 시간이 흘렀다.

능력으로는 눈류와 파티원들이 압도적이었지만 키메라들의 수가 워낙 많았기에 적지 않은 시간이 걸렸고, 박쥐 키메라들을 모두 해치우자 내부 정중앙에 새로운 마법진이 형성되었다.

스파아앗!

"허억!"

"크윽… 지독하군."

"그러게 말입니다."

마법진을 타고 이동한 모두는 저도 모르게 인상을 일그러뜨렸다.

세상에, 이렇게 진한 마기라니!!

그중 라일라가 가장 괴로워 보였고, 월하마저도 얼굴을 찌푸리고 있었다.

　두근… 두근… 두근…….

　눈류는 자신의 심장이 진동한다는 듯한 착각을 느끼며 시선을 한곳으로 돌렸다.

　마법진을 타고 이동한 곳은 전체적으로 붉은빛에 벽과 바닥은 살짝 물컹한 촉감이었는데, 그곳 한가운데에 심장 형태의 알이 마치 심장이 뛰듯 움직이고 있었다.

　"저것이 이 일의 근원인가?"

　라이트가 저도 모르게 떨리는 목소리로 중얼거렸다.

　그만큼 심장 형태의 알에서는 엄청난 위압감과 온몸이 떨리는 기운이 뿜어져 나오고 있었는데, 눈류 역시 진정이 되지 않을 정도였다.

　두근, 두근, 두근, 두근!!

　쩌저저적!!

　그 순간이었다.

　알의 진동이 점점 빨라지는가 싶더니 순식간에 금이 가버렸다.

　그와 함께 눈류는 검에 마나를 끌어올리며 다급히 외쳤다.

　"모두 조심하세요!"

　눈류의 말에 파티원들은 동시에 고개를 끄덕였다.

　곧 근원이라 불리는 적의 모습이 드러났다.

　등에는 커다란 마족의 날개가 펄럭였고, 키는 2m 정도 되어 보였다. 그리고 전체적으로 마른 체형이었지만 조각 같은 근육이 단단하게 새겨진 상태였으며, 색은 검었다. 또한 눈동자는 핏물이 흐르는 듯 빨간색이었으며, 손톱은 검이라 착각할 정도로 날카로웠다.

그런 근원의 주변에는 검은색의 마기가 구름처럼 흐르고 있었다.

파지지직!!

"커억!!"

근원이 움직인 것은 순식간이었다.

파티원들 그 누구의 몸도 반응하지 못할 정도의 속도였다.

뒤늦게 고개를 돌려 소리가 난 곳을 쳐다보자, 그곳에는 라이트가 복부가 관통당한 채 피를 흘리고 있었다.

마치 꿈에서 깨어난 기분이라고 할까?

그때서야 키스와 월하, 라일라는 다급히 버프를 시전하기 시작했고, 눈류 역시 카리스마를 발휘하며 그림자 조각을 사용해 근원을 향해 몸을 움직였다.

그사이 라일라의 손길이 라이트를 치료했으며, 눈류와 라인, 라이트의 협공이 근원을 압박했다.

파파파파팍!!

엄청난 속도의 경쟁!

하지만 근원의 스피드는 눈류조차 따라가지 못하는 수준이었다!

셋의 모든 공격이 근원의 몸에 닿지도 못했고, 월하와 키스, 라일라가 여러 가지 마법으로 근원을 묶으며 공격했지만 생채기 하나 내지 못했다.

극복할 수 없는 능력의 차이!

그러나 여기까지 와서 포기할 수도 없는 노릇이었다.

여섯은 서로를 쳐다봤다.

이제는 자신과 모두를 믿는 수밖에 없었다.

그와 함께 여섯은 재차 믿음을 얻으며 근원을 공격했다.

"하아… 하아……."

거친 숨을 내쉬는 눈류의 입에서 단내가 느껴졌다.

어느덧 근원과의 전투가 시작된 지 30분이 흘렀다.

모두가 무한 포션을 사용하면서 말이다!

그로 인해 근원 역시 지쳐 보였지만 큰 부상은 없는 수준이었다.

다만 근원의 주위를 맴돌던 구름 같던 마기가 시간이 흐르고 수없는 공격을 당하면서 이제는 아예 사라진 상태였고, 공격을 받으면 철벽 같던 육체에 상처가 생겼으며 속도나 데미지도 많이 떨어진 상태였다.

하지만 상처가 생겨도 재생 능력이 있는지 순식간에 복원이 되었다.

'한 번에 없애야 한다.'

이전 키메라와의 경험을 떠올리며 눈류는 머리를 굴렸다.

어떻게든 근원을 붙잡아 공격의 틀을 마련해야 했다.

속도가 많이 떨어졌다 해도 자신들에 비하면 근원은 아직 빠른 편이었다.

더군다나 자신과 일행은 여유를 찾을 수 없는 전투로 인해 음식을 섭취할 수 없었고, 피로도도 가득 찬 상황이었다.

'어떻게, 어떻게…….'

눈류는 남은 포션을 확인하며 입술을 꽉 깨물었다.

현재 파티창으로 의견을 나누며 전투 중이었는데 모두가 포션이 바닥난 상황이었다.

만약 전투가 조금이라도 더 지속된다면 퀘스트는 처음부터 다시 해야 한다!

사아아악!!

그 순간, 키스의 몸에 큰 부상을 입힌 근원이 월하와 라일라의 합동 공격을 피하며 눈류를 향해 파고들었다.

눈류는 눈으로 보기 이전, 몸으로 그 사실을 깨달으며 피하려다가 문득 머릿속으로 회색빛 어쌔신과의 전투가 떠올랐고, 움직이지 않았다.

'그래, 그 방법이라면!'

눈류의 눈동자가 결의에 차는 순간이었다.

퍼지지직!!

"쿠, 쿨럭!!"

어느새 눈류의 앞에 나타난 근원의 주먹이 눈류의 뱃속을 파고들었다.

"오, 오빠!!"

"눈류!!"

하지만 주위의 비명과는 달리 눈류의 입가에는 미소가 그려졌다.

그와 함께 눈류는 상처가 생기며 줄어드는 생명으로 인해 쉬지 않고 포션을 흡수하며 외쳤다.

"지금이야!! 크으윽!!"

눈류의 뜻을 가장 먼저 알아차린 것은 회색빛 어쌔신과 함께 싸웠던 월하와 라일라였다. 당시 눈류는 이와 비슷한 상황일 때 어쌔신이 못 움직이도록 붙잡지 않았던가!

"젠장… 서둘러!!"

눈류는 재차 괴로운 목소리로 외쳤다.

스킬에는 존재하지 않지만 자신의 예상대로 마나로 근원의 팔을 붙잡을 수 있었다.

그런데 근원의 능력은 어쌔신과는 비교가 되지 않았다!

자신의 마나를 깨기 위해 마기를 안으로 흘려보내며 부딪쳤고, 내부에서 정신이 아련할 정도의 충격을 반복해서 느끼고 있었다.

이러다가는 모두가 하나 되어 공격을 하기도 전에 자신이 먼저 죽을 것 같았다!

"어, 어서!!"

정신이 흐트러지는 상태에서 눈류는 소리쳤다.

그러자 라일라의 얘기로 인해 상황을 파악한 모두는 자신들이 발휘할 수 있는 최대의 스킬을 준비했다.

라일라 역시 신성력으로 근원을 공격할 준비를 했으며, 월하와 키스는 헬 파이어와 빛의 광선을 준비함과 동시에 다시는 부활할 수 없도록 범위 마법도 동시에 시전했다.

"커어억!!"

눈류는 괴성을 질렀다.

파지직!!

마나가 마기를 견디지 못하며 배가 갈라지면서 피가 터져나왔다.

이럼에도 죽지 않으며 근원을 붙잡고 있을 수 있는 것은 얼마 남지 않은 생명, 마나 포션을 쉬지 않고 흡수하기 때문이었고, 그때 모두의 스킬이 동시에 발휘되었다.

"누가 먼저 죽을까. 파멸의 검!!"

파티원들의 스킬이 하나인 것처럼 근원의 향해 날아가는 순간! 눈류는 가까스로 정신을 차리며 파멸의 검을 시전해 근원의 몸을 베어버렸고, 찰나의 순간에 최후의 마나로 마나의 벽까지 시전했다!

그와 함께 모두의 마지막 힘이 근원과 눈류의 신형을 휩쓸며 덮어버렸다.

Part 5
떠난 자와 남은 자

The knight of mask

'다른 이들은 고생만 했군.'

무사히 퀘스트를 마치고 대신관 다버서를 만난 뒤, 교단을 빠져나온 눈류는 아쉬움을 느꼈다. 키스와 자신은 목표였던 스킬과 여신의 성수를 얻을 수 있었다. 그러나 단지 그것뿐이었다.

그 외의 보상은 단지 교단과의 친밀도와 명성 100 상승이 전부였다.

"미안해."

눈류는 기간에 비해 너무 부족한 보상을 받은 라일라와 월하를 향해 말했다. 그것은 키스도 마찬가지였는데 내심 다른 보상이 있을 것이라 생각했던 모양이었다.

"어차피 보상을 바라고 한 것은 아니었다."

"저도예요."

"그렇게 말해주면 고맙고."

라일라와 월하의 대답에 눈류는 한결 부드러워진 마음으로 말했고, 곧 키스의 일행과 작별 인사를 나누었다.

'다음에 다시 만나게 된다면 아마 적이겠지.'

눈류는 키스, 라이트, 라인과 인사를 나누며 속으로 쓰게 웃었다.

키스, 라이트의 경우는 직접 겪어보니 처음의 이미지와는 달리 좋은 사람들이라 느껴졌다.

그러나 그들이 진은, 라인과 함께하는 이상 언젠가는 자신과 싸워야 할 판국이었다.

'뭐지?'

그때 눈류는 어리둥절한 표정으로 라인을 쳐다봤다.

그녀에게서 예상하지 못한 음성 채팅 신청이 들어왔기 때문이다.

"무슨 일이죠?"

음성 채팅을 수락하며 조심스럽게 묻는 눈류.

"한 가지 알고 싶은 것이 있어요."

"뭐죠?"

"저를 아시나요?"

단도직입적인 질문이었다.

눈류는 내심 뜨끔했지만 전혀 모른 척을 하며 대답했다.

"무슨 말이신지? 전에 한번 뵌 것을 묻는 것인가요?"

라인은 아무런 대답을 하지 않은 채 눈류의 눈동자를 유심히 바라봤고, 눈류 역시 흔들리지 않는 눈빛으로 그녀를 주시했다.

"아무것도 아니에요. 그럼."

그 말과 함께 돌아서는 라인.

눈류는 떨리는 가슴을 진정시키며 아주 짧게 한숨을 내쉬었다.

전혀 예상하지 못한 질문에 순간적으로 당황할 뻔했다.

'의심이 쉽게 풀리지는 않겠지.'

이전 자신의 모습이 실제의 얼굴과 똑같았던 것이 돌이킬 수 없는 실수였다.

'조심하자.'

재차 스스로에게 경고를 한 눈류는 곧 라일라, 월하와 함께 교단을 벗어났고, 둘이 잠을 자기 위해 접속을 종료하자 대장간을 찾아 움직였다. 자신도 너무나 졸립지만 먼저 장비들을 수리하기 위함이었다.

퀘스트 도중 수리 스킬을 가지고 있는 라이트로 인해 장비들이 파괴되는 것은 막을 수 있었지만 상태는 좋지 않았으며, 유저가 수리할 수 있는 상태가 아니었다. 마지막 근원과의 전투가 가장 큰 이유였다.

그래서 눈류는 대장간을 찾아 검과 방어구 모두를 맡기고 일정 양의 라르크를 지불한 뒤, 로그아웃을 해 잠을 청했다. 그리고 깨어나 운동을 한 후, 라스트 월드에 접속해 무기와 갑옷을 찾아 울트가 있는 고대의 산으로 향했다.

'이제 얼마 남지 않았다.'

울트가 사는 집 문 앞에 도착한 눈류는 곧 황제의 보상을 받게 된다는 생각에 기쁨을 감추지 못했다. 물론 울트가 또 심술을 부려 고생을 시킬 수 있었지만, 제발 아니기를 기도하며 문을 열었다.

"이것도 막아보거라!"

"헤헤!"

'뭐지?'

눈류는 열린 문 사이로 보이는 울트와 나니아의 모습을 호기심 가득한 표정으로 쳐다봤다.

둘은 대련을 하고 있었는데, 놀라운 것은 나니아가 울트에게 밀리지 않는다는 사실이었다.

당연히 울트가 봐주는 것이라 생각했다.

그럼에도 나니아의 움직임과 순간순간의 파괴력은 지금까지 알고 있던 나니아가 아니었고, 저 정도의 능력을 가지고 있음에도 전혀 알아차릴 수 없었다는 사실에 재차 놀랐다.

"자네 왔는가?"

그때 울트가 움직임을 멈추며 눈류를 향해 고개를 돌렸다.

그러자 눈류는 고개를 끄덕인 뒤 둘에게 다가갔다.

울트는 평온한 모습인 반면에 나니아는 거친 숨을 헐떡이며 물에 젖었다고 착각할 정도로 땀을 흘리고 있었는데, 찰나에

호흡이 안정되었다.

"내가 말한 여신의 성수는 가져온 것인가?"

나니아를 바라보던 눈류는 울트의 얘기에 인벤토리에서 여신의 성수를 꺼내 건네주었다.

여신의 성수는 항아리 모양의 푸른빛이 나는 작은 도자기에 들어 있었는데 마실 경우 몸 안에 존재하는 나쁜 기운들이 사라지고, 마나가 증대한다는 효과가 있다고 정보에 나와 있었다.

"허헐, 쉽지는 않았을 것인데."

눈류는 미소로 대답을 대신했다.

"자네가 나의 부탁을 들어줬으니, 나 역시 들어줘야겠지. 황제를 만나면 되는 것인가?"

"네!"

눈류는 힘차게 대답했다.

내심 마음속에서 울트가 다른 퀘스트를 또 시키면 어쩌나 걱정을 하고 있었는데 드디어 황제의 퀘스트를 마칠 수 있게 된 것이었다.

"그야 어려운 일이 아니지. 단, 부탁이 하나 더 있는데……."

'컥!'

눈류의 눈동자에 서러움이 밀려왔다.

인간적으로 해도 해도 너무했다!

어차피 고대의 산을 잠시 떠날 생각이었으면서! 자신이 한 약속도 아니고 이건 우려도 너무 우려먹는 것이 아닌가!!

하나 그것은 마음속에서의 울분일 뿐, 겉으로 드러난 눈류의 얼굴에는 미소가 자리 잡고 있었다.

"무, 무엇입니까?"

몸 안에서 터져 나오려는 살기와 눈물을 애써 자제하며 최대한 차분하게 묻는 눈류!

그런 눈류의 모습에 울트는 속으로 실소를 흘리며 말했다.

"나니아와 대결해 주게."

"네?"

"할아버지?"

울트의 말에 놀란 것은 눈류뿐 아니라 나니아도 마찬가지였다.

"아주 오랜 시간 이곳에 머물렀어. 그렇다고 나니아가 세상을 아는 것도 아니지 않은가? 이곳을 떠나기 전 나는 알고 싶은 것이 있다네. 나니아의 능력이 현재 어느 수준인지! 아마 자네라면 인간들 중 강한 편에 속하겠지. 안 그런가?"

눈류는 대답을 잠시 망설였다.

분명 자신은 강하다. 레전드 가면의 기사의 후예이며, 오랜 시간 레벨 업을 하지 못한 채 고생만 해서 스텟도 레벨에 비해 비정상적으로 높았다.

그러나 자신보다 강한 이들은 수없이 많았다.

고레벨 랭커들은 물론, NPC들도 마찬가지였다.

하지만 약하다고 말하기도 뭐한 부분들이 있었다.

마나를 깨닫고, 그 선을 넘어 조화된 마나를 깨달은 이가 과연 몇이나 될 것인가?

결국 눈류는 고개를 끄덕였다.

울트는 자신을 능가하는 자였으며, 그가 강할 것이라 확신하며 물었다.

그의 추측을 부정하고 싶지 않았다.

"어떤가? 가능하겠는가?"

울트의 말은, 자신을 통해 나니아의 현재 실력이 인간들 중 어느 정도인지를 파악하겠다는 것이었다. 그 속에는 혹여나 자신이 지켜주지 못하는 상황에서 나니아가 홀로 몸을 보호할 수 있는지 알아야겠다는 손녀를 향한 걱정이 가득했다.

"알겠습니다."

"사력을 다해주게."

눈류는 수긍과 함께 검을 소환했다.

이글이글!

검에는 레드 마나가 불타오르고 있었다.

위험할 수 있음에도 눈류가 검까지 꺼내 든 것은 울트의 의도를 따라주겠다는 뜻이었고, 조금 전 본 나니아의 실력으로 인해 자신이 봐주면서 상대할 수 있는 수준이 아니라는 것을 알기 때문이었다.

"에휴… 어쩔 수 없죠. 잘 부탁드려요."

그런 눈류를 본 나니아 역시 눈빛이 달라지며 말했고, 눈류는 마나를 끌어올림과 동시에 그림자 조각을 발휘해 나니아에게 쇄도했다.

'빠르군!'

눈류는 나니아에게 접근하자마자 검을 휘둘렀다.

물론 마나를 사용하지 않았으며, 다쳐도 생명에 지장이 없는 부분을 노렸다.

그런데 나니아는 자신의 속도에 놀란 듯하면서도 검로 밖으로 빠져나가 어느새 역으로 접근했다.

타타타탁!!

나니아는 아무런 무기도 없었으며, 기술이 아닌 뛰어서 달려왔다.

그러나 그 속도는 절대 우습게볼 수 있는 수준이 아니었다.

겉으로 보기에는 연약한 여자였지만 육체적인 능력으로만 보자면 눈류를 훨씬 초월하고 있었고, 눈류는 그녀의 힘도 파악할 겸 나니아의 주먹을 한 손으로 막았다.

"커어억!!"

눈류의 입에서 피가 토해져 나왔다.

그것은 나니아의 주먹과 닿은 손바닥도 마찬가지였는데, 단한 번의 공격에 기사의 건틀렛 속 손바닥이 갈기갈기 찢어져버렸다.

'외부가 아닌 내부를 공격해?'

눈류는 다급히 그림자 조각을 발휘해 거리를 벌렸다.

손바닥과 주먹이 맞닿는 순간, 이질적인 기운이 손바닥을 타고 몸 안으로 들어오는 것을 느낄 수 있었다.

그러다 어떤 곳에서 움직임을 멈추며 터져 버렸는데, 그로 인해 충격파가 형성되어 손바닥은 물론 팔뚝, 그리고 뱃속까지 부상을 입었다.

'설마, 이것이 교차선?'

눈류는 자신의 검에 마나를 끌어올리며 울트가 했던 말을 떠올렸다.

그 어떤 존재, 무생물에게도 경계선이 존재하며, 그 경계선이 교차하는 교차선이 존재한다. 그래서 교차선을 공격한다면 능력 이상의 파괴력을 발휘한다!

분명 나니아는 마나를 사용한 것 같지 않았다.

그럼에도 단 한 번의 공격이 이 정도 위력과 상처를 입히다니?

'어쩔 수 없군.'

눈류는 통증을 느끼며 자신이 발휘할 수 있는 모든 능력을 사용하기로 결심했다.

상대를 죽이지 않기 위해 움직이다가는 자신이 죽을 처지였다.

물론 그럴 경우 위험의 요소도 있지만 눈류는 울트를 믿었다.

그라면 분명 위기의 순간! 싸움을 막을 것이라고.

스파아아앗!!

눈류의 신형이 나니아의 품속으로 파고들었다. 그러자 나니아는 기다렸다는 듯 피하지 않으며 오히려 주먹을 내뻗었다.

콰아아아앙!!

눈류의 팔과 나니아의 주먹이 부딪쳤다.

검에 마나를 실어 막고 싶었으나, 그럴 경우 검이 박살날 수도 있는 노릇이기에 다친 왼쪽 팔을 재차 희생한 것이었다.

"크아아아!!"

그와 함께 카리스마를 발휘하는 눈류!

능력이 상승함과 동시에 나니아의 신형이 비틀거렸다.

"더블 소울!!"

눈류의 검에서 십자 형태의 마나가 나니아를 잡아먹을 듯이 돌진했다.

그 모습에 눈류는 순간적으로 불안함을 느꼈다. 혹시나 나니아가 목숨을 잃을까 봐! 하지만 나니아도 만만치 않은 능력을 가졌으니…

파아아아앙!!

'허억!!'

눈류는 기겁하며 나니아의 두 손을 바라봤다.

세상에… 무엇이든지 베어버렸던 더블 소울이었다.

실드가 있다면 박살을 내버리던 스킬이었다.

그런데 나니아의 두 손이 닿는 순간… 풍선처럼 제자리에서 부풀어 오르더니 터져 버렸다.

당연히 나니아는 아무런 상처도 입지 않았다. 그러나 쉬운 일은 아니었던 듯 호흡이 거칠어지며 땀이 맺혔다.

퍼퍼퍼퍼펑!!

눈류는 곧 이어진 나니아의 공격에 속수무책으로 당하기 시작했다.

그림자 조각을 사용해도 나니아는 속도를 따라잡았고, 나니아의 공격은 외부가 아닌 내부를 타격 입히기에 방어를 해도 부상을 입어야 했다.

그렇다고 마나의 벽을 사용하자니 마나와 생명 소모가 너무 컸다.

단 한 번에 모든 힘을 실은 공격이 아닌, 끊이지 않기에 효율성도 떨어지는 것 역시 이유였다.

'젠장!'

생명은 하염없이 떨어졌으며 자신의 역공에 나니아 역시 작은 부상은 입기는 했지만, 문제는 눈류 본인이었다.

온몸의 살이 군데군데 찢어지며 피가 흐르다 보니 공격에 의한 부분 외에도 생명이 줄어들었다.

결국 눈류는 사용하지 않으려고 한 스킬을 발휘했다.

"극한! 파멸의 검!!"

공격력이 높아짐과 동시에 검에서는 조화된 마나가 이글거리며 타올랐다.

그러자 나니아 역시 위험을 느낀 듯 양손에 정신을 집중했고, 곧 지금까지와는 달리 푸른빛 마나가 분출되었다.

그때였다. 지금까지 상황을 관전하던 울트가 둘 사이로 나서며 막아섰다.

"허헐, 서로를 죽일 생각인가? 여기서 멈추도록 하지."

울트의 말에 눈류와 나니아는 서로를 바라봤다.

외형으로 보기에는 눈류의 상태가 더욱 심각해 보였다.

당장 치료를 하지 않으면 죽을 정도의 모습!

그러나 나니아 역시 얼굴에서 핏기가 사라질 정도로 지쳐 보였다.

"자네의 승리이네."

"네?"

눈류는 마나를 거둔 뒤 포션들로 상처를 치료하다가 예상치 못한 울트의 말에 반문했다.

"나니아, 서 있기도 힘들지? 현재 너의 능력으로는 어려운 기술을 발휘하려고 했으니."

"헤헤."

울트의 말에 나니아는 힘없이 자리에 주저앉으며 웃음을 터뜨렸다.

"만약 내가 말리지 않았다면 쓰러진 것은 나니아일 것이네. 물론 자네도 죽을지도 모르지. 다만 나니아의 경우는 확실히 죽었을 것이야. 그러니 자네의 승리일세."

눈류는 부정도, 긍정도 하지 않은 채 자신의 상처를 치료했다.

죽이지 않기 위해 가장 강력한 기술인 파멸의 검을 사용하지 않으려고 했었다.

그러나 봐준 것은 자신뿐만이 아닌 나니아도 마찬가지였다.

만약 나니아가 처음부터 목숨을 빼앗으려고 했다면 이미 빼

앗았을 것이다.

그 정도로 교차선을 활용하는 나니아의 능력은 무시무시했다.

'실전이었다면……'

서로를 죽이기 위해 직접 붙지 않는 이상은 결과를 알 수 없을 것이다.

하지만 눈류는 자신의 승리가 아니라는 사실만큼은 확신할 수 있었다.

"허허. 왜 웃는가?"

울트는 눈류가 갑자기 밝은 얼굴로 미소를 짓자 궁금하다는 듯 물었다.

"저의 부족함을 깨닫게 되어서 그렇습니다."

"허허, 그것이 즐거운가?"

"저보다 강한 자들이 많다는 것은, 죽는 그 순간까지 목표가 존재한다는 것이죠. 그래서 즐겁습니다."

"그렇군."

울트의 눈빛이 진지하고 온화하게 변했다.

자신보다 강한 이를 긍정적으로 생각하며 발전의 발판으로 만드는 이가 몇이나 될 것인가?

그런 면에서 눈앞에 있는 눈류가 썩 마음에 들었다.

"그러면 이만 가지. 우리는 준비할 것이 없다네."

울트의 얘기에 눈류는 고개를 끄덕였다.

다른 곳도 아닌 황제에게 가는 것이었다.

그곳에 가면 모든 것이 마련되어 있을 테니 애초에 준비할 필요도 없을 터.

"그럼… 나와라, 류화."

눈류는 류화를 소환하였다.

이제야 황제의 퀘스트가 끝나려고 하는데 오랜 시간을 걸어 다닐 마음이 없었다.

그러자 붉은빛에 휩싸인 류화의 멋진 신형이 드러났다.

"오호, 전에 그 음식 아닌가? 아직 먹지 않았는가?"

류화를 보며 울트가 장난기 가득한 얼굴로 말했고, 류화는 속으로 울컥했지만 그래도 신수라고 울트의 능력을 아는지 속으로만 욕설을 내뱉었다.

그런 울트와 류화를 바라보며 미소를 지은 눈류는 곧 류화에게 말했다.

"류화, 황제 폐하에게 가자."

"주인, 잠깐."

"왜 그래?"

"설마, 세 명 다 가는 것인가?"

"그래. 무슨 문제라도 있나?"

눈류는 일그러지는 류화의 표정에서 의아함을 표현했다.

"주인, 잘 생각해 봐라. 보통 말에는 몇 명이 타는가?"

"한 명 혹은 두 명이다."

"그렇다! 잘 알면서 왜 그러는가?"

"뭐가 문제인가?"

"나에게도 초과 인원이 존재하는 법이다! 세 명이 타면 내 등골이 취어진다!"

"너는 말이 아닌 위대한 신수잖아!"

"그래, 나는 위대한 신수다! 그렇지만 신수의 등판이 무슨 오우거의 뱃살만큼 넓은 줄 아는가? 나는 세 명을 태울 수 없다!"

류화는 단호히 거절했다.

현실에서라면 파업 사태와 일맥상통했다.

가끔 맛있는 것을 줄 때만 제외하고는 부려먹기만 하더니! 이제는 세 명까지 태우라니!

세 명을 태우고 왕국까지 간다면 상큼한 상반신 누드의 미남에게 허리 마사지는 필수적으로 받아야 했다. 그렇지만 눈류가 그렇게 해줄 일은 절대 없었고, 류화 역시 그 사실을 잘 알고 있었다!

"그래서 못 가겠다는 것인가?"

눈류의 목소리가 자욱하게 가라앉았다.

그러사 류화는 그동안의 맞은 기억들이 떠오르며 움찔했지만 나름 자존심을 세웠다.

"못 간다는 것이 아닌, 불가능하다!"

"그런가?"

눈류의 전신에서 흉흉한 살기가 발출되기 시작했다.

그 광경을 울트와 나니아는 재미있다는 듯 지켜봤고, 류화는 불안감에 맞불 작전으로 협박했다.

"나, 나는 고귀한 존재다! 또 때리기만 해봐라! 참지 않을 것이다!"

"네가 참지 않으면 어쩔 것인데?"

눈류의 손에 검이 소환됐다.

"그러고 보니 차, 참을 수 있을 것 같다. 그러나 주인, 세 명은 정말… 고귀한 존재인 내가 요즘 관절염에 시달린다."

스파아앗!

눈류의 검에서 마나가 일렁거렸다.

그러자 협박에 기죽어 최대한 불쌍하게 말하던 류화가 정색하며 외쳤다.

"주인, 생각해 보니 고귀하긴 개뿔. 난 참 싸구려인 것 같다. 관절염? 달릴 때마다 우드득거리고 아픈 것만 빼면 아무런 이상이 없다. 등관이 좁으면 어떤가? 내가 이빨로 물어서라도 가겠다! 얼른 타라! 주인을 위해서라면 이 한 몸쯤이야!! 사랑한다!!"

오기로 인해 항상 쓸데없이 개기지만, 이제는 두들겨 맞기 전에 타협하는 류화였다.

두리번, 두리번.

라스트 월드에서 로그아웃을 한 진하는 자신밖에 없는 방임에도 불구하고 주위를 한번 경계했다. 그리고 너저분하게 흐트러진 이불로 다가가 뒤집어썼고, 모든 준비를 마치자 얼굴이 꿈틀거리기 시작했다.

그의 주특기 짐승 모드가 발휘되기 직전의 모습!

아나나 다를까! 진하는 곧 짐승 모드로 돌변하며 미친 듯이 웃기 시작했다.

침까지 사정없이 흘려주면서 말이다!

진하가 이러는 것은 바로 퀘스트의 보상 때문이었다.

일단 기본적으로 라르크를 얻었고 명성이 200 상승했다.

더불어 크로아 왕국 황제와의 친밀도가 상승했다.

그리고 마지막으로 반지를 받게 되었는데, 그 반지가 예사 물건이 아니었다.

바로 근거리 텔레포트 반지!

아직까지 반지 자체의 능력으로 텔레포트를 시켜주는 아이템은 존재하지 않은 상황에서, 말 그대로 희귀템에 속하는 것이었다.

다만, 반지에 마나를 불어넣어야만 근처 안전한 곳으로 이동이 되었기에 쉽게 팔기는 힘들겠지만, 일단 희귀템이라는 이유 하나로도 비싼 가격에 거래될 것이었다.

더군다나 마법 방어력 등이 B급의 고급 마법 반지보다 높으니 금상첨화!

그것도 모자라 황제에게서 새로운 퀘스트도 받게 되었는데 보상이 엄청난 수치의 경험치였다. 진하가 대략 계산을 해보니 현재 자신의 레벨에서는 10업이나 상승되는 경험치!

'역시 황제는 통이 다르구나! 크크큭!!'

눈류는 사정없이 이불을 물어뜯으며 몸을 뒹굴었다.

내심 기대를 했지만 이 정도일 줄이야!!

엔돌핀을 넘어선 다이 돌핀이 사정없이 생성되었고, 진하는 기쁨과 감격에 한참이나 짐승 모드가 되었다가 곧 정신을 차리며 이불을 내렸다.

퀘스트를 진행하고 싶었지만 하지 않고 나온 이유가 있었기 때문이다.

주르륵.

그런 진하의 입가는 침으로 흠뻑 젖어 있었는데, 2~3살의 어린아이들조차 90도 허리를 숙여 인사를 할 정도로 추잡함의 극치였다!

'크크큭… 나의 침은 매끄럽기까지 하는구나!'

그러나 그런 추잡함조차 아름다움으로 승화시키는 자뻑의 진하였다.

드르르륵.

진하는 방문을 열고 거실로 나왔다가 놀란 표정으로 자리에 앉아 있는 이들을 바라봤다.

게임에서 나왔을 때부터 온통 맛있는 냄새가 났기에 음식을 하고 있다는 사실은 알 수 있었다. 그런데 전혀 예상하지 못한 인물들이 있었다.

바로 기적과 은정, 선예였다.

"너희들이 왜 여기 있어?"

"오빠!"

"오라버니, 이제 나오셨어요?"

"행님! 올해는 지들이 돕기 위해 왔습니더!"

진하는 셋의 인사에 아직도 어리둥절한 표정으로 고개를 끄덕이다 곧 이유를 듣자, 알겠다는 듯 웃으며 고마움을 표시했다.

오늘은 진하 어머니의 기일이었다.

그런데 박하는 매번 이날이 되면 사라져 술에 취해 들어왔고, 진하와 은하가 음식을 다 한 뒤 상을 차렸는데, 둘이서 하기에는 사실 힘든 부분이 있었다.

하나 이렇게 다들 와서 도움을 주니 마음속에서 감동이 밀려왔다.

"오빠, 나왔네."

그때 주방에서 들리는 목소리에 고개를 돌려보니 은하가 국과 탕 등을 끓이며 맛을 보고 있었다.

"으음, 내가 할 일 없어?"

진하는 은하를 향해 물었다.

현재 거실에는 세 명이서 각자 프라이팬을 하나씩 담당하며 음식을 만들고 있었고, 굳이 자신까지 나설 필요가 없는 듯 보였다.

"으음, 애들이 일찍 와서 도움을 줘가지고 이제 거의 다 마무리되어 가는데."

"그래?"

진하는 반색하며 선예의 곁에 앉았다.

선예는 여러 생선 등을 굽고 있었는데 살짝 비리지만 먹음직스러운 냄새가 콧속을 자극했다.

"아버지가 돈 주고 갔었어?"

만들어진, 그리고 만들어지고 있는 여러 가지 제사 음식들을 바라보며 진하가 물었다.

평소 박하가 홀로 하루 자리를 비우기 전, 은하에게 제사 비용을 주고 가기에 자연스럽게 나온 질문이었다.

그런데 예상외로 은하는 고개를 저었다.

"그러면?"

진하는 설마하는 불안감과 함께 떨리는 목소리로 물었다.

은하의 입가에 서린 미소가 짓궂게 느껴졌기 때문이다!

"아빠가 오빠 요즘 돈 많이 버는 것 같다고 오빠한테 얻으라던데? 그래서 낮에 오빠 방에 들어가니 게임하고 있어서, 지갑에서 그냥 돈 빼갔지."

"……."

진하는 후다닥 자리에서 일어나 자신의 방으로 달려갔다.

어쩐지 평소보다 음식들의 종류와 양이 많다고 했다!

'이 계집애야! 다 쓰지는 않았겠지!'

지갑을 찾아 열며 마음속으로 외치는 진하.

그러나 불행한 예감은 꼭 적중하는 편이 아닌가!!

만 원, 오만 원짜리가 꽤 많이 들어 있던 지갑은 다이어트라도 한 듯 텅텅 비어 있었으며, 수표처럼 위장한 은하의 메모만 들어 있었다.

'커헉!!'

메모를 읽다 자리에 비틀거리며 주저앉는 진하.

그런 진하의 두 눈동자가 촉촉하게 젖기 시작했다.

그래, 어느 정도까지는 이해해 줄 수 있었다.

어머니의 제사를 위해 쓴 것인데 돈이 아깝겠는가!!

하지만 분명 지갑에는 제사 비용으로만 쓰기에는 과분할 만큼 많은 돈이 들어 있었다.

그러나 메모로 인해 돈이 어떻게 쓰였는지를 알 수 있었으니…

40%는 어머니의 제사 비용! 60%는 은하의 화장품과 옷값!!

'이 울트와 루운 같은 계집애!'

기적 외, 자신이 알고 있는 최대의 욕을 하며 분노를 표현하는 진하.

하지만 곧 체념과 슬픔이 가득한 표정으로 자리에서 일어섰다.

이런 날은 다투고 싶지 않았기 때문이었다.

'참자, 참자… 참자……'

스스로에게 최면을 걸며 문 앞에 선 진하.

자신의 인내심에 스스로 대견하며 방문을 잡았다.

그리고 무엇인가를 고민하더니 한참 동안 무엇인가를 한 뒤 방을 빠져나왔다.

진하가 나온 텅 빈 방에는 은하라는 이름이 적힌 종이를 몸에 붙인… 커다란 인형이 살해되어 있었다.

지글지글.

밖으로 나와 한참이나 은하를 노려보던 진하는, 은하가 계속 웃으며 철판으로 나오자 한숨과 함께 선예의 곁에 앉아 음식 만드는 것을 도왔다.

그러다 기적을 본 진하의 표정에 의문이 샘솟았다.

분명 기적은 쉬지 않고 여러 가지 전들을 굽고 있었다.

그런데 접시는 텅텅 비어 있는 것이 아닌가? 접시 바닥에는 기름의 흔적이 있는데!

"너, 전들은 다 어디 갔냐?"

"전예? 에? 이것들이 다 어디 갔노? 모르겠는디예?"

진하의 말에 기적 역시 당황하며 고개를 저었고, 진하는 유심히 기적을 주시했다.

기적은 새우 살을 갈아서 만든 동그랑땡을 굽고 있었는데, 노릇노릇하게 익자 접시에 옮겨 담았다. 그리고 프라이팬에 올리브유를 두르더니 새 동그랑땡을 굽기 시작했다.

그리고… 도둑처럼 은밀하게 손이 움직이기 시작했다.

덥석, 후후, 쩝쩝.

'뭐, 저런…….'

진하는 어이가 없는 눈빛으로 기적을 쳐다봤다.

기적은 무의식 상태에서 저도 모르게 다 익은 동그랑땡을 집어 후후 불더니 먹고 있었다.

그러다 접시가 비워질 때쯤이면 프라이팬의 동그랑땡이 다 익었고, 반복이었다.

결국 기적에게는 제사가 끝날 때까지 접근 금지 명령이 떨어졌다.

"올해도 안 오시겠지?"

어느덧 밤늦은 시간이 되자 박하에게 연락을 하던 은하가 아쉬운 표정으로 말했다.

제사는 다 함께 치르는 것이 정석이었지만 박하는 아직도 마음의 슬픔이 가시지 않은 듯 이날만 되면 사라졌고, 그 모습을 바라보는 진하와 은하는 항상 마음이 아팠다.

"우리끼리라도 지내자."

진하는 그런 은하를 달래며 상 앞에 무릎을 꿇고 앉았다.

한 상 가득 차려진 음식들 위에는 어머니의 사진이 자리하고 있었고, 진하는 은하가 따라주는 술을 잔에 받은 뒤 상 위에 올린 후 절을 했다.

오랜 시간이 지났지만 언제나 이 순간이 되면 가슴이 저려왔고 살아생전 못해 드린 것에 대한 후회가 밀려왔다.

그래서인지 진하의 표정은 그 어느 때보다 무거워 보였으며, 그 모습을 지켜보는 은정과 선예, 기적의 얼굴 역시 진지했다.

진하가 절을 한 뒤 물러서자 은하가 절을 하였고, 진하는 고개를 돌려 기적과 은정, 선예를 보며 그들에게도 절을 할 것이냐고 물었다.

그러자 기적이 먼저 앞으로 나섰다.

"크흑!!"

진하의 어머니를 한 번도 보지 못했지만 가족을 떠나보낸

슬픔을 아는 기적은 술을 받으며 눈시울을 붉혔다. 어쩌면 진하와 가깝고 친하기에 더욱 마음이 아파오는 것인지도 몰랐다.

"음식 많이 드이소."

기적은 자리에서 일어나 절을 하며 진하의 어머니를 향해 말했다.

그런데 그때, 예상치 못한 소리가 모두의 귀를 파고들었다.

부우우욱!!

"……."

한참 슬픔에 잠겨 있던 진하는 멍한 표정으로 기적의 엉덩이를 쳐다봤다.

방귀 소리 같지만 절대 방귀가 아니었다!

소리의 정체는 바로 기적의 엉덩이 부분 바지가 찢어지는 소리였다.

기적은 날이 날인만큼 검은색 정장을 입은 상황이었는데, 문제는 풍만한 기적의 덩치에 비해 정장의 사이즈가 너무 소극적이었던 것이다.

그로 인해 정장은 기적의 막강한 엉덩이 살에 GG를 선언하며 찢어졌고, 진하는 무엇인가를 발견한 뒤 실소를 흘리며 말했다.

"너 팬티 안 입었냐?"

"노빤스가 편해서예."

모두는 엄숙한 상황임에도 불구하고 웃음을 터뜨렸다.

"안 추워?"

"네, 괜찮아요."

진하는 날씨가 쌀쌀함에도 불구하고 따라 나온 선예를 걱정스러운 눈길로 쳐다봤다.

현재 둘은 제사를 끝내고 밥을 먹은 뒤 박하를 찾기 위해 길을 나선 상황이었고, 선예가 괜찮다고 했지만 진하는 자신의 외투를 벗어 걸쳐 주었다.

"오빠, 춥잖아요."

"아, 아, 안 추워."

외투만 믿고 속에는 딱 붙는 반팔 티셔츠만 입었던 진하는 애써 괜찮다고 말했지만 심하게 떠는 말과 몸이 전혀 그렇지 않다는 것을 알려주고 있었다.

"곧 택시 타니 걱정하지 마. 가자."

진하는 자꾸 옷을 벗어주려는 선예에게 거부의 뜻을 표현한 뒤 택시를 잡았고, 어머니를 화장해 흩날렸던 바다를 향해 이동했다.

"아버님… 괜찮으실까요?"

바다를 향해 가는 택시 안에서 선예가 진하를 향해 조심스럽게 물었다.

그러자 진하는 쓴웃음으로 대답을 대신할 뿐, 아무런 말을 하지 않으며 창밖을 바라봤다.

흔히 마음의 상처를 입은 사람에게 시간이 약이라는 말이 있다.

　진하 역시 은진이 떠났을 때 수없이 들었던 말이다.

　그러나 진하는 그런 사람들에게 간혹 묻고 싶었다.

　시간이 흐르고 흘러도⋯ 필름처럼 생생하게 떠오르는 기억
은 어떻게 된 것이냐고.

　시간이 흐르고 흘러도⋯ 가슴속에 박혀서 빠지지 않는 눈물
은 무엇이냐고.

　잠시 후 택시는 어느 바닷가에 도착했고, 차에서 내린 진하
와 선예는 박하를 찾아 걷기 시작했다.

　"아버지."

　진하는 모래사장에 힘없이 앉아 있는 박하를 불렀다.

　하지만 박하는 아무런 대답도 하지 않은 채 바다만을 바라
보며 손에 쥔 술병을 입에 갖다 댔다. 그런 박하의 곁에는 빈
술병들이 수북하게 쌓여 있었다.

　언제나 짓궂고, 과하게 활기찬 박하였다.

　항상 웃음을 입에 달고 살며 아무런 걱정이 없어 보이던 박
하였다.

　그렇지만 이날 하루만은⋯ 그럴 수가 없는 박하였다.

　그런 마음을 알기에 진하는 박하의 곁에 힘없이 앉아 마찬
가지로 바다를 쳐다봤다.

　박하는 한참이나 술을 더 마시다 힘겹게 말문을 열었다.

　"진하야."

　"예."

"남겨진 자가 슬플까, 떠난 자가 슬플까?"

"네……?"

박하의 질문에 진하는 잠시 생각에 잠겼다.

아직까지 그런 식으로 생각해 본 적이 없는 탓이었다.

"나는 가끔 이날이 되면 그런 생각을 한다. 잊지 못해 이렇게 아픔을 토해내는 내가 슬플까, 아니면 떠날 수밖에 없었던… 그래서 이 모습을 지켜보고 있을 네 어미가 더 슬플까 하고 말이야."

"사람마다, 헤어짐의 이유에 따라 다르겠죠."

"그래… 그렇겠지……."

박하는 그 말과 함께 재차 술병을 비우기 시작했고, 한참이 지나서야 쓰러지듯 잠에 빠져들었다.

"선예야, 콜택시 좀 불러줄래?"

진하는 정신을 잃은 박하를 등에 업으며 선예를 향해 부탁했다.

그러자 선예는 고개를 끄덕이며 전화기를 들었고, 박하를 업고 택시가 도착할 도로가로 향하던 진하는 문득 하늘에 떠 있는 달을 바라보며 누군가를 떠올렸다.

그리고 마음속으로 물었다.

'너도 나를 떠났을 때… 슬펐었니……?'

Part 6
세 가지 부탁

The Knight of Mask

[사라진 여인.]

몇 년 전 크로아의 수도에 한 여인이 나타났다.

그녀는 꿀이 잔뜩 발린 와플을 팔기 시작했는데,

그 맛이 얼마나 뛰어난지 소문이 대륙 곳곳에 퍼졌고,

나른 왕국에서 찾아와 사 먹기에 이르렀다.

그렇다 보니 크로아의 황제 역시 사람을 시켜 와플을 먹고 충격에 빠졌다.

겉은 바삭하지만 속은 살살 녹았으며, 발라진 꿀이 예사 꿀이 아닌 듯 달콤하면서도 천연의 향이 가득했다.

그 어디에서도 맛보지 못한 최상의 맛!!

결국 황제는 여인을 자신의 요리사로 임명하기 위해 초대까지 하였지만 여인은 초대를 거부했고, 며칠 뒤 꿀이 떨어졌다는 이유로 자취를 감췄다.

그 후, 여인과 와플에 대해서는 소문만 무성하며 그 누구도 여인이 어디에 있는지 알 수 없었고, 황제는 잊을 수 없는 와플의 맛을 그리워하고 있다.

황제를 위해 여인을 찾아 와플을 가져다주자!

크로아 왕국 산티나 영지의 머리가 큰 거지 길노티에게 가보자.

'좋아.'

라스트 월드에 접속해 황제가 재차 내려준 퀘스트 정보를 확인한 눈류는 들뜬 얼굴이었다. 이 퀘스트는 보상만 해도 거의 10레벨 업에 해당하는 경험치를 준다! 절대 포기해서는 안 될 퀘스트였고, 성공을 한다면 지난번처럼 또 다른 퀘스트를 얻을 수 있다.

'산티나 영지라면 이곳에서 거리가 조금 있구나.'

눈류는 곧 사람이 아무도 없는 곳을 찾아 류화를 소환해 산티나 영지를 향해 이동했다.

"한 푼만 줍쇼!!"

"크윽, 가족 모두가 굶고 있습니다. 제발 먹을 것 좀……."

"오오!! 그대는 옆모습조차 조각이구려. 내 그대의 외모를 1/10만 닮았어도 이렇게 거지는 되지 않았을 텐데. 이봐, 잘생긴 양반. 좀 도와주십쇼!"

"하하. 사람 보는 눈이 정확하시군요."

산티나 영지에 도착해 묻고 물어 거지들이 많은 지역에 온 눈류는 거의 다 떨어진 옷을 입은 노인이 자신의 다리를 붙잡고 말하자, 오랜만에 진실을 말하는 이를 만났다는 사실에 기분이 좋아져 인벤토리에서 빵을 몇 개 꺼내 주었다.

비록 노인이 두 눈을 뜨지 못하는 장님이었지만! 눈류는 그런 사실들은 전혀 모른 체하며 그의 안목에 감탄할 뿐이었다.

'역시 내 얼굴은 어디서도 먹히는구나.'

눈류는 입가 가득 자만의 미소를 지으며 고개를 설레설레 저었다.

어디 가도 잘난 자신의 얼굴이 문제였다!

그러나 어쩌겠는가? 이렇게 태어난 것을…….

'그래, 잘생겼으니 마음도 넓어야지! 암!'

눈류는 결심과 함께 머리가 큰 거지를 찾아다니며 돈이나 음식을 요구하는 이들에게 하염없이 퍼주기 시작했다.

물론… 자신이 멋지다고 칭찬하는 이들에 한해서였지만.

'망할… 이놈의 퀘스트!!'

거지를 찾아다닌 지 삼 일이 지났다.

현재 눈류는 지친 얼굴로 여관 주점에 앉아 요리와 술로 자신을 달래고 있었다.

처음부터 퀘스트가 쉬울 것이라고는 생각하지 못했다.

그러나 이것은 해도 해도 너무했다.

완전 사람 가지고 노는 퀘스트!!

두세 시간의 노력 끝에 머리가 큰 거지를 찾았고, 그에게 밥까지 먹이며 정보를 캐냈다. 그러나 머리가 큰 거지 역시 정확히 어디에 있는지는 몰랐으며, 단지 다른 이를 소개해 줬다. 그래서 눈류는 또 그를 만나기 위해 움직여 만났다. 하지만 그 역시 다른 이를 소개해 줬다.

그런 식으로 힘들게 사람을 찾아 돌고 돌기를 반복하다 잘생긴 것은 필수이고 집안 빵빵한 것은 옵션이며, 온갖 능력도 타고났으며 여자는 물론 부모에게도 효도하고, 각 왕국에서 초대하기 바쁘다는 엄마 친구 아들까지도 만났다!!

그런데 현실은 물론 라스트 월드에서도 유명한 그 엄친아마저 정확한 위치를 모른 채 다른 사람을 소개해 줬고, 눈류는 현재 그를 만나기 위해 대륙 동쪽의 발라트 왕국에 온 상황이었다.

이것도 류화가 있었기에 삼 일이지, 만약 류화가 없었고 텔레포트 비용이 아까워 걸어서 이동했다면 얼마나 긴 시간이 걸렸을지 알 수 없는 일이었다.

'도대체 언제 오는 것이야.'

눈류는 붉은빛 술을 한 번에 들이마셨다.

현재 자신이 기다리고 있는 사람은 마법사이자 음유 시인인 로스텔이라는 자였다.

엄친아가 말하기를, 로스텔은 항상 오전 중에 이 여관에 들러 여러 얘기를 들려주며 공짜 술과 음식을 먹는다고 했고, 그에 눈류는 아침부터 나와 기다리고 있었다.

'으음, 살짝 취한다. 그만 마셔야겠어.'

조금씩 먹는다고는 했지만 기다리는 시간이 길어진 탓으로 눈류는 어느덧 취기가 오를 만큼 술을 마셨다. 그러자 취기의 영향으로 전체 스텟에 마이너스 5가 생겨 버렸다.

또 사람을 찾아야 하는 것일 수도 있지만, 이제는 전투를 해야 할지도 모르는 일이기에 눈류는 더 이상 술잔을 잡지 않은 채 요리만 먹으며 로스텔을 기다렸다.

"그런데 얘기 들었어? 새로운 레전드가 탄생했다던대."

"그래? 그렇다면 레전드는 이제 몇 안 남았네?"

"그런 셈이지. 이번 레전드는 비공개라서 정보가 없네. 과연 어떤 사람일까?"

"글쎄, 알아봐야 뭐 달라지는 것도 없잖아. 그것보다 요즘 들어 비밀 퀘스트들이 많더라."

"호오, 정말?"

"어. 게시판에서 찾아보니 누구인지, 그 내용까지는 알 수 없지만 여러 비밀 퀘스트들이 완료된 것이 많았어."

"이야, 비밀 퀘스트라… 나도 한번 한 적이 있지만 또 하고 싶다."

"젠장. 나는 한 번도 못했다고."

"하하. 뭐 언젠가는 하지 않겠어?"

많은 이들의 대화로 여관 1층 식당은 소란스러웠는데 눈류는 한 테이블 건너 앉아 있는 둘의 대화에 귀를 기울였다. 그 순간이었다.

끼이이익!

여관 문이 열리며 한 사람이 등장했다.

그러자 많은 이들이 그를 알고 있는 듯 인사를 하며 반가움을 표시했고, 나타난 늙은 노인 역시 환하게 웃으며 고개를 끄덕였다.

오래되어 낡아 보이는 로브! 실제 나이는 40이지만 어릴 때 약을 잘못 먹어 외형은 80살! 검은 수염에 어색한 흰색 브릿지!! 바로 눈류가 찾고 있는 로스텔이었다.

"허헐. 오늘은 어떤 분이 저에게 맛있는 음식과 술을 대접해 주겠소? 그래 준다면 궁금한 것은 무엇이든지 답해 드리리라."

눈류는 기다렸다는 듯 손을 번쩍 들며 일어섰다.

"제가 술과 음식을 사드리고 싶습니다."

그 모습에 많은 이들이 눈류를 호기심있게 바라봤고, 로스텔은 눈류를 위아래로 쳐다보더니 곧 어린아이처럼 웃으며 눈류의 맞은편 의자에 앉았다.

"내가 좀 많이 먹는 편인데 괜찮소?"

"상관없습니다."

속으로는 피눈물이 철철 흘렀다!

안 그래도 이번 퀘스트는 정보 알아내기가 무한 반복되는 상황이었기에 예상보다 라르크 소비가 심했다. 그러나 퀘스트를 포기할 수도 없었고, 대놓고 '조금만 처드세요!' 라고 할

190 가면의 기사

수도 없는 노릇이기에 눈류는 환한 미소를 유지한 채 대답했다.

"그렇다면… 이봐, 여기에 꿀 바른 돼지 뒷다리를 시작으로 돼지고기 요리 스페셜로, 그리고 오늘 잡힌 싱싱한 물고기가 있나? 오호, 미트라가 있다고? 그럼 미트라 10마리만 튀겨주게. 더불어 이 집은 암소 갈비살이 예술이지? 또……."

웃고 있는 눈류의 볼 살이 떨리기 시작했다.

세상에! 많이 먹을 것이라고 예상은 했지만 이 정도로 처먹는 인간이 있다니!

저만큼의 음식이라면 기적이도 혼자서는 다 먹지 못한다! 이것이 사람이라는 말인가!!

"허헐… 오늘도 포식을 하게 생겼구먼. 에, 그런데 안색이 왜 그러시오?"

그 외에도 많은 음식과 함께 추가로 술까지… 그것도 고급 술로!! 여러 병 시킨 로스텔은 핏기가 사라진 눈류의 표정에 이유를 알면서도 모른 체하며 물었다.

"하, 하하. 요즘 잠을 못 자서 얼굴이 안 좋은가 보군요."

"그러시오? 허허, 그렇다면 잘됐구려. 내가 사는 것은 아니지만 몸에 좋은 음식도 많이 시켰으니 몸보신 좀 하시구려."

"참으로 감.사.합.니.다."

루운과 울트를 떠오르게 하는 로스텔로 인해 저도 모르게 한자한자 끊어 말한 눈류는 자신의 실책을 깨달으며 곧 미스 코리아 당선자들의 미소로 위장했다.

"그런데 알고 싶은 것이 뭐요?"

로스텔은 음식이 나오자 눈류의 말까지 씹으며 미친 듯한 속도로 먹어치우기 시작하더니, 한참이 지나서야 입에서 생선 가시를 발라내며 물었다.

그러자 참을 인 자를 머릿속에서 떠올리며 부글부글 끓어오르는 화를 참고 있던 눈류는 반색하며 되물었다.

"몇 년 전 크로아에서 잠깐 동안 와플을 판 여인이 지금 어디에 있는지 알고 싶습니다."

"으흠."

눈류의 질문에 로스텔의 표정이 진지하게 변했다.

그러나 입은 쉬지 않고 음식을 씹고 있었다.

"그 여인이 어디에 있는지는 알고 있소."

"정말입니까?"

눈류의 눈빛이 반짝거렸다.

이제야 여인의 위치를 아는 사람을 만나게 된 것이다.

"다만, 당신의 목적이 무엇인지는 모르지만 그 바람이 이루어진다고는 확신할 수 없소. 난 단지 위치만 알고 있을 뿐이니."

"알겠습니다. 위치면 충분합니다."

"그렇다면 알려 드리지."

눈류는 갑작스럽게 음성이 아닌 머릿속으로 파고드는 말에 고개를 끄덕였다. 이미 몇 번 경험해 본 상황이었기에 당황하지 않은 채.

"그 망할 할망구는 빛의 계곡에 위치하고 있소. 정확히 어디에 있다! 까지는 나도 모르오. 다만, 빛의 계곡에서 사람의 발길이 허락하지 않는 곳에서 지내오."

빛의 계곡! 어둠의 땅 발라트 왕국에서 유일하게 신성한 기운이 흐르는 곳이었는데, 유저가 갈 수 있는 곳은 한정되어 있었다. 그리고 신성한 몬스터들이 나오는데 성수나 포션 같은 것이 많이 나왔고, 그로 인해 노가다를 목적으로 한 유저들이 자주 찾는 곳이었다.

"고맙습니다. 그럼."

눈류는 로스텔에게 인사를 하며 자리에서 일어나 서둘러 밖으로 빠져나갔다.

하지만 그런 눈류보다 더 빨리 밖으로 뛰쳐나가며 외치는 로스텔!

눈류는 무엇인가를 가득 들고 여관 입구에서 사라지는 로스텔과 함께 그의 맑고 고운 목소리를 들을 수 있었다.

"나가기 전에 계산 좀 하고 가주시오!"

눈류는 의아한 표정으로 종업원을 바라봤다.

이미 그 많은 음식 값을 계산한 뒤였다.

그런데 무엇을 또 계산하라는 것인가?

그런 눈류의 표정에서 이유를 알 수 있었는지 17세 정도 되어 보이는 종업원은 어색하게 웃으며 말했다.

"로스텔님은 항상 음식을 다 먹은 뒤에는 술을 주문하십니다. 그것이 일상이 되다 보니 이제는 말을 하지 않아도 자연스

럽게 챙기게 되는 것이죠. 지금도 내일까지 드실 술을 챙기시
고 나가셨습니다."

으드득, 으드득!

눈류는 절로 이가 갈렸지만 애써 밝은 표정을 지으며 종업
원을 바라봤다.

이 음흉한 로스텔이 문제지, 종업원은 아무런 죄가 없기에.

"어, 얼마인가?"

"그게… 50만 라르크입니다."

잠시 후.

"넌 로스텔이다."

"주인, 무슨 소리인가?"

류화는 조용한 숲에서 자신을 소환한 눈류를 향해 기가 찬
표정으로 되물었다.

"너는 로스텔이다."

"아, 아니, 주인!"

정신을 교감하며 소환된 상태가 아니더라도 원한다면 눈류
가 보는 것을 보고, 듣는 것을 들을 수 있었지만 깊은 잠을 자
다가 소환된 류화는 당황스럽기 그지없었다.

도대체 로스텔이 누구라는 말인가!!

"그 밉상 같은 얼굴… 여자 같은 음성… 모두 다 로스텔이
야!"

로스텔의 목소리는 누가 들어도 남자였지만 눈류는 억지까
지 부리며 스스로를 합리화시키고 있었다.

"주인! 나는 류화다!! 저, 정신 좀 차려라!"

"그래! 로스텔! 이제야 사실을 밝히는구나! 으아아!!"

"주, 주인!"

"으하하!! 로스텔, 로스텔!!"

"커어어억!! 주… 아니, 이 미친놈아!!"

그날 오후, 류화는 자신의 몸에 새겨진 멍 문신을 보며 가출을 결심했다가 붙잡혀 추가 멍 문신을 새겼다.

눈류는 자신을 향해 천진난만한 미소를 짓는 귀여운 몬스터를 쳐다봤다.

온몸에는 흰빛의 털이 풍만하게 난 몬스터는 얼핏 보면 강아지를 닮았는데, 다르게 보면 여우를 닮기도 했다.

크기는 성인 남자보다 큰 편이었으며, 눈동자가 초롱초롱 검은빛을 발했다.

겉모습만 보자면 전혀 사심이 없는 듯한 몬스터!

그러나 이곳은 빛의 계곡이었고, 신성한 기운으로 인해 이곳에서 출몰하는 몬스터들은 모두 서리 예쁘장하게 생긴 편이었다.

그리고 신성한 몬스터인만큼 겁도 많고 착한 놈도 있었지만 때로는 속은 시커먼 놈들도 있다는 사실을 경험을 통해 눈류는 잘 알고 있었다.

류화에게 멍 문신을 새겨준 뒤 빛의 계곡을 걷기 시작한 지 이틀째! 이미 수십 번 몬스터들을 만났기에.

스파아앗!!

눈류의 검이 허공을 갈랐다.

놈은 적이 조금이라도 방심하는 순간 잡아먹기 위해 달려들기에, 역으로 몬스터를 방심하게 한 뒤 공격을 한 것이다.

그러자 몬스터는 흰 빛을 발하며 사라졌고 눈류는 재차 류화와 함께 걸음을 재촉했다.

처음에는 류화를 타고 빨리 가고 싶었다.

비록 류화가 두들겨 맞아 심통이 난 상황이었지만 맛있는 빵으로 순식간에 기분도 풀었으니 말이다.

그런데 빛의 계곡에 도착하자 무슨 이유에서인지 류화는 날 수 없었다. 류화의 말을 빌리자면, 자신도 알 수 없는 마법진이 설치되어 있어 능력을 발휘할 수 없다는 것이다.

그래서 어쩔 수 없이 눈류는 류화와 함께 걷기 시작했다.

류화의 등 위에서 걸으면 편했지만, 랜덤 스텟도 올릴 겸 함께 걷는 것이었다.

그렇다면 눈류는 왜 전혀 도움이 안 되는 류화를 함께 걷게 하는 것인가!

이유는 단 하나였다.

혼자서 고생하기는 죽어도 싫다!

일명 저질스러운 치사함!

"류화, 이곳에서 좀 쉬다 가자."

눈류는 경치가 아름다운 곳을 발견하자 류화에게 말하며 녹색의 풀 위에 앉았다.

그리고 빵과 육포를 꺼내 류화에게도 나눠 주며 입에 넣고 씹기 시작했다.

그런 눈류의 시선은 한곳에 머무르지 않고 주변을 둘러보고 있었다.

빛의 계곡! 말만 들었지, 한 번도 와본 적이 없는 곳이었다.

그런데 천상의 세계가 이곳이라 해도 될 만큼 아름다웠다.

하늘은 맑았고, 일곱 빛깔 무지개가 곳곳에 널려 있었다.

몬스터들도 예쁘지만 이곳에는 동물들도 신비롭게 생긴 놈들이 많았으며, 절벽조차도 이곳에서는 마치 예술 작품을 보는 듯했다.

'이제 얼마 남지 않았다.'

눈류는 주변 경치를 둘러보다 지도를 확인한 뒤 속으로 중얼거렸다.

현재 자신과 류화가 있는 곳은 빛의 계곡 거의 끝 부분이었다.

빛의 계곡은 이미 공개가 된 곳이기에 지도에도 나와 있었으며, 게시판을 통해서도 확인한 사실이있다.

이제 조금만 더 간다면 유저들이 갈 수 있는 최후의 선인 신의 나무가 존재한다.

신의 나무는 크기가 거의 작은 마을 정도 되는 수준이었는데, 신비스러운 열매를 주렁주렁 매달고 있다 한다.

그러나 유저들은 다가갈 수도, 만질 수도 없었다.

신의 나무가 보이는 위치에 하얀 빛의 장막이 존재하는데 그 어떤 스킬도 통하지 않으며, 그곳을 통과할 수 없기 때문이었다.

'나는 다르겠지.'

눈류는 배고픔과 피로도를 모두 채운 후 자리에서 일어나 재차 걸으며 생각했다.

자신은 황제의 퀘스트로 인해 이곳을 찾게 되었다.

그렇다면 분명 고대의 산처럼 무엇인가 다른 점이 존재할 것이었다!

그렇게 기대감을 가진 채 하루를 더 걷자 눈류와 류화는 높은 절벽 위에서 볼 수 있었다, 자신들과 일정 거리에 존재하는 신의 나무를.

눈류가 퀘스트를 하고 있기에 길드원들과 어울렸던 라일라는 아린과 함께 주점에 들러 술을 한잔하고 있었다.

라일라는 살짝 취기만 오를 정도로 마신 상태였으며, 아린은 마음이 괴로운 듯 아주 취할 만큼 마셔 얼굴이 장미처럼 붉어져 있었다.

라일라는 속으로 한숨을 내쉬며 안타깝게 아린을 바라봤다.

영원한 비밀은 존재하지 않는 법이었으며, 그녀 역시 아린의 마음을 대략 알고 있기 때문이었다.

물론 아린과 에시가 만나서의 일까지는 알 수 없었다.

"사랑이 뭘까?"

목소리가 흐트러진 아린이 쓰게 웃으며 말했다.

라일라에게 한 질문인지, 스스로에게 한 질문인지 분간이 되지 않았지만 라일라는 애써 미소를 지으며 대답했다.

"그건 자신만이 알지 않을까요?"

"그런가… 헤헤, 나는 잘 모르겠어."

"왜요?"

"지금 내가 하는 것이 사랑인지, 아니, 사랑은 맞는 것 같은데 이게 제대로 된 길인지… 후회는 안 할지……."

라일라는 침묵을 지켰다.

그러자 반투명한 술을 한 모금 더 마신 아린이 재차 말했다.

"언제였지… 내가 아주 어릴 때 처음으로 사랑이라는 것을 해봤어. 그래, 그게 사랑이었던 것 같애. 한 사람이 너무나 보고 싶었고… 그 사람과 함께하는 것은 모두 행복이었으며, 그 남자로 인해 울고 웃고… 바보가 되었었어."

"네."

"그런데 지금 돌이켜 보면 난 나에게 이런 말을 묻고 싶어. 그 사람에게도 네가 사랑이었냐고. 영원이라는 것은 없다고 생각해. 평생이라는 밀도 거짓말이라 생각해. 다만 사랑한다면… 적어도 사랑했다면 그 사람에 대해 좋은 추억을 가질 수 있게 해야 된다고 생각해. 그런데 내 첫사랑은 그러지 않았어."

아린의 눈시울이 붉어졌다.

"다른 여자가 좋아져서 나를 버린 그 사람… 우리는 분명 헤어졌는데 술에 취하면 나에게 연락이 왔어. 그러면 나는 그리움에 바보처럼 쪼르륵, 달려나갔어. 그리고 이제는 내 남자가 아니라는 것을 알면서도 그가 원하면 난 밤을 함께 보냈어. 다음날이면 언제 그랬냐는 듯 차갑게 돌아섰는데 난 바보처럼 반복했어. 그 남자가 다른 여자와 결혼하기 전까지 말이야……."

아린은 차갑게 웃었다.

그녀가 생각해도 자신이 웃겼기 때문이었다.

사람마다 사랑하는 스타일은 다르다.

어떤 이는 끝내는 순간 마음까지 완전히 접기도 하며, 다른 이는 오랜 시간 아파한다. 그리고 아린 역시 후자였다. 그런데 하필이면 아린의 상대가 그런 마음을 이용하는 남자였고, 아린은 자신의 사랑에 굴복당한 채 끝난 후에서도 자신의 몸을 허락했다.

주변 모두가 욕을 하고 그러지 말라고 외쳤지만, 그렇게나마 그 사람과 같이 있고 싶었기에… 그렇게 하루라도 거짓된 사랑을 받고 싶었기에…….

그런데 지금도 그러고 있었다.

"나 계속 이렇게 가야 할까. 다른 여자를 마음에 품고 있다는 것도 알면서도, 결국은 나에게 오지 않을 것이라는 사실을 알면서도… 나 계속 그 사람을 사랑해야 할까. 아니, 이래도 되는 것인가. 나 또다시 좋은 추억을 가지지 못하게 될지도 모르는데."

라일라는 아린의 두 손을 꼭 잡았다.

자신의 처지와 비슷하다는 생각이 들자 더욱 공감된 것인지도 모른다.

라인을 잊지 못하는 눈류… 그런 눈류가 자신에게 온다는 확신도 없는데 기다리는 자신.

"아파요. 많이 아파요. 정말 서럽기도 하고, 알면서도 자신의 마음이 뜻대로 되지 않아 슬플 거예요. 그런데 저는 그렇게 생각해요. 그 어떤 사랑이라도 좋은 추억이 있을 것이라 정해지지 않았어요. 언니처럼 어쩌면 결과가 보이는 사랑이든, 결말을 모르는 사랑이든… 미래는 알 수 없는 거예요. 그래서 전 그렇게 생각해요. 가보는 거라고……. 그 길이 얼마나 멀고 고될지라도 일단 가보자고. 사람이 살아가며 사랑을 몇 번이나 하겠어요. 때로는 너무나 아파서 숨이 막히겠지만 사랑할 수 있을 때까지는 사랑하자고."

라일라의 말에 아린은 두 눈을 감으며 에시를 떠올렸고, 라일라는 그런 아린을 바라보다 자신 역시 눈류를 떠올렸다.

어쩌면 아린에게 한 말은 스스로에게 말한 것인지도 몰랐다.

눈류가 오지 않을지도 모른다는 불안감에 아파하는 자신을 위해.

"주인, 저기에 마법진이 있다."

눈류는 류화의 말에 고개를 끄덕였다.

자신의 예상처럼 나무와 절벽 사이를 가로막고 있는 빛 중앙에 붉은빛의 마법진이 존재했다. 그 누구도 찾지 못했던, 황제의 퀘스트로 인해 자신에게만 나타난 마법진!

'내려가려면 스킬을 발휘해야겠어.'

눈류는 반가우면서도 류화가 날 수 없다는 사실에 아쉬움을 느꼈다.

사실 라스트 월드 안에서의 능력과 스킬들이라면 높은 위치지만 조심만 한다면 크게 위험하다고 생각되지 않았다. 그러나 빨리 가고 싶은 마음이 가득했고, 마침 눈류에게 딱 생각나는 조합이 있었다.

"류화, 일단 들어와라."

눈류는 결심과 함께 류화를 불러들였고 그림자 조각을 발휘하며 아주 빠른 속도로 절벽에서 떨어졌다.

그냥 떨어져도 오래 걸리지는 않겠지만, 그림자 조각이 가세하자 눈으로 따라갈 수 없는 속도에 눈류는 온통 강렬한 공기와의 마찰로 온통 인상을 찡그렸지만 정신을 집중했다.

이른 타이밍은 상관없다. 그러나 조금이라도 늦거나 착오가 생긴다면 자신은 죽을 것이었다.

쒜에에에엑!!

눈류의 신형이 지면과 점점 가까워졌다.

10m, 9m, 8m, 7m, 6m…….

그 순간 눈류는 마나를 끌어올리며 크게 외쳤다.

"마나의 벽!!"

쿠우우웅!!

눈류의 신형이 지면과 부딪쳤다.

지면이 우지직! 소리와 함께 금이 갈 정도의 충격이었다.

하지만 마나의 벽으로 인해 눈류는 무사할 수 있었고, 미소와 함께 류화를 소환해 마법진 위에 올라섰다.

지이이잉!!

'또 다른 공간인가.'

눈류는 마법진에서 이동한 후 주변을 두리번거리며 생각했다.

자신이 들어온 방향의 절벽이 보이지 않았고, 밖에서 볼 때는 없던 초록색의 정원에 서 있었다.

'신의 나무는 있군.'

조금 떨어진 곳에 나무가 보였다. 아니, 신의 나무라 추측할 수 있었다.

멀리서 볼 때는 눈에 들어왔지만 근접해서 보니 온통 나무의 벽이라 착각할 정도로 컸으며 끝이 측정되지 않기 때문이었다.

그리고 푸른빛 안개가 자욱했는데, 눈류는 시력을 높여 나무 쪽을 유심히 바라봤다.

무엇인가가 눈에 포착되었기 때문이다.

'사람?'

눈류는 류화와 함께 신의 나무에 기대어 자고 있는 존재에게 다가갔다.

가까이 다가가자 사람이라는 것을 알 수 있었고, 더욱 접근하자 여자라는 사실을 알 수 있었다.

'예쁘군.'

라스트 월드에서 예쁘고, 멋지지 않은 존재는 몬스터들뿐이다! 라는 말이 있을 정도로 유저들뿐 아니라 NPC들도 막강한 미모를 자랑하고 있었는데, 신의 나무에 기대고 있는 여인도 마찬가지였다.

피부가 하얗고 입술은 붉었다. 전체적으로 누가 봐도 아름답다 할 정도의 얼굴이었으며, 몸매 역시 어디에서도 당당할 정도였다. 마지막으로 작은 바람에도 휘날리는 눈부신 은빛 머리카락이 시선을 홀렸다.

'뭐 하고 있는 것인가.'

눈류는 그녀가 로스텔이 말한 망할 할망구라는 사실을 알아차릴 수 있었다.

더불어 와플을 판 여인 역시 그녀라고 확신했다.

그런데 자신이 와도 전혀 움직이지 않은 채 나무에 반쯤 기대어 사색에 잠겨 있었고, 눈류는 어쩔 수 없이 조금 더 다가가 인기척을 냈다.

그리고 알 수 있었다.

그녀는 생각에 빠진 것이 아닌 잠을 자고 있었다!

그것도 코를 골고 침까지 흘리며 말이다!

'젠장. 어떻게 하지?'

그러자 눈류는 당황스러웠다.

자신은 부탁을 하기 위해서 온 것이다.

더불어 로스텔이 그녀를 얘기할 때의 어투와 표정을 생각하면 분명 좋기만 한 사람은 아니라고 판단되었다.

그럼에도 자는 것을 깨워야 한다 말인가!

'아니다. 일단 기다려 보자. 괜히 심통이라도 냈다가는 더욱 피곤해진다.'

울트와 루운으로 인해 NPC들의 심기를 불편하게 하면 얼마나 곤혹을 치르는지 잘 아는 눈류는 결국 그 앞에 주저앉으며 류화에게 눈짓했다. 그러자 류화 역시 눈류의 곁으로 다가와 편하게 앉아 휴식을 취했고, 눈류는 심심함을 이기지 못하자 류화의 털을 골라주며 시간을 때웠다.

"너는 누구냐?"

그렇게 털 고르기를 한 지 2, 3시간이 지났고 눈류의 제안으로 둘은 말도 안 되는 쿵쿵따를 하고 있을 때였다.

갑자기 저음의 여자 목소리가 둘의 귀를 파고들었다.

"찜쭝쪼! 컥! 일어나셨습니까?"

자신의 차례가 되어 화려한 발음을 선사한 눈류는 반색하며 여인을 향해 고개를 돌렸다. 그곳에는 여인이 커다란 두 눈을 뜬 채 바라보고 있었는데, 눈동자 색도 머리카락처럼 은빛이었다.

그런데 아무런 대답이 없었다.

"저기……."

드르렁, 드르렁!

"……."

줄줄줄.

시원스러운 코골이! 막힘없이 흐르는 침!!

눈류는 알 수 있었다. 그녀는 지금 눈을 뜬 채 자고 있다는 것을!!

결국 눈류는 그녀를 깨우기로 결심했다.

자는 것을 보니 꽤 오랜 시간이 걸릴 것 같은 불안감이 엄습했기 때문이다.

툭툭!!

"저기요."

처음에는 살짝 건드는 수준이었다. 그러나 아무런 반응이 없는 여인.

살짝 흔들, 흔들.

그러자 눈류는 그녀의 어깨를 조심스럽게 흔들며 재차 불렀다. 하지만 여인은 역시 아무런 반응이 없었다.

그렇게 10여 분이 지나자 이제는 마치 멱살을 잡고 흔드는 듯 심하게 흔드는 눈류!

그때 여인의 손이 올라가며 입술이 움직였다.

"파이어 볼… 드르렁……."

콰콰콰콰쾅!!

눈류는 멍한 눈으로 자신의 주변을 바라봤다.

분명 파이어 볼 여러 발이었다! 그런데 위력은 무슨 헬 파이어와 맞장 뜰 수준이 아닌가!

'잘못 건들면…….'

문득 죽음이라는 단어가 머릿속으로 스쳐 지나가자 눈류

의 이마에서는 식은땀이 흘렀고, 어쩔 수 없이 눈류와 류화는 말도 안 되는 쿵쿵따를 하며 그녀가 깨어나기만을 기다렸다.

부스럭.

그녀가 깨어난 것은 라스트 월드 시간으로 하루가 더 지난 다음에서였다.

그때까지 눈류와 류화는 지친 얼굴로 쿵쿵따를 하고 있었는데, 여인은 그런 둘을 보며 어이없다는 듯 물었다.

"너는 누구지? 그리고 저건 신수야, 사람이야?"

"풍아홍, 쿵쿵따!"

"홍종역, **쿵쿵따!** 어, 주인. 일어났다."

"응? 헉! 일어나셨습니까?"

눈류는 다급히 일어나서 자신이 왜 이러고 있는지를 설명했다.

어제부터 기다리고 있었고, 무슨 이유로 이곳을 찾아왔는지 말이다.

그러자 여자의 표정이 묘하게 변했다.

"어떻게 들어온 것이지? 이상하네. 그리고 내가 여기에 있다는 것은 누가 알려준 것이지?"

여자는 낮은 목소리에 냉랭한 기운을 실어 물었고, 눈류는 잠시 머릿속을 굴렸다. 로스텔은 말해줄 수 있었다. 그런데 어떻게 들어왔는지는 설명하기가 애매했다.

"흐음, 결계에 문제가 있었나 보군. 그리고 로스텔 그놈이

말했나?'

끄덕, 끄덕!

눈류는 황급히 고개를 끄덕이며 대답을 대신했다.

결계에 대해 어떻게 말해야 할지 고민했는데 해결되었기 때문이었고, 그러자 여인이 고운 미간을 찌푸리며 말했다.

"로스텔 그놈을 죽였어야 한 것인데. 에잉. 하여튼… 내 와플을 얻어가고 싶다고?"

"그렇습니다."

"하긴, 내가 만든 와플이면 황제라도 참지 못하겠지."

"그럼요. 백번 맞는 말씀이십니다!"

"호호. 네놈이 뭔가를 아는구나."

상황에 따라 기발하게 발휘되는 눈류의 아부 실력!

아부는 함부로 하는 것이 아니었다.

상대의 성품에 따라 종류를 달리해야 했으며, 눈류는 눈앞에 있는 여인의 말에서 자만심이 있다는 것을 알 수 있었다.

이런 상대에게는 무조건 아부가 최선!!

그런 눈류의 예상처럼 여인은 기분 좋은 듯 실소를 흘렸고, 곧 자리에서 일어서더니 자신에 관해 말했다.

"내가 누구인지 궁금하지 않으냐?"

"알려주신다면 영광입니다!"

만약 상대가 혼드 같은 성격이었다면 눈류는 당연히 거절했을 것이다.

하지만 눈앞에 있는 여인은 마치 알려주고 싶다는 듯 물었고, 눈류는 어투와 표정에서 그것을 정확히 알아차린 뒤 맞장 구쳐 줬다.

"나는 바로 시실리다."

"헉!! 그렇습니까?"

눈류의 과장된 오버 액션!

그러면서 재빠르게 머릿속을 헤집기 시작했다.

시실리, 시실리, 시실리!!

하지만 아무리 생각해도 기억이 나지 않았다.

눈류가 라스트 월드 NPC들을 모두 아는 것도 아니었고, 자신과 관련있다든가 도움이 되는 정보만 외우기 때문이었다.

"호오, 나를 아느냐?"

"어찌 시실리님을 모르겠습니까?"

눈류는 거짓말까지 하며 그녀의 기분을 돋워주었다.

그와 함께 거짓말이 들통나기 전, 재빠르게 라스트 월드 내 게시판을 통해 시실리를 검색했다. 그러자 많이 알려지지 않은 듯 소수의 글이 나왔는데, 그녀는 레전드에 속하지는 못했지만 300년 전 대단했던 여마법사로서 자신의 발전을 위해 마계의 힘을 빌어 스스로를 키메라로 만들었다.

'아직까지 살아 있는 이유가 그것이었군.'

눈류는 급히 알아낸 정보를 말하며 시실리에게 거짓이 아니라는 것을 증명했고, 시실리는 기분 좋은 듯 말문을 열었다.

"그래, 나를 알긴 아는구나. 하지만 잘못된 점이 있어. 나는 마계의 힘을 빌린 것이 아닌, 신도 마족도 아닌 존재와 계약을 한 것이다. 그래서 나에게는 마기가 없지."

눈류는 고개를 끄덕였다.

왜 그녀에게서 마기가 느껴지지 않는지 이제야 이해가 되었다.

"그건 그렇고, 파이라… 넌 좋은 놈 같으니 얼마든지 줄 수 있지."

눈류는 눈동자를 반짝이며 시실리를 쳐다봤다.

누군가 그랬던가! 말 한마디로 천 냥 빚을 갚는다고!

눈류의 입장에서는 아부 몇 번으로 파이를 얻은 격이었다.

그러나 보상이 좋은 만큼 퀘스트가 쉬울 리가 없었으니…….

시실리의 표정이 짓궂게 변했다.

"단, 내 세 가지 일을 도와줄 경우에만."

Part 7
류화의 눈물

The knight of mask

타타타타탁!

담배 연기가 자욱한 방 안, 그곳에서 한 남자가 열심히 타자를 치고 있었다.

방 안은 온통 음식물 쓰레기들이 동거를 하고 있으며 지저분했는데, 컴퓨터 책상은 너욱 가관이었다.

3층 석탑보다 정교한 5층 담배 탑!

주변은 부드러운 모래 대신 담뱃재가 수북하게 쌓여 있었다.

하지만 그런 모든 것을 전부 무념무상의 경지로 무시를 하며 타자만 치는 이가 있었으니, 바로 영만이었다.

현재 영만의 모습은 방과 크게 다를 것이 없었다.

당장 밖에 나가 길을 걷다가 넘어진다면 지나가던 사람들이 눈물을 뚝뚝 흘리며 돈을 던져 줄 정도!!

그 사실을 영만 본인이 더 잘 알고 있었지만, 영만은 씻지도 않은 채 열심히 마감에 빠져 있었다.

라스트 월드를 너무 많이 했다. 리야와 함께하다 보니 시간 가는 줄도 몰랐다. 그러다 보니 어느덧 마감 날짜가 별로 남지 않은 것이었다! 아직 반 이상이나 남았는데!

그래서 영만은 리야에게 사정을 말한 채 며칠째 현재 내고 있는 책의 마감에 빠져 있었고, 이제 이틀 정도만 더 하면 마칠 수 있는 상황이었다.

"젠장. 힘들군."

영만은 담배 한 개비를 입에 물며 고개를 도리도리 저었다.

꾸준하게 하지 않고 한 번에 몰아서 하려다 보니 일명 마감 모드일 때는 몸과 마음 모두가 지쳤고, 담배를 피며 아픈 이마를 매만지던 영만은 문득 약속이 떠올라 시계를 쳐다봤다.

그리고 흠칫 놀라며 황급히 샤워를 하기 위해 욕실로 뛰어갔다.

너무 스트레스만 받다 보면 오히려 스토리가 잘 풀리지 않는 법이었다.

그래서 휴식도 가질 겸 은미와 만나기로 약속을 했었고, 은미와 만난 뒤 이틀 동안 열심히 적어 마감을 끝내자고 결심한 영만은 샤워를 마치고 옷을 입은 후 약속 장소로 향했다.

"오빠."

단아한 레스토랑 안.

먼저 와 있던 은미가 손을 흔들며 크지도, 작지도 않은 목소리로 영만을 불렀다.

그러자 영만은 늦어서 미안하다는 말과 함께 자리에 앉아 그녀를 바라봤다.

라스트 월드에서 함께 있는 것도 좋지만 이렇게 현실에서 있는 것은 크나큰 행복을 선사했고, 자신에게는 그 누구보다 예쁜 은미를 바라보자 영만은 저도 모르게 입가에 침이 고였다.

눈류와 함께 어울리며 얻게 된 짐승 모드!

그 모습에 은미는 실소를 흘리며 냅킨을 집어 영만의 입술을 닦아주었고, 영만의 얼굴은 불에 타기라도 하는 듯 붉어졌다.

그 순간 영만의 휴대폰이 울렸다.

영만은 은미에게 양해를 구한 뒤 휴대폰을 바라봤다.

그리고 영만의 표정이 돌처럼 굳어졌다.

진화를 긴 이가 마로 자신의 직속 담딩자였기 때문이다.

"잠깐만."

영만은 은미에게 말함과 동시에 벌떡 일어나 화장실로 달려갔다.

그사이 전화는 한 번 끊겼는데 재차 전화벨이 울리자 거울 속의 자신을 바라보며 최면을 걸기 시작했다. 평소 소심하고 남에게 싫은 소리를 잘 못하는 영만이 드물게 과격해지는 순간이었다.

"여보세요?"

스스로에게 아무런 잘못이 없고, 모든 것은 담당자의 잘못이라는 말도 안 되는 최면을 건 후, 영만은 일부러 짜증이 담긴 목소리로 전화를 받았다.

"아, 영만 씨! 원고는 도대체 언제쯤……."

"에잇! 이제 얼마 남지도 않았고, 지금 머릿속에서 스토리가 막 떠올랐는데! 담당자님 전화 때문에 신경 쓰여서 날아갔잖아요. 아, 어쩔 겁니까? 책임지세요!"

"네? 저, 정말요?"

속으로는 미안하다 하면서도 목소리는 여전히 짜증을 내는 영만.

그 모습에 열심히 독촉을 하려던 담당자는 당황했다.

작가와 담당자의 관계! 경험을 쌓으면 쌓을수록 서로에 대한 대처법과 노하우를 익히게 되는데 영만의 담당자는 아직 경험이 부족했고, 소심하기로는 영만과 쌍벽을 이루기에 공격을 당하기만 할 수밖에 없었다.

"하여튼 조금만 기다려요! 이제 곧 다 되가는데… 자꾸 방해하셔서 원고 더 늦어지면 저도 몰라요!"

"아, 알겠어요!"

영만은 전화를 끊으며 떨리는 가슴을 부여잡았다.

비록 연기라 하지만 다른 이에게 화를 낸다는 것 자체가 익숙하지 않은 그이기에 언제나 자신의 잘못을 덮어씌우고 나면 가슴이 한참이나 진정되지 않았다.

'그래도 해냈어!'

잠시 뒤, 가슴의 심한 두근거림이 멈추자 영만은 뿌듯한 표정으로 화장실을 빠져나갔고, 은미와 식사를 한 후 둘은 술을 한잔 마시기 위해 강변으로 이동했다.

조르르륵.

술잔에 술이 채워질 때마다 영만과 은미의 얼굴은 붉어졌고, 둘의 눈동자는 흐트러졌다.

그들이 술집을 찾은 지 어느덧 2시간이 흘렀다.

그럼에도 영만의 스케줄로 인해 일찍 술집에 온 것이기에 아직 날은 어둡지 않았다.

"오빠……."

알코올이 약한 칵테일 형식의 술이었기에 꽤 많은 병을 비웠을 때였다.

취기가 오른 은미가 진지한 눈빛으로 영만을 향해 말문을 열었다.

"응?"

새우의 껍질을 벗기고 은미에게 먹여주려던 영만이 의아한 표정으로 반문했다.

지금까지 웃고 떠들던 은미와는 달리, 촉촉한 눈빛으로 자신을 주시하고 있었기 때문이다.

"나 사랑해……?"

"어?"

예상치 못한 갑작스러운 질문에 영만은 당혹함을 느꼈다.

은미가 여자로 안 보일 리가 없었다.

그렇다면 자신이 라스트 월드, 그리고 현실에서 왜 이렇게 잘해주겠는가?

그러나 영만은 그녀의 마음을 알지 못했다.

영만의 행동으로 인해 은미 역시 영만이 자신을 사랑한다고 생각했다. 그렇지만 정작 고백은 하지 않으며, 얘기할 때 항상 오빠 동생을 강조했다.

다른 이들은 영만이 왜 그러는지 이유를 다 알고 있다.

하지만 정작 그녀만은 모르고 있었다.

그렇기에 은미는 영만이 자신을 여자가 아닌, 사랑스러운 동생으로 생각한다고 느꼈다.

'어떻게 대답해야 할까?'

영만은 머릿속으로 고민했다.

자신의 마음은 누구보다 자기가 더 잘 알지만 그렇다고 그대로 말할 수 없었다.

그럴 경우, 힘겹게 다짐하고 붙잡은 스스로의 의지가 무너질 것 같았다.

여자로 보인다고, 사랑한다고 말한다면… 더 이상 은미를 여동생으로 볼 수 없을 것 같았다. 그리고 은미에 비해 스스로가 너무 부족하게 느껴졌기에 진심을 말하기가 겁이 났다. 더불어 사랑이라는 것… 영원한 이별 역시 줄 수 있기에, 그것만큼은 싫었다.

영만은 테이블 밑에 있는 주먹을 불끈 쥐었다.

그리고 일그러지려는 얼굴을 애써 웃음으로 위장했다.

그래야 했다. 그러지 않으면 눈물이 나올 것 같기에.

"내 동생, 당연히 사랑하지… 동생이잖아……."

"그렇네. 헤헤."

스스로의 감정을 다스리기 바쁜 영만은 몰랐다.

대답하는 은미의 얼굴이 슬픔에 젖었다는 사실을…….

신의 나무가 자리한 시실리의 공간.

그곳에는 눈류가 도착했을 당시에는 없던 크지 않은 냇물이 하나 형성되어 있었다.

그리고 눈류는 냇물에 손을 담근 채 진지한 표정으로 무엇인가를 열심히 하고 있었다.

이마에는 땀이 주르륵 흘렀으며, 쉽지 않은지 얼굴까지 찡그린 상태였다.

바로 시실리의 부탁으로 빨래를 하는 중이었다.

그녀의 세 가시 부탁 중 첫 번째인 빨래!

눈류는 그 얘기를 들었을 때는 별로 어렵지 않아 다행이라고 생각했었다.

말도 안 되고 시간이 질질 끌리는 퀘스트들보다는 아무리 생각해도 빨래가 훨씬 나았다!

하지만 시실리는 악독했으니…

"이, 이게 뭡니까?"

눈류는 당황스러운 표정으로 시실리를 향해 따지듯 물었다.

수락함과 동시에 그녀가 허공에 손을 뻗으며 마나를 움직였는데 하늘에서 비 오듯 빨랫감들이 떨어졌다.

그 양은 셀 수가 없을 정도였으며, 하나같이 모두 묵은 때가 묻어 있었다!

"하나, 둘 미루다 보니 좀 많아. 아참, 물은 여기서 써."

그 말과 함께 시실리는 재차 마나를 움직였다. 그리고 이곳이 그녀만의 공간이라 그런 것인지, 아니면 수백 년을 살아 마법이 놀라울 정도가 된 것인지, 신의 나무 근처에 작은 냇물이 나타났고, 시실리는 눈류가 빨래를 하는 것이 당연하다는 듯 뒤돌아섰다.

그러자 눈류는 무슨 말이든 하려고 했다.

세 가지 부탁을 들어주기로 했으니 어차피 해야 될 일이지만 인간적으로 많아도 너무 많았다. 혼자서 한다면 며칠은커녕, 몇 주가 걸릴지도 모를 만큼 빨래의 산이었다.

하지만 항의를 하자마자 시실리 곁에 소환되는 수많은 마법들을 확인한 눈류는 말없이 빨래를 빨기 시작했고, 그날 이후 일주일이 지났다.

"빌어먹을!!"

눈류는 짜증을 내며 빨래를 손으로 문질렀다.

화는 나지만 절대 조심스러움을 잃지 않았다.

왜냐하면 힘을 너무 많이 주면 옷이 종이처럼 찢어졌다. 그렇다고 살살하기만 하면 지독하게 묵은 때가 지워지지를 않왔다.

한마디로 적절한 힘을 사용해야 하는데, 인간이 기계도 아니고 쉽지 않은 일이었다.

그래서 눈류는 이미 옷 수백 벌을 찢어먹은 상황이었다.

그런데 문제는 옷을 찢을 때마다 시실리에게 마법으로 공격을 당했다. 적당히라면 말도 안 한다. 정말 눈류가 죽기 직전까지 가는 그런 마법들이었다!

그러면 시실리는 회복 마법으로 눈류를 멀쩡하게 만든 뒤다시 빨래를 시켰고, 눈류는 억울하고 서럽지만 차마 덤빌 생각을 하지 못했다.

퀘스트인 것이 가장 큰 이유다. 하지만 실력으로도 시실리에게 상대가 되지 못한다는 것을 눈류는 잘 알고 있었다.

그렇기에 눈류는 일주일 동안 빨래만 하고 있는 자신의 처지에 성질이 나도 빨래를 하는 손길은 아낙네처럼 부드러웠다.

'류화……'

반나절이 지났다.

눈류는 지금까지 한 빨래들과 아직 남은 빨래들을 바라보다길게 한숨을 내쉰 뒤 류화를 바라보다 눈물을 글썽거렸다.

평소의 눈류라면 절대 류화를 이렇게 동정의 눈빛으로 보지않을 것이다. 아니, 오히려 자신의 고생을 나눠 주는 인간이 바로 눈류였다!

그러나 지금 이 순간만큼은 제아무리 사악함의 극치를 달리는 눈류라 할지라도 그럴 수 없었다.

드르르륵! 드르르륵!!

류화는 무엇인가를 힘겹게 끌고 있었다.

얼굴에 돋은 혈관들이 그런 류화의 상태를 말해주고 있었고, 일주일 동안 눈류와 지낼 때보다 더욱 많은 음식을 먹었지만 고생이 심했던 듯 다크 써클이 시험을 앞둔 수험생과 같았다.

바로 시실리가 류화마저 소처럼 부려먹고 있는 것이었다!

류화 역시 처음에는 눈류처럼 반항도 하고 앙탈도 부려봤다.

그러나 돌아오는 것은 파이어 볼에 썬더볼트였다.

비록 낮은 써클의 마법들이라 할지라도 시실리가 사용한다면 그 위력이 남달랐고, 결국 류화 역시 모든 것을 체념하며 일을 하고 있었다.

'주인!'

'류화!'

눈류와 류화의 두 눈이 마주쳤다.

둘은 서로를 애타게 부르고 있었다.

그렇게 얄밉고 밉던 서로가 이 순간은 너무나 소중했으며, 고생하는 모습이 안타까웠다!

로미오와 줄리엣의 심정이 이러했을까!

둘의 눈에서 닭똥 같은 눈물이 동시에 떨어졌다.

마감을 끝낸 뒤 라스트 월드에 접속한 루크는 주점을 찾았다.

평소 혼자서는 절대 술을 먹지 않는 그였지만, 그날 은미와의 일이 계속 마음에 남아서일까… 일이 끝나자 참고 참았던 아픔과 답답함이 밀려왔고, 라스트 월드 안에서라도 술에 맘껏 취하자고 결심한 것이었다.

"로우드 주세요."

루크는 간단한 안주와 함께 자신이 있는 주점에서 가장 독한 술인 로우드를 주문한 뒤, 길드 채팅창으로 인사를 나눴다.

"형님! 어디세요?"

그러자 접속해 있던 페르탄이 반가운 목소리로 말을 건넸고, 루크가 홀로 주점에 있다는 사실을 말하자 페르탄뿐 아니라 일리아마저 놀라며 길드 채팅창으로 외쳤다.

"에? 오빠 혼자서?"

"응. 그냥 마음이 울적해서."

"그럼 우리가 갈게."

"어? 괜찮은데."

루크는 일리아와 페르탄의 챙겨주려는 모습에 고마움을 느꼈다.

장난이 심하고 염장은 상상을 초월하지만 언제나 자신을 위해주는 둘이었다.

그리고 둘과 더불어 기적과 레몬 역시 걱정이 되어 오겠다고 말했고, 루크는 리야 생각에 쑤셔오는 가슴이 조금은 아무는 것 같은 느낌을 받았다.

그러나… 그것도 잠시였다.

"행님, 안주 더 먹어도 됩니꺼?"

"자기는 그런 것을 다 걱정하네. 역시 착해 빠진 우리 자기. 루크 오라버니가 다 계산해 주실 것이야. 마음껏 먹어!"

"진짜제? 자기만 믿는데이."

"오브코스!"

걱정은 고사하고 안주를 작살내기 바쁜 기적과 레몬.

"형님, 괜찮으세요? 저에게 다 말해보세요!"

"자기, 사람들도 보는데… 아!"

"아우, 우리 자기는 왜 이렇게 예쁜 거야."

"자기 사랑 받으니 예뻐지지."

리야 생각에, 사랑 때문에 힘들다고 말했음에도 불구하고, 걱정하는 말과는 달리 입으로 음식을 먹여주며 염장 작살인 페르탄과 일리아.

루크는 저도 모르게 살기를 내뿜다가 실소를 흘리며 술을 마셨다.

자신의 힘듦을 동생들한테 화풀이할 수는 없는 노릇이었으며, 자기 때문에 이들이 즐겁다면 그것도 괜찮다고 생각했다.

비틀, 비틀.

꽤 많은 술을 마신 채 얼굴이 붉어진 루크는 이곳에 온 목적을 망각하고 술에 취한 두 커플을 부러운 듯 바라보다 자리에서 일어나 주점 입구로 향했다.

안에만 있자니 답답했기에 밖에 나가 사냥이라도 하려는 생각이었다.

그때 기적이 당황하며 소리쳤다.

"행님, 어디 가십니꺼!"

"어? 나가려고."

"와예? 저희랑 같이 있지예."

"아냐. 재미나게 놀아."

기적은 뒤늦게 이곳에 온 이유를 떠올린 듯 걱정스러운 표정으로 루크를 향해 외쳤다. 그러다 루크가 웃으며 손을 흔들자 곧 어쩔 수 없다는 듯 자리에 앉으며 재차 소리쳤다.

"행님예, 추가 주문한 음식까지 계산해 주고 가세예!"

"……"

루크가 아닌, 음식 값이 걱정인 기적이었다.

"어디 계시지?"

밖으로 나왔다가 박하다의 부름을 받고 크로티아 외곽 숲으로 향한 루크는 주변을 두리번거리며 혼자 중얼거렸다.

분명 박하다가 외곽 사과나무 근처에 있다고 했는데 모습이 보이지 않기 때문이었다.

"어디 계세요?"

결국 루크는 큰 목소리로 소리치며 박하다를 찾기 시작했다.

그때 풀이 루크의 허리까지 길게 자란 곳에서 박하다의 목소리가 들렸다.

"여기다!"

루크는 숲 속에 웅크리고 있는 박하다를 발견하자 애써 술에서 정신을 차리며 바라봤다.

그러자 박하다가 진지한 표정으로 부른 이유를 말하기 시작했다.

"애들한테 얘기 다 들었다. 네가 주점에서 나간 뒤 걱정되어서 나에게 부탁하더군. 아무래도 인생 경험이 많은 나라면 해결해 줄 수 있지 않을까 하는 눈치였어. 뭐, 이 몸은 인생 경험이 없다 해도 모든 것을 해결하겠지만. 으하하!"

"그, 그렇군요."

루크는 쓴웃음을 지었다.

박하다의 자뻑 때문이 아니라, 애들이 술에 취했고 걱정하는 마음은 알지만, 그런 내용을 굳이 어른들에게까지 알리고 싶지 않았었다.

"길게 말해봤자 어차피 인간은 자신이 경험하지 않는 이상은 받아들이지 않아. 이해도 하고 듣기는 하는데 흘려버리는 것이지. 그래도 얘기를 해야겠지. 사랑이라는 것, 소중한 사람이라는 것… 영원한 이별 없는 관계도 좋아. 그런데 말이야. 인간은 원하는 것을 이루기 전까지는 힘들어하게 되어 있고, 자네는 지금 괴로워해. 그것이 스스로 최선이라 선택했지만… 심장이 받아들이지 못하는 것이지. 과연 그런 자네의 모습을 그 아이도 좋아할까? 더불어 자네는 진정 그것이 행복할까? 심장이 울고 있는데……."

　루크는 아무런 대답도 하지 못한 채 고개를 떨구었다.

　그리고 자신의 손으로 심장 부근을 어루만졌다.

　느껴졌다. 말은 안 되지만… 정말 심장이 우는 것처럼 느껴졌다.

　"흐읍!!"

　뿌지지지직!

　루크의 심장이 울고 있을 때… 박하다는 항문이 울고 있었다.

　"으랍차!!"

　눈류는 끝이 보이지도 않는 절벽에 검을 박으며 매달려 있었다.

　그런 눈류의 얼굴은 많이 지쳐 보였는데, 바로 시실리의 강행군 때문이었다.

　일주일이라는 시간이 더 흘러, 총 2주란 시간 동안 그 더럽고 많던 빨랫감들을 모두 깨끗하게 빨았다.

　당시 눈류와 류화의 몰골은 말이 아니었다.

　포션을 사용할 수 없었기에 둘 다 체력적으로 대단히 지쳐 있었고, 다크 써클이 멀리 던지기를 해도 될 정도였다.

　하지만 시실리는 봐주지 않았다.

　바로 이어진 두 번째 부탁! 바로 절벽을 타고 올라가 로우라의 알을 가져오는 것이었다.

로우라는 현실의 봉황과 비슷하게 생긴 새였는데 크기가 와이번과 맞먹을 정도로 대단히 컸으며, 성격이 난폭하다.

특히 모성애가 뛰어난 편이었기에 알을 위협한다면 상대나 자신이 죽을 때까지 싸우는 습성이 있었다.

'왜 나만 생고생을!'

떨어진 피로도와 배고픔으로 인해 검을 절벽에 박고 빵을 먹던 눈류는 속으로 불만을 터뜨렸다.

하루 동안 절벽을 기어오른 것도 좋고, 로우라와 싸우는 것도 상관없었다. 그런데 왜 류화는 함께 고생하지 않는가!

현재 류화는 이전처럼 하늘을 날고 있었는데, 시실리가 이 주 동안 열심히 일한 류화를 생각해 제한 마법을 해제했기 때문이었다.

"주인, 왜 그렇게 보는가?"

류화는 너무나 평온한 얼굴로 자신을 야리는 눈류를 향해 말했다.

그러자 빵을 꾸역, 꾸역 다 삼킨 눈류가 거짓된 온화함을 얼굴에 깔았다.

흠칫!

그 모습에 하늘에서 한 걸음 물러서는 류화!

이때까지의 경험으로 인해 눈류가 연기를 할 때는 항상 자신이 피해를 봤지 않은가!

"류화, 부탁이 있다."

"뭐, 뭔가?"

"나를 태워라. 힘들어서 못 올라가겠다."

"홋. 그럴 수 없다."

눈류의 웃고 있는 볼 살에 경련이 일어나기 시작했다. 저런 건방진 펫!

"시실리님이 나에게 마법을 거셨다. 그래서 지금 우리의 상황을 모두 보고 있다. 주인, 그래도 타겠는가?"

경련은 눈류의 얼굴 전체에 번지기 시작했다.

얼핏 말만 들으면 류화는 자신을 걱정하는 것 같았다.

하지만 류화의 표정은 그것이 진실이 아니라고 말했다.

얼굴 가득 자리 잡은 썩은 미소!!

'이 박쥐 같은 놈. 그래, 지금은 나보다 시실리에게 붙겠다 이거지?'

눈류의 전신에서 풍겨져 나오는 살기!

하지만 류화는 애써 모른 척하며 눈류를 버려둔 채 위로 솟구쳤다.

눈류의 주먹도 무섭지만 시실리의 마법은 알이던 시절이 그리울 만큼 더럽게 아픈 류화였다.

터억!

절벽 끝 자락에 눈류의 손이 닿았다.

눈류는 먼저 도착해 있는 류화를 씹어 먹을 듯이 노려보다가 애써 분노를 삼키며 아래를 내려다봤다. 절벽은 끝이 보이지 않을 정도였고, 눈류는 그동안의 고생을 긴 한숨으로 털어내며 휑한 절벽 한쪽에 위치한 지푸라기를 바라봤다.

성인 남자 여러 명이 누워도 될 정도로 큰 지푸라기 더미 위에는 두 개의 알들이 태양에 반짝이고 있었다.

알들의 색은 빨강색이었는데, 그중 눈류는 더 큰 알을 손에 쥐었다.

로우라는 알에서 부화하면 하루가 채 지나지 않아 커지지만, 알인 상태일 때는 아주 작은 편이었기에 한 손으로 잡을 수 있었다.

'이제 돌아가면 되는구나.'

다행스럽게 어미 로우라가 없다는 사실을 확인한 눈류는 행복한 미소를 지었다.

상당히 힘들 것이라 예상했었지만, 예상보다 너무나 쉽게 일이 끝났기 때문이었다. 눈류가 막 돌아서서 가려는 순간이었다.

끼아아아악!!

'크윽!!'

눈류는 찢어질 것 같은 고막의 통증을 참으며 황급히 고개를 들어 하늘을 쳐다봤다.

머리 위에는 어느덧 커다란 그림자가 나타났고, 조금 전만해도 보이지 않던 어미 로우라가 나타난 것이다.

'이런… 어쩐지 쉽다 했다.'

눈류는 마나를 끌어올리며 절벽에 도착하자마자 집어넣었던 검을 소환했다.

로우라는 대단히 강력한 몬스터에 속한다.

특히 퀘스트로 인해 나타난 로우라 어미는 눈류가 이길 수 있을까 불안할 정도로 대단한 기세를 내뿜고 있었다.

크르르르륵!!

로우라의 커다란 이빨에서 침이 흘렀으며 붉은빛 독기 서린 눈빛은 알을 쥐고 있는 눈류를 향했다.

그때서야 눈류는 자신의 손을 확인한 뒤 아차, 하며 뒤를 돌아봤다.

그곳에는 류화가 언제든 도망칠 준비를 하고 있었는데 문득 눈류의 머릿속으로 좋은 생각이 스치고 지나갔다.

퀘스트도 마칠 수 있으며, 얄미운 류화도 고생시킬 수 있는 작전!

"그림자 조각!!"

눈류는 그림자 조각을 발휘하며 빠르게 접근했다.

그런데 로우라가 아닌 류화를 향해서였고, 눈류가 자신의 등에 타 도망치기 위한 것이라 생각한 류화는 피하지 않으며 기다렸다.

하지만 그것은 류화의 착각이었다.

푸우욱!!

"커, 커억!!"

알을 쥔 눈류의 손이 류화의 입으로 파고들었다.

그리고 입 안에 알을 놓은 채 눈류는 뒤로 빠졌다.

로우라의 습성! 알을 노리는 자를 죽을 때까지 쫓는다!

눈류는 바로 그 점을 노린 것이었고, 그때서야 눈류의 속셈을 간파한 류화는 황급히 알을 뱉어내려고 했다.

하지만 그것조차 눈류의 머릿속에서 계산된 행동이었으니.

퉤엣!! 철퍽!!

"……."

단지 알을 버려야 한다고만 생각한 류화는 뒤늦게 자신이 저지른 짓을 눈으로 확인했다.

알은 입 안에서 떨어졌다. 그런데 문제는… 바닥에 부딪치면서 깨져 버린 것이다!

한마디로, 로우라의 새끼를 살해한 것!!

키에에에에!!

어미 로우라의 분노에 찬 비명이 사방을 뒤흔들었고, 류화는 복잡한 심정을 담은 눈빛으로 눈류를 노려봤지만 그것도 잠시였다. 곧 자신을 향해 돌진하는 로우라로 인해 최대의 속도를 발휘하며 도망치기 시작했다.

속도만큼은 그 누구보다 빠른 류화!

자식을 잃으며 눈이 뒤집혀 다른 알은 생각 못한 채 광분하는 로우라!

그 모든 것을 주도한 눈류는 사악한 짐승의 웃음을 흘리며 남은 알 하나를 들고 절벽을 내려갔다.

루크는 복잡한 심정이 가득 담긴 눈빛으로 리야를 쳐다봤다.

그날 이후 처음으로 만난 것이었는데, 리야는 이전과 다르지 않았다.

현재 루크와 리야는, 리야의 퀘스트를 해결하기 위해 가는 중이었다.

"어? 내 얼굴에 뭐 묻었어?"

"아, 아니야."

너무 빤히 바라봐서일까? 리야가 고개를 돌리며 짓궂은 표정으로 묻자 루크는 황급히 손을 저었다.

현재 루크의 머릿속에서는 자신의 결심과 박하다가 남겨준 말이 다투고 있었다. 그래서 루크는 혼란스러웠지만 최대한 내색하지 않으며 리야를 향해 어색하게 웃었다.

그렇게 3~4시간이 흐르자 둘은 퀘스트 장소인 눈물의 성에 도착할 수 있었다.

눈물의 성은 사랑을 이루지 못한 귀족가의 여자와 평민 남자가 목숨을 끊은 곳이었는데, 이곳에서 사랑을 고백한 커플은 오래간다는 속설이 있었다.

물론 라스트 월드 안에서 한해서지만 말이다.

"이야~ 좋네."

성안으로 들어온 루크는 진심을 담아 말했다.

마치 고성의 분위기가 풍기는 내부는 녹이 슬고 오래되어 보였지만 기품이 있어 보였고, 화려하지 않은 수수한 장식품들이 눈에 띄었다.

전체적으로는 살짝 어두운 편이었지만 오히려 그것이 운치를 더해주었다.

"응, 멋지다. 이런 데서 살고 싶어."

리야 역시 마음에 드는 듯 주변을 두리번거리며 어린아이처럼 좋아했고, 루크는 저도 모르게 나중에 이 성을 사줄게! 라고 말할 뻔하다가 겨우 참았다. 둘은 곧 3층에 도착했다.

사아아아아.

아름다운 흰 빛이 3층 전체를 환하게 비춰주고 있었다.

빛은 보석함에서 흘러나오고 있었는데 리야와 루크는 서로를 한 번 바라본 뒤 보석함에 다가가 활짝 열었다.

그러자 더욱 진한 빛이 한 쌍의 반지에서 흘러나왔고, 리야는 두 눈을 반짝였다.

아름다웠다. 현실에도 아름다운 커플링이 많았지만 지금 눈앞에 있는 반지 역시 오랜 세월이 흘렀음에도 불구하고 전혀 뒤떨어지지 않았고, 발출되는 빛으로 인해 더욱 값져 보였다. 마치 예술 작품 같았다.

"이제 가져가기만 하면 돼."

한참이나 반지를 바라보던 리야는 문득 루크와 함께 착용하고 싶다는 생각이 들자 속으로 화들짝 놀라며 정신을 차렸다.

그리고 루크에게 말한 뒤 반지에 손을 뻗었다.

오는 과정에서 몬스터들의 위협이 있었지만 그리 어려운 적들이 아니라 생각보다 쉽게 퀘스트를 완수하게 되었다.

파지지직!!

"아아악!!"

하지만 리야가 반지를 잡는 순간 파란 전류가 흘렀고, 리야는 한 걸음 물러서며 비명을 질렀다. 그때 둘에게 동시에 알림 창이 떴다.

[눈물의 반지.]
결혼을 약속한 가르시아와 홀툰.
둘은 신분의 차이조차 무시하며 서로를 사랑했다.
그로 인해 자신들의 모든 재산을 털어 드워프 장인인 샤니카스에게 반지를 부탁했고,
금액은 부족했지만 샤니카스는 둘의 사랑에 감동을 받아,
정령의 축복까지 담은 크리스탈 반지를 완성했다.
하지만 반지를 받기도 전에 홀툰은 가르시아 가문에게 위협을 받았고, 가르시아와 홀툰은 이곳 성으로 도망을 쳐 영원한 사랑을 약속하며 목숨을 끊었다.
그 후 얘기를 들은 샤니카스는 성을 찾아 둘을 위해 마련한 반지를 놔두었고…….
사람들은 둘의 슬픈 사랑이 남겨진 이곳을 눈물의 성이라 칭했다.
눈물의 반지를 얻기 위해서는 서로를 진심으로 사랑하는 남녀가 키스를 하며 함께 반지를 집어야 한다. 만약 단 한 명이라도 진심이 아닌 거짓된 사랑이라면 반지를 가지고 나갈 수 없다.

알림창을 확인한 루크의 표정이 굳어버렸다.

자신의 마음은 걱정되지 않았다. 리야가 자기를 사랑할 일이 없다고 생각했고, 한 명이라도 사랑이 아니면 반지를 얻을 수 없다고 했으니 자신이 리야를 사랑한다는 것이 들통날 일은 없었다.

그런데 문제는 바로 키스였다.

퀘스트를 완수하기 위해서는 키스를 피할 수 없었다.

"오빠……."

루크는 리야를 바라봤다.

그녀의 얼굴은 살짝 붉어진 상태였는데 싫은 기색은 보이지 않았다.

쿠우우웅!!

"뭐, 뭐지?"

[반지의 가디언.]

시간이 흐르면 흐를수록 가디언의 능력은 증가한다.

최대한 빨리 사랑을 확인시키며 반지를 획득하자.

온통 검은빛으로 이루어진 로봇과 같은 모습의 가디언은 크기가 오우거 수준이었고, 거대한 양 주먹은 무엇이든지 부숴버릴 정도로 무시무시했다.

차차차차착!

"커억!!"

갑작스레 나타나 전광석화 같은 속도로 공격하는 가디언으로 인해 미처 방어를 준비하지 못한 루크는 복부에 장기가 뒤틀리는 충격을 받으며 뒤로 나가떨어졌다.

"오빠!!"

그 모습에 리야가 크게 소리치며 다급히 힐을 시전했고, 뒤늦게 버프를 루크에게 걸며 그의 뒤로 움직였다.

리야는 자신 스스로가 전투에 큰 도움이 되지 못한다는 사실을 잘 알고 있었고, 자신이 해야 할 일은 루크를 보조하는 일이었다.

"하아, 하아."

힘겹게 일어선 루크는 두 주먹을 불끈 쥐며 가디언을 노려봤다.

그런 루크의 입에서는 선혈이 흐르고 있었다.

"오빠, 우리 키스하자. 어?"

"뭐? 이 바보… 해봤자 안 되는 것을 알면서!"

"왜 안 된다고 생각해!"

"그거야 네가 날……."

루크는 뭐라 말을 하려다가 입을 다물었다.

더 이상 말했다가는 자신은 사랑하고 있다는 것을 자백하는 꼴이었다.

'퀘스트를 포기하면 그만인데……'

끝이 보이는 결말.

그렇다면 퀘스트 포기가 최선이었다.

그러면 가디언과 싸울 필요도 없이 마을로 돌아가면 된다.

하지만 리야가 계속 외쳤다. 해보자고… 결과가 어떻게 되든 해보자고.

콰콰콰쾅!!

"커억!!"

리야에게 슬픈 미소를 보여준 뒤 재차 가디언에게 돌격한 루크.

하지만 능력의 차이가 커도 너무 컸고, 루크는 큰 힘을 발휘하지 못하며 반지가 있는 곳으로 굴러 떨어졌다.

그리고 바닥에 쓰러진 채 일어서지 못하는 루크를 향해 가디언은 재차 돌격했다.

'힘들다……'

루크는 눈류처럼 독종이지도, 무모하지도 않았다.

스스로 능력 밖의 일이라고 생각한다면 체념은 빨랐고, 가디언의 힘 앞에서 자신과 리야의 저항은 아무런 소용이 없다는 것을 알았다.

그렇기에 루크는 두 눈을 감으며 리야에게 파티창으로 말했다.

"내가 죽으면 퀘스트를 포기해."

퍼어어억!!

"으으윽!!"

곧이어 들리는 타격 소리! 루크는 두 눈을 부릅떴다!

분명 가디언의 공격은 자신을 향했는데 밀리는 충격만 있을 뿐 통증이 느껴지지 않았다.

더군다나 방금 들린 비명은…….

"리야!!"

루크는 사색이 되어 자신의 품에 안긴 리야를 소리쳐 불렀
다.

리야는 옆구리와 입에서 피를 철철 흘리고 있었는데, 그런
그녀의 손에는 커플 반지가 들려 있었다.

파지지직.

둘이 하나씩 잡은 것이 아니기에 전류가 리야의 손을 통해
그녀의 몸을 덮쳤고, 리야는 생명의 촛불이 꺼져 가며 통증을
느끼면서도 웃는 얼굴로 루크에게 반지 하나를 내밀었다.

덥석.

루크는 아무런 생각을 못하는 듯 리야가 주는 반지를 손에
쥐며 계속 소리쳐 불렀다. 그런 루크의 눈시울이 붉게 젖기 시
작했다.

게임 세상이기에 죽지 않는다는 것은 알지만 바로 눈앞에서
사랑하는 사람이 자신을 대신해 죽어간다. 루크의 심장이 분
노와 슬픔으로 인해 빠르게 뛰기 시작했다.

"바보야…….."

"리, 리야."

"바보… 왜 혼자 생각하고, 왜 혼자 아파해…….."

리야는 루크와 만난 이후 혼자 마음고생을 많이 했다.

그러다 라스트 월드에 접속해서 페르탄과 일리아를 만났고,

둘을 통해서 루크의 진심을 확실히 알게 되었다.

그래서 사랑의 퀘스트를 하기로 결심한 것이었다.

"누가 오빠로 나 사랑해 달래? 왜 나에게는 묻지도 않아…. 왜 내 마음은 보지도 않냐고…."

"리야."

루크의 볼을 타고 눈물 한 방울이 흘렀다.

그때 가디언이 재차 움직였고, 리야는 마지막 말과 함께 루크의 입술에 자신의 입술을 갖다 댔다.

"사랑해… 오빠가 아닌 남자로…."

둘의 손에 들린 반지에서 빛이 더욱 진하게 흘러나왔다.

루크와 리야의 사랑을 축복이라도 하듯….

"류화, 이리 와."

"주인, 왜 그러는가?"

"너를 항상 고생만 시킨 것 같다. 그래서 안아주려고 그런다."

"헉! 주인, 죽을 때가 된 것인가?"

류화의 거친 발언에도 눈류는 천사 같은 미소를 머금었다.

그 속에는 짐승 모드의 사악한 속셈이 숨겨져 있기 때문이었다.

현재 눈류와 류화는 시실리의 세 번째 임무를 완수하기 위해 텔레포트 마법으로 이동된 상황이었다.

둘이 서 있는 곳은 사막이라 착각할 정도로 메마른 대지였는데, 그곳에 커다란 나무 하나가 위치하고 있었다. 그 나무에는 성인 남자 키만 한 크고 넓은 벌집이 자리하고 있었는데, 바로 라스트 월드 대륙에서 간혹 볼 수 있는 헤트의 벌집이었다.

헤트는 강하지는 않지만 모두가 피하기 바쁘고 위험 1순위인 벌의 생김새를 닮은 몬스터인데, 헤트의 침에 한 번 맞으면 독에 중독되는 효과와 쉬지 않고 생명이 줄어들게 된다. 신관의 신성력으로만 완치시킬 수 있으며, 마법으로는 치료가 불가능하다.

그래서 보통 헤트의 침에 쏘이면 차라리 죽고 만다.

왜냐하면 마법이나 포션을 무한으로 빨아도 신관의 신성력이 있지 않는 이상 결국에는 죽게 되기 때문이다.

그리고 헤트는 방어력이 대단함과 동시에 마법 저항력이 높고, 크기는 보통 벌보다 2/3 수준이었으며, 몸놀림이 재빠르기에 당하기 전에 해치우는 것도 어려웠다.

수라도 적다면 범위 계열 공격으로 어떻게든 해보겠지만, 벌집을 건드릴 경우 한 번에 밀어닥치는 헤트들은 마치 검은 빛 파도를 보는 듯 많기 때문이다. 수백 마리를 죽였더라도 한 마리에게 물리면 죽게 된다!

그렇기에 유저들은 간혹 헤트를 보게 되면 도망치기 바빴다.

다만 헤트의 벌집은 대단히 뛰어난 맛을 가지고 있고, 퀘스트 물품에도 속해 있기에 대단히 비싼 가격에 거래된다. 그래서 일부 유저들은 신관과 파티를 짜서 헤트만 찾아다니며 짭

짤한 수입을 노리기도 한다.

'류화, 넌 참 다용도구나!'

눈류는 헤트의 벌집을 노려보며 주인으로서 뿌듯한 미소를 지으며 류화의 목을 품에 안았다. 상대는 헤트였다. 그 속도는 류화와 맞먹을 정도이고, 수는 수천에서 수만 마리이다. 절대 자신 혼자서는 이길 수 없는 존재들!

하지만 퀘스트 내용은 벌집을 가져오란 것이지, 헤트를 모두 없애란 것이 아니었다. 그리고 류화가 곁에 있는 이상, 눈류는 그 어떤 일도 해낼 자신이 있었다.

류화의 희생을 통해!

"주인, 안고 있으니 이상하다."

류화는 눈류의 속셈도 모른 채 고개를 갸웃거리며 말했다.

하지만 점점 눈류의 팔에 힘이 들어가자 무엇인가 이상함을 느꼈다.

아니, 이상했다! 팔에 힘을 주는 것은 물론 마치 자신을 멀리 던지기라도 할 것처럼 몸의 방향도 틀었다.

"주, 주인!"

"류화, 기사들은 그런 말을 한다."

"무, 무슨 말인가!"

식은땀을 흘리며 질겁한 류화와는 달리 눈류의 표정은 비장했다.

"기사들은 주인을 위해 희생할 때 가장 행복하다고!! 그러니 너 역시 나를 위해 희생하면 행복하겠지! 나는 너의 행복을 위해 악역이 되어주마! 크흑!"

류화를 위하는 것처럼 외치며 눈류는 모든 힘을 끌어올렸다.

비록 류화의 욕설과 비명이 들렸지만 눈류는 류화의 행복! 을 위해 철저히 무시했고, 류화의 신형은 아름다운 포물선을 그리며 헤트의 벌집과 충돌했다.

위이이이이잉!!

"커억!!"

벌집에서 벌들이 빠져나오는 소리가 사방에 메아리쳤다.

그와 함께 류화의 비명 소리도 들렸다.

하지만 눈류는 멍하니 서서 손을 흔들며 행복하라고… 작게 속삭일 뿐이었고, 헤트들은 자신들을 위협한 류화를 향해 쏜살같이 달려들었다.

그러자 류화는 황급히 달아날 수밖에 없었고, 대부분의 헤트들이 류화를 쫓으러 간 사이 눈류는 성공했다는 기쁨과 함께 나무에서 벌집을 따냈다.

"주인!!"

그때였다. 눈류는 류화의 분노에 찬 목소리가 점점 가까워진다는 것을 느꼈다.

그것은 헤트의 날갯짓 소리도 마찬가지였다.

"주인!! 난 혼자 죽을 수 없다!!"

상황을 파악하자마자 눈류는 돌아섰다.

헤트들은 벌집을 공격한 류화에게 화가 나 있지만, 만약 벌집을 든 자신을 본다면 함께 공격할 것이었다. 그래서 류화는 같이 죽자는 심정으로 자신에게 달려오는 것이다.

그 주인에 그 펫!

눈류는 그림자 조각을 발휘했다.

하지만 류화의 속도를 이길 수는 없었으니.

"크아아악!!"

"커어어억!!"

눈류와 류화의 비명이 동시에 울려 퍼졌다.

"정말 해냈군."

시실리는 흡족한 표정으로 한 번 죽었다가 살아난 눈류와 류화를 바라보며 말했다.

원래 펫은 죽을 경우 바로 부활이 되지 않는다. 그런데 퀘스트의 공간이었기에 류화도 부활이 된 것이었으며, 그런 둘은 속으로 서로를 욕하고 있었다.

'치사한 주인.'

'치졸한 펫!'

류화가 눈류와 같은 위치에서 달리기 시작했을 때 눈류는 혹여나 헤트들이 뒤처진 자신에게 붙을까 봐 류화의 다리를 붙잡았다. 그와 동시에 벌집을 인벤토리에 넣었다. 그래서 퀘스트는 성공할 수 있었으며, 둘은 함께 죽은 것이다.

"세 가지 부탁 모두를 들어줬으니 이젠 내 차례군. 그래, 어느 정도나 만들어주면 되지?"

류화를 한참이나 씹던 눈류는 시실리의 말에 황급히 대답했다.

"가능한 많이 주셨으면 합니다."

많이 가져갈수록 황제는 좋아할 것이고, 보상도 높을 것이다. 그리고 세상에서 가장 맛있다는 와플을 눈류도 먹고 싶었다.

"흐음, 재료가 되는 데까지 만들어보지. 다만 와플의 재료가 많지 않다 보니 바라는 만큼은 힘들 것이야."

시실리는 그 말과 함께 마법 주머니에서 파이를 만들기 위한 재료들을 꺼냈고, 곧 요리도구를 소환하더니 음식을 만들었다.

그러자 사방에는 맛있는 향기가 가득 퍼졌는데… 2시간 정도가 지났을 때, 대단히 많은 양의 파이가 완성되었다.

"자, 이제 그것을 발라야겠지."

"그것이라면?"

"사람들이 꿀이라 생각하는 것이지. 내 파이 맛을 결정하는 것이기도 하고."

눈류는 기대감 어린 시선으로 고개를 끄덕였다.

파이를 만드는 방법은 크게 다르지 않았다.

그렇다면 이제 나올 그것이라는 것이 뭔가 다르다는 점!

시실리의 말을 해석하면 모두가 생각했던 꿀은 아니었다.

"나와라. 미챠."

쿠에에에에에!!

눈류와 류화는 천둥 번개 같은 큰 소리에 살짝 인상을 찌푸리며 하늘을 향해 고개를 들었다. 그리고 둘 다 깜짝 놀랐다.

하늘에는 거대한 신수가 소환되어 있었다.

대략 생긴 것은 와이번과 비슷했는데 크기는 15m 정도 되는 듯 보였다.

온몸은 검은색이었으며, 두 눈동자만 유독 붉게 충혈되어 있었다.

'신수를 키울 정도의 능력이라니.'

유저들은 펫을 얻는 것이 어렵지 않지만 NPC들이 신수를 가지고 있는 경우는 거의 없었다. 문득 시실리가 달라 보일 정도!

"이제 작업을 시작해 볼까."

도리도리! 부웅! 부웅!!

무슨 이유에서인지 시실리가 주먹을 풀며 말하자, 신수는 겁에 질린 얼굴로 고개를 흔들었다. 그러자 워낙 크기가 커서인지 바람을 가르는 소리가 들렸고, 잠시 후… 눈류와 류화는 사람들이 꿀이라 알고 있는 액체의 정체를 알 수 있었다.

퍼퍼퍽! 쾅쾅쾅!! 파지지직!!

키에에! 키에에에!!

뚜욱! 뚜욱! 첨벙! 첨벙!

시실리가 마법으로 만들어낸 거대한 몽둥이로 신수를 두들겨 패기 시작했다. 정말 복날에 개도 동정의 눈빛을 보낼 만큼 신수는 심하게 두들겨 맞았고, 그것도 부족한지 각종 마법이 신수의 몸을 타격했다.

그러자 신수는 아픔을 이겨내지 못하고 눈물을 흘렸는데, 눈물은 시실리가 바닥에 마련한 거대한 수통으로 떨어졌다.

그랬다. 꿀의 정체는 바로 신수의 눈물이었던 것이다!

시실리는 신수의 눈물로 큰 목돈을 만들고 있었던 것이다!!

그 광경을 모두 지켜보던 눈류는 저도 모르게 류화를 바라봤다.

눈류의 눈빛은 탐욕에 물들어 있었고, 류화는 불길한 생각과 함께 자신도 모르게 몸을 움츠렸다.

그리고 그날 저녁… 눈류는 멍 문신과 함께 실신한 류화를 쳐다보며 진정 안타까운 한숨을 내쉬었다.

류화의 눈물은 더럽게 맛없었다.

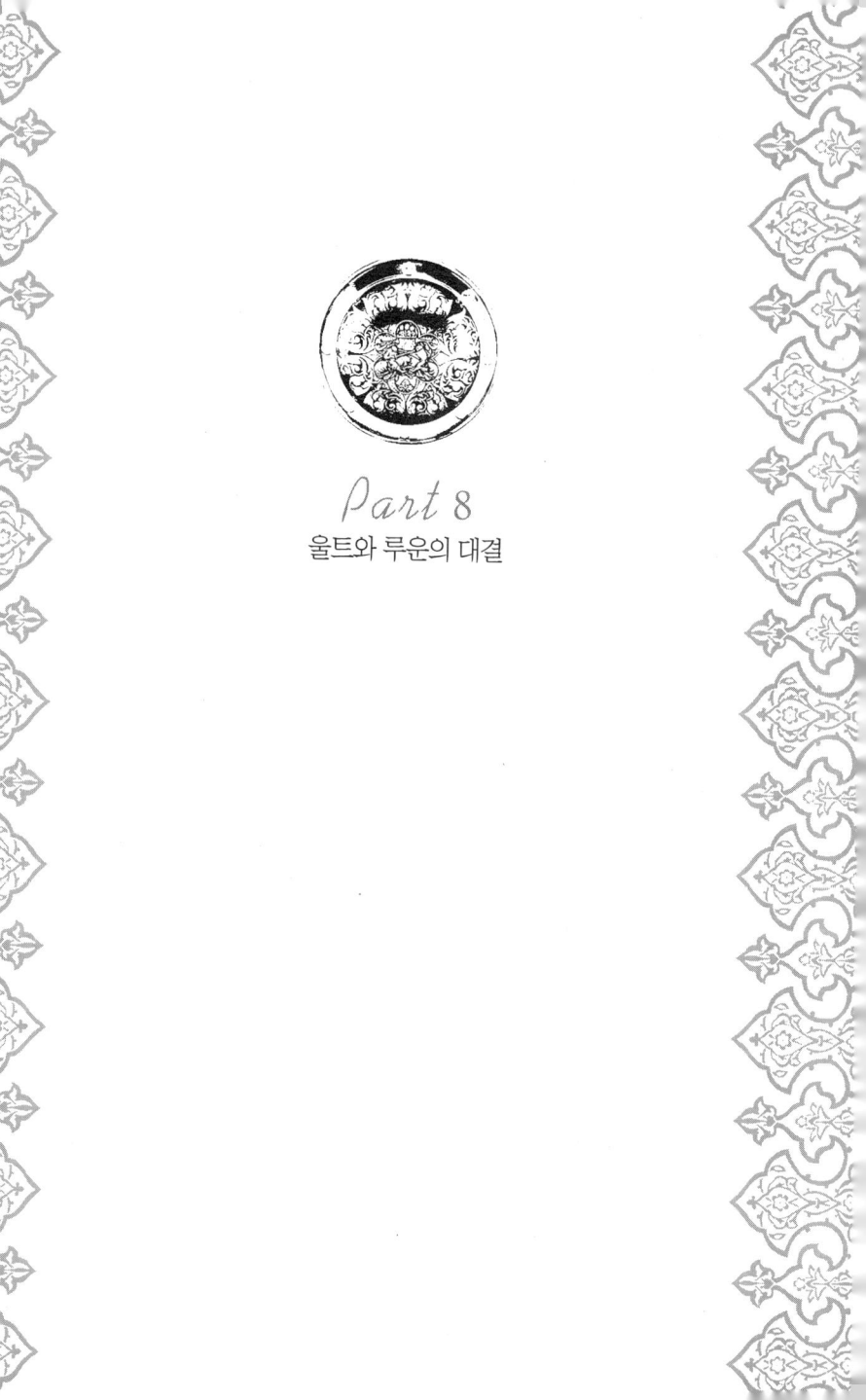

Part 8
울트와 루운의 대결

The knight of mask

"정보, 패시브 스킬."

퀘스트가 끝난 후 황제에게 막대한 경험치를 보상받은 눈류는 스킬을 모두 찍은 다음, 정보창과 패시브 스킬창을 동시에 열었다.

생명:28,470 마나:24,120
이름:눈류 레벨:237 성향:중립 길드:레전드
칭호:없음 명성:3,362 직업:가면의 기사

근력:2543(+1,359) 체력:490(+708)
민첩:345(+708) 지식:42(+700)

재치:70(+703) 정신:600(+707)

예술:50(+703) 상술:52(+705)

검폭:228(+708) 신속:304(+708)

투혼:472(+658) 가호:243(+658)

심안:216(+628) 마나:342(+628)

가면:343(+628) 암흑:153(+478)

저항:168(+378)

공격력:11,706(+801) 방어력:2,396(+1,150)

마공력:2,226(+410) 마방력:2,614(+510)

스텟 포인트:0 스킬 포인트:0 전투 숙련치:28.04%

패시브 스킬.

조화의 검	Lv.135:검을 장착했을 시 데미지를 증가시킨다.
크리티컬	Lv.134:크리티컬 성공 확률이 높아진다.
어둠의 가면	Lv.127:빛이 어둠이란 가면에 가려질 때, 공격력과 방어력이 상승된다.
빛의 가면	Lv.127:어둠이 빛이란 가면에 가려질 때, 공격력과 방어력이 상승된다.
증폭	Lv.123:액티브 스킬의 위력이 증가된다.
어둠의 눈	Lv.105:어둠조차 관통할 수 있는 눈을 갖게 된다.
어둠의 지배	Lv.105:밤이 되면 모든 능력치가 상승된다.

빛의 가호	Lv.66:생명의 회복 속도가 빨라진다.
조화의 빛	Lv.66:전체 능력이 상승된다.

액티브 스킬.

파멸의 검	Lv.392:빛과 어둠이 하나가 되어 모든 것을 파괴한다. 소모마나:4,750 제한:조화를 이룬 자.
극한	Lv.120:생명이 50% 이하일 때 사용 가능하며, 공격력을 22.5% 증가시킨다. 소모마나:3,200 제한:조화를 이룬 자.
그림자 조각	Lv.170:육체가 조각나는 착각을 일으키며 잔상과 함께 이동한다. 소모마나:2,150 제한:조화를 이룬 자.
바람의 비명	Lv.120:검을 휘둘러 마나의 폭풍을 일으킨다. 소모마나:2,650 제한:조화를 이룬 자.
더블 소울	Lv.280:마나와 혼을 검에 실어 십자 형태로 발휘한다. 소모생명:3,300 소모마나:3,180 제한:조화를 이룬 자.
카리스마	Lv.106:마나를 목을 통해 발휘해 상대를 제압한다. 적에게는 스턴 효과와 함께 일정 데미지를 입히며, 아군은 13분 동안 전체 스텟이 7 상승된다.

	소모마나:1,300 제한:조화를 이룬 자.
소드스피릿	Lv.120:순간적으로 극대화된 스피드로 적을 7번 벤다. 콤보가 이어질수록 위력이 증가한다.
	소모마나:4,100 제한:조화를 이룬 자.
마나의 벽	Lv.127:35초 동안 마나로 몸을 보호한다. 그 어떤 공격에도 데미지를 입지 않으나 초당 생명이 230씩 소모되며 받은 데미지의 일부를 적에게 돌려준다.
	소모마나:5,400 제한:마나를 초월한 자.

"크크큭!!"

확인을 하자마자 변함없이 짐승 모드로 돌변하는 눈류!

기존 퀘스트를 진행하며 2업을 했고, 이번 퀘스트에서는 황제의 보상으로 10업을 하게 되었다. 비록 20일이 넘는 시간 동안 빨래와 고생을 하며 랜덤 스텟만 쌓았지만, 그래도 단기간에 10업이라는 보상은 적지 않은 것이었다.

"저 사람 미쳤나 봐."

"그러게. 생긴 것은 멀쩡해 가지고."

"잠깐. 저 사람 방금 왕궁에서 나오지 않았어?"

그런 눈류를 바라보며 유저들이 한마디씩 하기 시작했고, 눈류는 조금 더 짐승 모드를 즐기고 싶지만 정신을 차리며 황급히 자리를 벗어나 숲 속으로 들어가 재차 짐승 모드를 즐겼다.

그런 눈류의 모습에 원조 짐승들은 움찔하며 도망치기 시작했고, 한참이나 침을 흘린 눈류는 로그아웃을 하기 전 울트와의 대화를 떠올렸다.

"자네, 시간이 있는가?"

"네?"

황제에게 파이를 건네고 보상을 받은 눈류는 울트의 호출과 함께 그가 머무르는 방으로 들어갔다가 갑작스런 물음에 반문했다.

"아아, 이곳에 뒹굴거리기도 심심하고 엘프 대륙에 다녀올까 해서 그런다네."

"엘프 대륙이요?"

"그렇다네. 만나야 될 놈도 있지만, 우리 나니아가 아직 엘프들을 본 적이 없어서 구경을 시켜줄 생각이라네. 어떤가? 자네도 함께 가겠는가?"

[울트의 동반 퀘스트.]

고대의 산에서 내려온 울트는 심심함이 극에 이른 상황이다.

카르엔 공작의 부탁으로 자신이 직접 고른 이들에게 능력 일부를 전수해 주고 있지만, 그 역시 지겹기는 매한가지였다.

그래서 나니아에게 세상 구경도 시켜주고, 이전부터 알고 있던 엘프도 볼 겸 엘프의 대륙으로 갈 계획이다.

어떤 일이 기다릴지 모르지만 함께 따라가 보자.

'으음…….'

퀘스트 정보창을 확인한 눈류는 대답을 잠시 망설였다.

어떤 일을 해야 하는지도 나오지 않았고, 혜택 역시 비공개였다.

그리고 울트와 엮인다면 분명히 개고생을 할 것이다! 하지만 울트이기에 보상 역시 클 것이라는 기대감도 없지 않았다.

'가는 길에 사냥을 하다 보면 레벨 업도 될 테고 한번 가볼까.'

생각을 정리한 눈류는 결국 고개를 끄덕이며 승낙했다.

"오오! 자네라면 부탁을 들어줄 것이라 믿었지. 허헐, 그럼 언제 시간이 되는가?"

"이것저것 준비를 하고 6일 뒤가 어떨까 합니다."

"6일 뒤라… 허헐, 알겠네. 그럼 기다리고 있겠네."

"네."

마음 같아서는 당장 출발하고 싶었지만, 눈류가 시간을 길게 잡은 데는 이유가 있었다. 일단 황제의 퀘스트로 인해 피곤했기에 잠을 자야 했다. 더불어 자고 일어나면 갈 곳이 있었기에 현실에서 이틀 정도 시간 여유를 잡은 것이다.

"일단 자자."

숲 속에서 울트와의 일을 떠올리고 퀘스트 정보를 다시 확인한 눈류는 그 말과 함께 로그아웃을 했고, 금세 깊은 잠에 빠져들었다.

"일어나라."

"아씨……."

라스트 월드에서 나온 진하가 잠을 잔 지 5시간이 흘렀을 때, 진하는 누군가의 굵직한 목소리에 저도 모르게 짜증을 냈다.

평소 6시간 수면을 규칙적으로 해왔던 진하였지만 가끔 지금처럼 너무 피곤할 때는 아무리 진하라 할지라도 8시간 정도는 잠을 자야 했다.

그런데 달콤한 잠을 깨우니 짜증이 날 수밖에!

하지만 오늘이 무슨 날이고, 상대가 누구인지 인식했더라면 진하는 아주 편안히 잠에서 깨어났을 것이다.

박하에게 두들겨 맞지 않고 말이다.

"이놈이, 지 아버지한테 아씨라니!"

"커억! 아, 아버지! 잘못했어요!"

진하는 이마에서 밀려오는 통증에 황급히 사과를 하며 두 눈을 번쩍 떴다.

그러자 오늘 일찍 일어나야 한다는 사실이 떠올랐다.

'아… 나의 잘생긴 얼굴이.'

신하는 세수를 하고 정신을 차린 뒤 거울 속 자신의 얼굴을 바라보며 벼락 맞을 소리와 함께 한숨을 내쉬었다. 이마에는 박하에게 맞아 혹이 나 있었다.

'아버지도 참, 왜 이렇게 일찍…….'

진하는 한 해에 한 번씩 있었던 오늘을 기억하며 고개를 설레설레 저었다.

진하의 어머니가 돌아가시고 박하에게는 이상한 버릇이 생졌다.

기일이 있은 후 얼마 뒤, 꼭 가족과 함께 하루 종일 시간을 보낸다는 것이었다.

어떻게 보면 잃은 아픔으로 인해, 남은 이들의 소중함을 알았기 때문에 나타난 좋은 현상이겠지만 진하는 전혀 좋지 않았다.

물론 진하 역시 가족과 함께 있는 것이 싫은 것은 아니었다.

그런데 왜 항상 새벽에 목욕탕을 가는 것이고, 파트너는 자신이란 말인가!

오늘처럼 더 자고 싶은 마음이 간절한 날도 있는 법이지만 박하에게는 씨알도 먹히지 않는 일이었고, 진하는 항상 이때가 되면 새벽마다 맞아가며 목욕탕으로 끌려갔다.

'그래도 어쩌겠어.'

진하는 거울에서 시선을 떼며 쓰게 웃었다.

어쩌면 이렇게나마 어머니가 없는 허전함을, 단 하루이지만… 덜고 싶은 것인지도 모르니.

"하압! 으랏차!!"

"……."

새벽 일찍 목욕탕에 들어온 진하는 박하를 바라보며 가자미 눈동자가 되었다.

이럴 때면 차라리 자신이 좋아하는 찜질방보다 목욕탕에 오는 것이 다행이라는 생각이 들 정도였다.

박하는 거울 속 자신의 알몸을 보며 힘을 주며 포즈를 취하고 있었는데, 그의 시선이 점점 자신의 소중한 부위로 내려가더니 감탄스러운 표정이 되었고, 진하는 그런 박하가 진심으로 창피했다.

"아버지, 그만 들어가시죠."

새벽이라 사람이 거의 없다는 것을 다행이라 생각하며 옷을 다 벗은 진하는 수건을 하나 어깨에 멘 뒤 박하에게 말했다.

그러자 그때까지 자신의 알몸에서 시선을 떼지 못하던 박하는 진하를 바라보며 고개를 끄덕였다. 그런데 박하의 시선이 점점 진하의 얼굴에서 아래로 내려갔다가 욕탕 안으로 들어갔다. 아주 크게 비웃음을 남기면서.

"픕!"

휘청!!

적절한 썩소와 과도한 비웃음!

진하는 정신이 혼미함을 느꼈다.

남자라면 누구나 당당하고 싶은 신체 부위가 아닌가!!

그리고 그 어떤 곳보다도 다른 이보다 남달리 뛰어나고 싶은 곳이기도 했다!

그래서 그곳을 이렇게 비웃음당한다면 정신적인 데미지는 거의 메테오 급이었다.

하지만 진하의 그곳이 소극적인 외형은 아니었다.

다만 박하다가 워낙 레전드 급의 외형을 소유하고 있었기에 그런 것이었지만, 진하는 한참이나 자신도 모르게 비엔나소시지가 머릿속을 휘젓는 망상에 빠져 있다가 힘겹게 욕탕 안으로 들어갔다.

수건으로 그곳을 가리면서…….

첨벙.

'약간 뜨겁지만 괜찮군.'

박하의 시선을 피해 황급히 온탕으로 들어온 진하는 몸의 피로가 풀리는 듯한 느낌에 두 눈을 감았다. 개인적으로는 여러 가지 시설이 있는 찜질방을 더 선호하는 편이지만, 목욕탕 역시 나쁘지 않았다.

첨벙, 첨벙!

"으하하! 박하님이 나가신다!"

그때 박하가 물에 들어오더니 넓은 탕 안에서 수영을 하기 시작했고, 진하는 물이 자꾸 튀어 어쩔 수 없이 눈을 떴다.

"아버지, 애도 아니고 좀 얌전히 계세요."

조금 전 풉! 사건으로 인해 심기가 된통 뒤틀린 진하의 까칠함이 작렬하자, 박하는 비웃음으로 맞부딪쳤다.

"나보다는 네가 애겠지."

"제가 왜요?"

"풉……."

재차 이어진 비웃음! 진하의 얼굴에 분노에 찬 웃음이 자리 잡았다.

"중요한 것은 크기가 아니거든요?"

"아, 그러셔요?"

'이이익!!'

매번 목욕탕에 올 때마다 당하는 일이어서 이제는 익숙해질 때도 되었지만 진하는 분노를 참지 못하며 두 주먹을 불끈 쥐었다. 그 모습에 박하는 미소를 지었는데 평소의 짓궂은 모습이 아닌 정말 온화하고 사랑하는 사람을 봤을 때나 나오는 미소였다.

하지만 진하는 그런 사실을 발견하지 못한 채 삐쳐서 사우나로 들어갔고, 목욕이 끝나는 순간까지 투덜거렸다.

"어, 너희들도 왔어?"

목욕을 끝내고 다음 코스인 산에 도착한 진하는 의외의 인물들에 반가운 목소리로 물었다.

바로 선예와 은정, 기적이었다.

"아, 오빠 목욕탕 갔을 때 휴대폰으로 선예한테서 전화가 왔더라고. 그래서 오늘은 이런 날이라고 설명해 주니 자기들도 같이 하루 보내고 싶다 해서 데리고 왔지."

진하의 궁금증을 은하가 몸을 풀며 설명해 줬고, 박하는 환한 웃음으로 모두를 환영했다.

"그래, 사람이 많으면 많을수록 좋은 법이지. 으하하! 자, 그럼 다 같이 몸을 풀어볼까?"

박하는 그 말과 함께 모두의 앞에 서서 스트레칭을 하기 시작했고, 뒤에 선 다섯 명은 그 동작을 따라 하며 함께 몸을 풀었다. 그러던 중 진하는 곁에 있는 선예를 걱정스러운 눈길로 쳐다봤다.

현재 이들이 올라가려는 산은 체력이 좋다고 자부하는 진하조차도 빠르게 걸어 3시간이 넘게 걸리는 곳이었으며, 정상에 올라가는 순간 지쳐서 바닥에 대 자로 뻗을 정도였다.

그런데 체력이 약한 선예와 은정, 기적은 분명 더욱더 힘겨울 것이었다.

"괜찮겠어?"

등산으로 유명한 코스였기에 선예가 이곳을 모를 리 없다고 생각한 진하가 묻자, 선예는 웃는 얼굴로 고개를 끄덕였다.

"네. 힘들기야 하겠지만⋯ 오빠가 있으니 괜찮아요."

말을 하다가 아주 작은 목소리로 변하며 속삭이는 선예.

진하는 걱정이 되었지만 이왕 온 것 어쩔 수 없다고 체념하며 선예의 운동화 끈을 세세하게 다시 매주었고, 곧 모두는 준비운동이 끝남과 함께 산을 오르기 시작했다.

처음에는 다들 이런저런 수다도 주고받으며 활기차게 움직였다.

평소 유산소 운동에 약한 기적 역시 뒤처지지 않으며 은정과 열심히 엄살을 떨었다.

그러나 10분, 20분, 30분, 한 시간이 지나자 박하, 진하, 은하를 제외한 셋의 표정은 가관이었다.

"하악, 하악!"

그중 기적은 곧 숨이 넘어갈 정도로 힘들어 보였고, 뒤처진 기적으로 인해 속도를 늦추고 있는 은정은 그나마 괜찮아 보였다. 하지만 진하와 멀어지기 싫어 계속해서 무리를 하고 있는 선예의 안색은 좋지 않았다.

"괜찮아?"

진하는 속도를 늦추며 선예를 향해 물었다.

처음에는 몰랐지만 자세히 보니 선예는 몹시 지쳐 보였다.

'속도를 늦춘다고 늦춘 것이었는데…….'

진하는 자신의 실수를 자책하며 걱정스러운 눈빛으로 선예의 손을 잡았다.

현재 박하와 은하는 보이지 않을 만큼 앞서 가고 있었다.

진하가 셋으로 나눠진 일행들 중에서 중간 위치에 있는 것은 선예를 배려했기 때문이다.

그러나 운동을 꾸준히 해온 진하네 가족과 가끔씩 운동을 하던 선예하고는 체력 차이가 너무나 컸고, 평소보다 무리를 했기에 선예는 더욱 빨리 페이스가 흐트러질 수밖에 없었다.

"좀 쉬자."

선예는 괜찮다고 했지만 안색을 살핀 진하가 흙으로 된 바닥에 앉으며 말했다.

그러자 선예 역시 어쩔 수 없이 자리에 앉았는데, 진하는 그녀의 발을 보기 위해 신발을 잡았다가 순간 움찔했다.

이전의 기억이 떠올랐기 때문이다!

거의 사망 직전까지 갔던 발 냄새!!

"오늘은 냄새 안 나요."

진하가 망설인다는 것을 느껴서일까?

선예는 발을 보여준다는 것이 부끄럽지만 진하에게 배운 가자미 눈동자가 되어 말했고, 그제야 진하는 헛기침과 함께 운동화, 양말을 벗긴 뒤 선예의 발을 잠시 만져 주었다.

선예의 발은 열기로 인해 따뜻했는데, 진하의 손이 움직일 때마다 움찔거렸다.

진하를 향한 마음도 마음이었지만 살짝 아팠기 때문이었다.

"후우, 천천히 가더라도 올라가기만 하면 되니까 네 속도로 걸어. 그럼 내가 속도를 맞출 테니."

"괜찮은데……."

"이러다 너 발 안 좋아지면 올라가지도 못해. 그러니 욕심 부리지 마."

선예의 마음을 알기에 진하는 안쓰럽지만 웃음 가득한 얼굴로 말했고, 선예는 고개를 끄덕였다.

그리고 조금 더 휴식을 취할 때 기적과 은정이 도착했고, 둘의 휴식 시간을 기다려 준 뒤 넷은 힘을 내어 재차 산을 오르기 시작했다.

"으아아, 다 왔다!!"

산을 탄 지 총 5시간이 지났을 때 진하와 셋은 산 정상에 도착할 수 있었다.

기적은 정상에 도착하자마자 비명과 같은 소리를 지르며 마련된 평상에 털썩 누워버렸고, 그 곁에 은정이 다가가 기적의 발을 만져 줬다.

그리고 진하 역시 선예와 함께 평상으로 가 선예의 발을 재차 어루만져 주었다.

비록 기적으로 인해 처음보다 속도는 많이 늦췄다고는 할지라도 은정은 물론 선예 역시 발이 대단히 아플 것이기 때문이다.

"이제 왔냐?"

그때 정상 이곳저곳을 둘러보며 기다리고 있던 박하와 은하가 평상에 다가왔다.

"네, 아버지. 조금 늦었네요."

"뭐, 어때? 어차피 이제 12시인데. 시간은 많으니 애들 구경 좀 시켜라."

진하는 박하의 말에 고개를 끄덕이며 셋을 바라봤다.

이곳 산은 정상에서 볼 것이 많기로도 유명했다.

경치도 경치였지만 여러 가지 볼거리, 먹거리도 많았다.

그러자 힘겨움에도 불구하고 기적이 일어섰고, 진하는 셋을 데리고 30분 동안 정상을 관람하며 즐거운 시간을 보냈다.

"이리 와."

산을 탈 때 가장 힘든 것은 올라갈 때가 아니다. 바로 내려갈 때였다.

올라가면서 풀려 버린 다리로 내려가는 것은 힘겨운 일이었고, 진하는 다리가 비틀거리는 선예의 허리를 자신의 팔로 감쌌다.

그와 함께 얼굴이 붉어지는 선예. 더불어 걱정도 되었다.

다른 이들의 시선에는 날씬했지만, 진하의 손길이 옆구리에 닿자 문득 어제 밥을 많이 먹어 살이 나오지 않았나 하는 괜한 불안감이었다.

"빨리 가자. 늦겠다."

진하는 그런 선예의 모습에 웃음을 흘리며 말했고 선예는 혀를 살짝 내밀며 고개를 끄덕였다. 이미 기적은 박하, 은정은 은하의 부축을 받아 저 멀리 가고 있었으며, 자신들이 가장 뒤처진 상태였고, 둘은 하나 되어 내려갔다.

산에서 내려온 이후 모두는 한식집에 들러 늦은 아침을 맛있고 즐겁게 먹었다. 계산을 안 하고 가버린 박하로 인해 지갑을 열어야 한 진하만 빼고 말이다. 그리고 이전과는 달리 발이 아픈 셋을 위해 찜질방으로 가 시간을 보냈고, 오후 늦게 나와 모두는 영화를 관람했으며, 단체 사진도 찍었다.

그리고 술과 고기를 잔뜩 사서 하루의 끝을 알리는 저녁을 먹기 위해 집으로 향했다.

"기적아, 반찬 좀 옮겨줘."

"알겠습니더!"

"은정아, 채소 다 씻었어?"

"응. 양념장은?"

주방은 불판을 깔고 고기를 먹기 위해 밑반찬을 준비하는 등 분주했고, 슈퍼에서 음료수 등을 사 온 진하는 박하가 보이지 않자 조심스럽게 박하의 방문을 열었다.

"오늘 하루도 가는구려."

진하는 숨소리마저 죽여가며 방문 틈 사이로 안을 바라봤다.

그곳에는 박하가 진하 어머니의 사진을 들고 독백을 하고 있었다.

"처음은 부모님이 나를 떠났을 때였던 것 같소. 그때의 난 그런 생각을 했었지. 정말 살아 있을 때 하지 못한 것들이 한이 된다고. 누구나 그런 말을 하오. 살아 있을 때 잘해라. 그것은 비록 부모뿐 아니라 모두에게 허용되는 말일 것이오. 하지만 인간은 어리석지 않소. 그래서 나 역시 내가 겪으면서 처절하게 깨닫게 되었지만 나는 바보였소. 세상에서 가장 어리석은 바보 말이오."

박하의 목소리가 잠기자 진하의 표정 역시 어두워졌다.

"사람은 누구나 후회를 하지 않소. 그런데 했던 후회를 또다시 반복해 버린… 내가 바보가 아니면 뭐란 말이오? 당신이 그렇게 떠나고 내 가슴은 깨진 유리 조각처럼 다시는 복구가 불가능했소. 그리고 결심했소. 다시는, 정말 다시는 같은 후회를 하지 않겠다고. 그때부터 매년 당신의 기일이 지나면 아이들을 데리고 하루만이라도 추억을 만들기 위해 노력했소. 적어도 내가 세상을 떠났을 때, 아이들이 나를 떠올릴 수 있는 추억을 주기 위해서. 난 떠나는 당신에게 행복한 추억을 주지 못했잖소. 그래서 오늘도 하루를 함께 보냈소. 물론, 아이들에게는 곤욕일 수도 있소. 애인이나 친구와 놀고 싶을 텐데 하루 종일 이 늙은 애비와 보내야 하니……. 그리고 매일 내가 참견을 많이 하잖소. 짓궂기도 하고, 장난도 심하게 치고 말이오. 하지만 그 모든 것들이 훗날 내가 죽었을 때 아이들의 가슴에 남는다는 사실을 알기에 나는 계속 이렇게 지낼 듯하오. 품위있고 훌륭하며, 멋진 애비는 아니지만… 그 누구보다 자식들과 가까웠으며, 친구 같았던 애비로 말이오."

진하는 눈시울이 뜨거워지는 것을 느꼈지만 애써 참았다.

"이제 가봐야 할 듯하오. 음식 준비가 다 된 것 같으니 말이오. 걱정 마시오. 나는 아이들 앞에서는 언제나 행복한 남자이니. 오늘도 당신이 참 많이 그립구려."

진하는 조심스럽게 방문을 닫은 뒤 자신의 방으로 들어갔다.

언제나 강한 사람이라고 생각했다. 아픔이라는 것은 모른다고 생각했다. 항상 행복하기만 하고 다른 이들을 놀리는 것을 즐긴다고 생각했다.

그러나 아니었다.

마치 광대처럼 그 속에는 언제나 슬픔이 머무르고 있었다.

어머니가 떠난 후 진하와 은하가 방황을 할 때도, 가장 슬픔에도 불구하고 웃음으로 때론 엄한 모습으로 자신을 감춰야만 했다.

아버지니까… 아버지가 무너지면 안 되니까…….

진하는 쓰게 웃었다. 그런 진하의 볼 위로 투명한 액체가 흘렀다.

박하의 힘들어하는 모습을 처음 본 것은 아니었지만… 내면 속 감춰놓은 말들을 듣게 되자 감정이 복받쳤다.

진하는 주먹을 불끈 쥐었다.

이제라도 아버지에게 잘하자고 다짐을 한 것이었다.

다짐은 행동으로 바로 옮기란 말이 있듯이 진하는 밖으로 나가 잘하기 위해 노력했다.

상추에 고기를 싸서 먹여주기도 했으며, 안마도 해주었다! 그리고 술잔이 비워질 때마다 안주도 챙겨줬으며, 평소에 안 하던 앙탈도 부렸다!

그 광경에 박하는 물론 모두가 구토 증상을 일으키며 미쳤냐고 물었지만 진하는 아랑곳하지 않았다.

부모의 사랑에 비하면 이 정도는 아무것도 아니지 않은가!

그렇게 박하에게 사랑 전달 모드로 들어간 지 3시간이 지났을 때 진하는 술에 많이 취한 박하를 등에 업고 방으로 걸었다.

더불어 평소에는 하지 않았던 말을 하자고 다짐하며 쑥스러운 표정으로 말문을 열었다.

"아버지, 그동안 많이 힘드셨죠? 이제는 저희가 있으니 걱정 마세요. 저와 은하가 잘할게요. 그러니 아무 걱정 마시고 오래, 오래 사셔야 해요. 아버지……."

진하는 가슴이 두근거리며 잠시 망설였다.

박하가 술에 취해 업혀 있지만 하시 않던 말을 하자니 부끄러운 것이다.

그러나 오늘만큼은 고마움을 표현하고 싶었고, 결국 진하는 말문을 열었다.

"아버지… 사랑……."

"우우우욱!!"

주르르르륵!!

"……."

다음날, 잠에서 깨어난 박하의 몸에는 누군가의 소행인지는 알 수 없지만 구타 흔적이 남아 있었다.

"가자. 어?"

"싫어. 그런 곳을 왜 가냐?"

"야, 너 요즘 은진이랑 안 좋잖아. 가끔은 가서 스트레스도 풀고 하는 거야."

친구의 집요한 설득에 찬성은 마음이 흔들렸다.

나이트… 은진을 만난 후 단 한 번도 간 적이 없었다.

은진은 그런 곳에 자주 간다는 것을 알면서도 말이다.

하지만 지금은 마음이 좋지 않아서일까? 아니면 변해가는 은진에게 자신 역시 지쳐서일까? 찬성은 한참이나 더 고민했지만 결국 전화를 끊고 밖으로 나갔다.

"어때? 죽이지?"

친구의 말에 찬성은 쓰게 웃었다.

강남에서 알아준다는 나이트에 와 잠시 술을 마시고 춤을 추며 몸을 풀었다.

그러다 친구가 갑자기 사라졌는데, 여자 두 명을 데리고 온 것이었다.

둘 다 얼굴과 몸매가 예쁜 편이었다. 그런데 한 명은 완전히 술에 취해 있었다.

흔히 남자들이 부킹 상대 1순위로 꼽는 상태였다.

"저 취한 애는 내 거다. 넌 옆에 애랑 놀아."

친구가 귓속말로 말하자 어차피 별 관심이 없었던 찬성은 고개를 끄덕이며 독한 양주를 목구멍으로 넘겼다.

그러자 불길이 일어나는 듯한 느낌이 들었고, 그때 자신의 파트너가 된 어깨까지 내려오는 검은 머리카락에 얼굴은 청순 하지만 몸은 글래머 스타일인 여자가 과일 안주를 집어 내밀 었다.

"괜찮습니다."

그 모습에 찬성은 아무런 생각도 하지 않으며 당연하다는 듯 거절했다. 하지만 여자 역시 집요하게 안주를 내밀었고 결 국 찬성은 메론을 입에 넣었다.

"맛있죠?"

여자가 웃으며 말을 건넸다.

술에 취해서일까? 문득 그녀가 예뻐 보인다고 찬성은 생각 했다.

"하아……."

"괜찮아?"

나이트에서 술을 마시고, 2차, 3차까지 술자리를 함께하는 동안 여자는 어느덧 찬성에게 말을 놓고 있었다.

하나 찬성은 아무런 대답을 하지 못했다.

정신을 가누기 힘들 만큼 취해 있는 것이었다.

'하하… 이제는 연락도 안 받고…….'

그 와중에 찬성은 은진을 생각하고 있었다.

술을 마시며 몇 번이나 연락을 했다. 그러나 은진은 전화를 받지 않았다.

집에도 연락을 했지만 은진이 없다는 말만 들을 뿐이었다.

물론 무슨 일이 생긴 것일 수도 있다. 아니면 전화 전원이 꺼져 있다던가.

그렇지만 찬성은 두 가지 다 아니라고 생각했다.

은진이 변했다고 느낀 이후부터, 그녀는 밖에서 자신의 전화를 거의 받지 않았기에.

"나 먼저 씻을까?"

그 순간 곁에 앉아 있던 여자의 목소리가 들렸지만 찬성은 아무런 대답을 하지 않았고, 여자는 한번 실소를 흘리더니 욕실로 향했다.

차아아아아.

물소리가 찬성의 귀로 들렸다.

그러나 찬성은 여자에게서 관심을 끈 채 여전히 휴대폰을 만지작거렸고, 은진의 생각에 빠져 있었다.

그렇게 얼마의 시간이 지났을까? 여자가 욕실에서 문을 열고 나왔다.

여자는 알몸인 상태에서 수건만 둘러 중요한 곳들을 아슬아슬하게 가린 상태였다.

그녀는 찬성이 마음에 들었고, 어차피 원나잇 스텐드에 호기심이 생겨서 작정을 하고 온 것이기에 당당하고 적극적이었다.

"안 씻어?"

여자는 수건을 몸에서 풀며 찬성이 덮고 있는 이불 속으로 들어갔다.

그러자 찬성은 술이 깨는 것을 느꼈다.

아무리 은진을 사랑하고, 은진만 생각한다 할지라도 찬성도 남자였다.

성적인 흥분을 하게 될 경우 피가 한곳으로 몰리게 되어 있었고, 그 느낌을 받자 절로 정신이 드는 것이었다.

만약 찬성 역시 그럴 생각이 조금이라도 있었다면 이렇게까지 정신이 번쩍 들지는 않았을 것이다. 하나, 자신도 은진의 태도에 속상해 여기까지 왔지만 선을 넘을 생각까지는 없었기에 스스로를 자제할 수 있었다.

"미안해. 미안해."

찬성은 정신 나간 사람처럼 그 말만 반복하다 황급히 옷을 챙긴 후 모텔을 빠져나왔다.

밖에 나오자 차가운 공기가 전신을 훑고 지나갔다.

찬성은 자신이 무슨 짓을 했는지 떠오르자 쓴웃음을 지으며 고개를 돌렸다.

그때 맞은편 모텔에서 한 쌍의 남녀가 모습을 드러냈다.

둘은 서로의 손을 꼭 잡은 채 모텔에서 나왔는데, 그들을 바라보는 찬성의 얼굴이 일그러졌다.

'아니야… 아니야…….'

찬성은 두 눈이 뜨겁게 충혈되었고 심장이 터질 듯이 아파왔지만 입술을 꽉 깨문 채 부정했다.

생각은 했었다. 은진에게 다른 남자가 생긴 것일 수도 있다고. 그러나 생각과 그 광경을 직접 목격했을 때는 받아들여지는 것이 다르다.

"크크큭, 크큭……."

찬성의 입에서 절망과 좌절이 가득한 웃음이 터져 나왔다.

부정은 거부할 수 없는 긍정이 되었고, 긍정은 칼날이 되어 심장을 갈기갈기 찢었다.

퍼어억!!

찬성의 주먹이 모텔의 벽면을 사정없이 갈겨 버렸다.

퍼어억! 퍼어억! 파직!

미친 사람처럼, 생각을 못하는 사람처럼… 찬성은 이성을 잃으며 벽에 주먹을 반복적으로 부딪쳤고, 끝내 찬성의 살은 이리저리 찢어지며 피를 흘렸다.

"하하… 하하하… 하하하하!!"

찬성의 울음 섞인 웃음만이 은진과 남자가 사라진 거리를 가득 메웠다.

류화는 능력의 끝을 알 수 없는 울트 앞에선 말을 잘 듣는 애완동물이나 다름없었지만 속으로는 온갖 욕설을 내뱉고 있었다.

분명히 전에 세 명은 태우고 다니기 힘들다고 강하게 어필했다!

그런데 이번에도 또 세 명이 등 위에 올라타서 엘프의 대륙까지 가자고 하는 것이 아닌가.

'그래, 착한 내가 참자!'

류화는 자신의 넓은 마음에 감탄하며 하늘 높이 솟구쳤다.

비록 착해서가 아닌 힘이 없어서 맞을까 봐 말을 못하는 것이었지만 착각하는 실력 역시 눈류와 꼭 빼닮은 류화였다.

'이렇게 돌아다니기만 하는 것인가?'

아름다운 정원을 걸으며 눈류는 속으로 한숨을 내쉬었다.

류화를 타고 엘프의 대륙에 온 지 어느덧 일주일이 흘렀다.

그동안 울트와 나니아는 대륙의 이곳저곳을 돌며 한마디로 관광만 하고 있었다.

그러다 몬스터들을 만나는 경우도 종종 있었지만 사냥만 하는 것보다는 당연히 레벨 업 속도가 늦어졌고 눈류는 슬슬 초조해졌다.

빨리 레벨 300이 되고 싶었다. 그리고 퀘스트의 경우 요즘 들어 레벨 업이 잘되는 퀘스트를 많이 했고, 보상도 좋기에 거절하지 않은 것이다.

보상이 무엇인지는 모르겠지만 이렇게 레벨 업이 느린 줄 알았더라면 애초에 거절했을 것이다.

"크윽. 맛이 좋구나."

엘프의 대륙에서도 아름답기로 유명한 요정의 정원을 구경한 뒤, 모두는 여관에 들러 엘프들의 음식으로 배를 채웠다.

그러다 울트가 술을 주문했고, 한 잔 마시더니 감탄사를 내뱉었다.

엘프들의 술은 도수는 낮지만 맛은 인간들이 만든 것보다는 한 수준 높았다.

"울트님, 이렇게 여행만 하는 것인가요?"

콩으로 만든 완자를 입에 넣은 눈류가 궁금한 어투로 물었다. 만약 계속 이런 식이라면 퀘스트 포기까지 생각하고 있었다.

"으음. 이제 대충 둘러본 것 같으니 볼일을 봐야겠지."

"아, 그래요?"

반색하며 되묻는 눈류.

"허헐. 그동안 심심했나 보구나."

"그런 것은 아닙니다. 그런데 볼일이라면?"

"오기 전에 말했었지? 만나야 될 엘프 놈이 있다고."

"네."

"그놈을 만나고 돌아가야겠다."

순간 울트의 신형에서 자욱한 살기가 발출되었다.

그러자 주변에 있던 엘프들은 물론 유저들조차 움찔하며 울트의 눈치를 살폈다.

울트는 아직 정체가 알려지지 않았지만, 그의 능력은 눈류도 짐작하지 못할 수준이었다. 그런 자가 진심으로 살기를 내뿜고 있는데 그 누가 무서워하지 않으리!

"하, 할아버지!"

"어? 허, 허헐. 순간 실수를 했구나. 미안하네."

울트는 나니아의 외침과 함께 자신의 실책을 깨달으며 사과를 했고, 눈류는 웃는 얼굴을 유지하며 이마에서 흐르는 식은

땀을 닦았다.

눈류조차 견디기 힘든 수준의 살기!

"그런데 그 엘프와 무슨 일이 있으셨기에……."

울트의 방금 살기만 봐도 엘프와 좋은 만남이 아닐 것이라 예측할 수 있었고, 눈류의 질문에 울트는 과거를 떠올리며 분노에 치를 떨더니 흥분한 목소리로 외쳤다.

"그놈이… 그놈이……!!"

'아주 큰 잘못을 했나 보군.'

도대체 무슨 짓을 저질렀기에 울트가 저리 화를 낸다는 말인가!

"내 파이를 훔쳐 먹었다."

"저런! …예?"

기분을 맞춰주기 위해 과도한 리액션까지 하며 맞장구를 친 눈류는 자신의 귀를 의심하며 되묻고 말았다. 고작 파이를 훔쳐 먹은 것으로 저런단 말인가!

"문제는 그게 보통 파이가 아니라는 것이지. 그 파이는 더 이상 구할 수도 없어. 어떤 여인이 잠깐 동안 팔고 사라졌으니!! 크흑… 그 파이가 얼마나 맛있었는데. 잠시 나니아를 두고 고대의 산을 비웠을 때, 그때 고작 20개를 살 수 있었어! 그리고 나니아에게 다섯 개를 주고… 열다섯 개를 정말 아껴 먹고, 먹었는데… 그놈이 찾아오더니 13개나 먹어버렸다!! 크윽!!"

울트는 가슴을 부여잡다가 곧 호흡을 진정시키기 위해 노력했다.

그런데 눈류의 표정이 묘하게 변했다.

울트가 말하는 파이는 분명 시실리의 파이였다.

'하긴, 그 맛이면 저럴 만도 하지.'

시실리에게 파이를 받은 후 눈류는 50개를 자신의 인벤토리에 챙겨두었다. 그리고 맛을 봤는데 정말 먹고, 또 먹을 수밖에 없는 맛이었다.

파이에 발라진 것이 꿀이 아닌 신수의 눈물이라는 사실도 상관없었고, 먹다가 죽어도 좋을 정도였다!

'잠깐, 그렇다면. 크크큭!!'

마음속으로 짐승 모드가 되어버린 눈류!

자신에게는 아직 파이가 32개가 남아 있었고, 울트는 파이를 먹을 수 있다면 무슨 짓이든 할 것이다.

'훗날 도움이 필요하면 파이로 거래를 해야겠군.'

파이 32개로 울트를 마음대로 움직일 수 있는 힘이 생긴 것이나 마찬가지였고, 눈류는 일단 파이에 관해서는 말하지 않으며 한층 밝아진 얼굴로 울트를 위로했다.

그리고 잠시 후… 울트가 말한 엘프를 찾아간 눈류는 멍한 표정으로 자신의 앞에 서 있는 엘프를 쳐다봤다.

고대의 산에 찾아가고, 울트의 파이를 훔쳐 먹었다는 말을 들었을 때 알아차렸어야 했다.

과연 그 어떤 엘프가 울트를 이리 화나게 할 수 있다는 말인가!!

"울트님, 나니아. 오랜만에 뵙습니다. 어? 눈류님도 오셨네요?"

언제나 싱글벙글 웃는 얼굴! 눈빛에 깔린 지독한 장난기!

바로 루운이었다.

파지지직!! 후르르륵!

눈류는 울트와 루운의 눈치를 살피며 둘을 힐끔, 힐끔 바라봤다.

울트는 루운에게 살기까지 담아 노려보고 있었고 루운은 한마디로 무시하며 차를 마셨다.

그러자 울트의 표정에는 노기가 더해졌는데, 그때 루운이 아이 같은 미소를 흘리며 말했다.

"차 맛이 어떠신가요? 울트님은 오랜만에 뵙는데도 정정하시군요. 당장 죽지는 않으시겠습니다. 하하."

"허허헐. 자네보다야 오래 살겠는가? 그런데 마치 죽기를 바라는 것 같구만? 허헐."

"그럴 리가 있겠습니까?"

"그런 것 같은데?"

"하하하. 울트님도 참."

"허허허헐."

"……."

분명 울트와 루운은 웃음과 함께 대화를 나누고 있었다.

그러나 말의 뉘앙스가 묘했으며 살기가 루운의 집 안을 가득 채운 것도 모자라 밖으로 흘러넘치고 있었다.

'아… 나도 야르랑 노는 것인데.'

같은 자리에 있기가 너무나 뻘쭘한 상황이 되자 눈류는 야르를 보며 신기해하다 결국 밖에서 놀고 있는 나니아가 부러워졌다.

"그런데 파이는 맛이 좋았는가?"

"무슨 파이요?"

"자네가 나에게 찾아와 훔.쳐. 먹.은. 파이를 말하는 것이네."

"아, 훔쳐 먹은 것이 아닌 그냥 방에 있기에 먹은 파이를 말하시는군요."

"허허헐, 그런가?"

"하하. 네, 그렇습니다."

서로의 말꼬리를 물고 물어지는 접전!

눈류는 언제나 궁금했었다.

이 얄미운 존재들인 울트와 루운이 같은 자리에 있다면 어떤 상황이 벌어질 것인가! 하고 말이다!

"맛만 얘기하자면 아주 달콤하더군요. 저 역시 수없는 음식들을 먹어봤지만 그 파이처럼 중독성이 심하고, 맛있는 것은 찾기가 쉽지 않았습니다. 더 있었으면 좋았을 텐데요."

"허헐. 그렇게 맛있는 파이를 내 것도 남겨두지 않은 채 다 먹은 자네의 심보가 부럽군."

"저는 저를 위해서 준비하신 것인 줄 알았습니다. 아… 울트 님이 쪼잔해서 그럴 일 없다는 사실을 잠시 잊었네요. 하하."

뿌드드득!!

울트의 이가 심하게 갈렸다.

울트 역시 사람 갈구는 것을 좋아하고 즐기지만 루운과 스타일이 달랐다.

울트는 힘과 약점을 원천으로 사람을 공격하는 편이었고, 루운은 힘과 약점은 물론 타고난 말발까지 갖추고 있었다.

더군다나 화가 나 있는 상태도 울트였으며, 언제나 차분한 루운과는 달리 울트는 다혈질이었다.

"허헐. 자네하고는 얘기를 섞지 않는 것이 좋겠군."

스파아앗!

'허억!'

눈류는 차를 마시다 말고 자리에서 일어나 한쪽 구석으로 몸을 피했다.

순간적으로 울트에게서 풍겨진 살기에 죽음이란 단어가 머릿속을 파고들었기 때문이다.

"그러면 몸을 섞으시겠다는 말씀이신가요?"

그리고 놀라운 일이 발생했다.

루운은 웬만하면 살기를 내뿜지 않는다.

그런데… 현재 루운에게서 울트와 맞먹는 공포 이상의 살기가 풀풀 흘렀다.

"피할 수 없을 듯하군요. 울트님이라면 저를 어떻게든 찾아오실 것이니."

"잘 아는구먼. 허헐."

"당연하죠. 쪼잔함은 전 대륙에서 따라올 자가 없으신 분이니. 하하.”

이런 상황에서도 약 올리는 센스!

눈류는 훗날 사용하기 위해 루운의 말발 포인트를 기억하며 둘을 바라봤고, 루운은 어쩔 수 없다는 표정으로 손뼉을 쳤다.

스파아앗!!

‘컥! 왜 나까지!!’

루운의 손뼉과 동시에 셋은 백색의 공간으로 텔레포트되었다.

그 어떤 것도 존재하지 않으며 오로지 흰색으로 이루어진 정사각형의 공간!

그 속에서 루운과 울트는 서로를 바라보며 자신들만의 웃음을 흘리고 있었고, 눈류는 떨리는 표정으로 멀리, 아주 멀리 몸을 이동했다.

둘에게서 느껴지는 기운으로도 충분히 예상할 수 있었다.

만약 저들의 근처에 있다가는 죽기 십상이라는 사실을!

하지만 그러면서도 둘의 대결을 보고 싶은 마음에 자신의 시야가 닿는 선에서 몸을 피한 상태였다.

“이제 시작하지. 허헐.”

“알겠습니다. 하하.”

스파아앗!!

곧 루운과 울트! 절대자들이 동시에 움직였다!

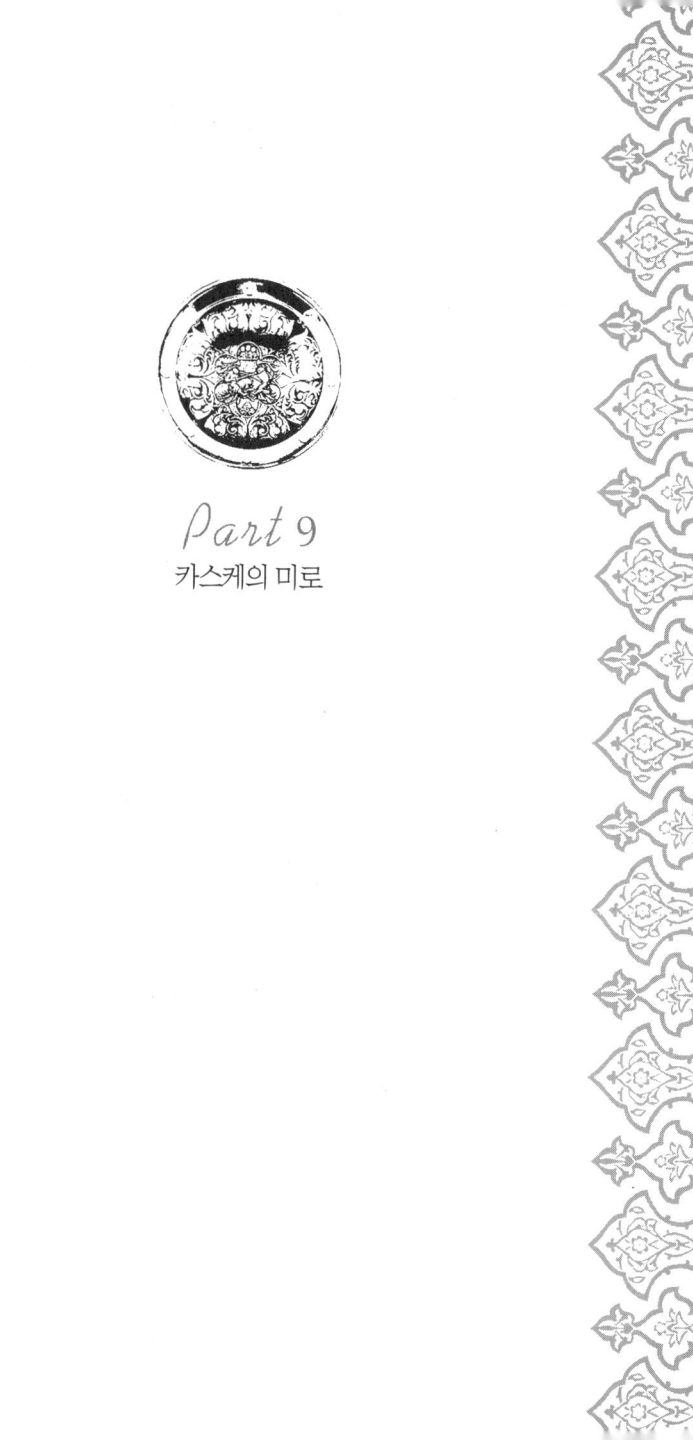

Part 9
카스케의 미로

The knight of mask

콰콰콰쾅!!!

'크윽!'

눈류는 거대한 마나의 폭풍에 저도 모르게 뒤로 물러서며 상황을 살폈다.

그런 눈류의 입은 연신 쩍! 벌려져 있었다.

자신 역시 수많은 싸움을 했었고, 동영상을 통해 많은 유저들의 전투를 본 적이 있다. 더불어 건틀렛 퀘스트 때는 가면의 기사의, 신이라 착각할 정도로 대단한 무력을 봤었다.

그런데 기사와 비슷한 수준이라 예상할 수 있는 두 명이 접전을 치르자 뭐든지 상상 이상이었다.

루운의 마법이 공간을 가득 채웠다.

하나가 아닌 동시에 두 개, 세 개… 열 개까지도 펼칠 수 있는 그의 능력은 기가 찰 정도였고, 그런 마법 공세를 모두 피하고 막으면서 역공을 하는 울트도 어이가 없었다.

둘 다 강할 것이라 생각했다.

너무나 강한 존재들이라 이길 자신조차도 없었다.

하지만 실제로 보니 둘은 강한 수준이 아니었다.

말 그대로 신들이 인간으로 변해 싸우고 있다는 착각이 들 정도이니 무슨 말을 더 하겠는가!!

"하악, 하악. 울트님도 늙기는 늙으셨군요."

루운이 한쪽 어깨에서 피를 흘리며 웃음과 함께 말했다.

피한다고 피했지만 울트의 교차선에 당한 것이다.

그나마 루운이기에 이 정도 상처이지 다른 이였다면 어깨가 박살이 아닌 가루가 되었을 일이었다.

"허헐. 자네도 예전 같지 않군."

울트 역시 옆구리 쪽에 작지 않은 부상이 있었는데 루운의 마법 칼날에 일격을 당한 상처였다. 둘은 그 외에도 여러 상처들이 몸에 나 있는 상황이었고, 출혈도 곳곳에서 진행 중이었다.

"이렇게 진행된다면 울트님과 저, 둘 중 한 명은 죽을지도 모르겠군요."

너무나 능력이 비슷한 수준이다 보니 이기기 위해서라면 자신의 모든 힘과 기술을 사용해야 한다. 눈류와 나니아처럼 말이다!

그렇기에 울트와 루운이 승부를 보기 위해서라면 한 명이 죽을지도 모르는 일이었지만 울트는 싸움의 흥을 멈추고 싶지 않은지 웃음과 함께 재차 달려들었다.

쩌저저적!! 쾅! 쾅!

싸움은 재차 재개되었다.

그리고 눈류는 여전히 눈을 떼지 못하며 그들의 전투를 지켜보고 있었다.

그런 눈류의 이마에서는 피가 흐르고 있었는데 자신에게까지 밀어닥친 공격의 후폭풍을 제대로 방어하지 못해 생긴 상처였다.

하지만 눈류는 통증은 느끼지도 못하는 듯 홀린 눈으로 울트와 루운의 대결을 주시할 뿐이었다.

어디서도 볼 수 없는 절대자들의 싸움이었고, 보는 것만으로도 도움이 될 것이라 판단했다.

'저런 마법도 있었군.'

눈류는 심장이 크게 요동치며 흥분하는 것을 느꼈다.

아직까지 알려지지 않은 온갖 마법을 볼 수 있었고, 울드의 능력 역시 확인할 수 있었다. 더불어 위험한 순간에 어떻게 대처하는지, 역공은 어찌 펼치는지를 머릿속에 저장하며 되새기고 되새겼다.

그와 함께 촬영도 잊지 않았다. 자신은 나오지 않으며 엘프의 장로 루운과 레전드 선의 지배자 울트의 대결! 박진우에게 대단히 높은 가격에 팔 수 있을 것이었다.

"허억, 허억. 이제 그만 하시죠? 얼굴빛이 프시처럼 되었습니다."

프시란 좀비 몬스터 중 하나였는데 얼굴에 핏기가 하나도 없어 시체라 불리기도 하는 놈이었다.

"하아, 하아. 자네 얼굴은 150년 변비 걸린 드래곤 같군."

울트의 말처럼 루운 역시 마나의 고갈과 함께 힘이 들어 얼굴이 온통 일그러져 있었다.

어쩌면 당연한 일이었다. 20분 동안 치열한 싸움이 오고 갔다.

그동안 둘은 위력적이면서도 실용적인 능력과 마법들을 쉬지 않고 사용했으며, 유저들처럼 포션을 먹은 것도 아니었다.

그러니 20분만 하더라도 둘의 마나의 양이 얼마나 많은지 짐작할 수 있었고, 온몸에 입은 부상보다도 서 있는 것 자체가 힘들어 보였다.

"알겠습니다. 그럼 제가 제안을 하죠."

결국 루운이 평소의 웃음과 함께 바닥에 주저앉으며 말했다.

그러자 울트 역시 아쉬운 표정을 지었지만 곧 쓰러질 것 같은 상황이었기에 속으로 반색하며 자리에 앉으며 물었다.

"어떤 제안이지?"

그때서야 눈류도 둘의 곁으로 다가갔고, 울트는 길게 숨을 내쉬며 호흡을 정리한 뒤 말했다.

"울트님과 제가 싸워서는 쉽게 승부가 나지 않습니다. 승부를 보고 싶다면 정말 둘 중 하나는 죽어야 할 테지요. 그리고 울트님이 저에게 화나신 부분이 파이 때문이니 이렇게 하죠. 울트님과 제가 각각 한 명씩을 선택하는 것입니다. 그리고 둘을 카스케의 미로에 넣는 것이죠. 울트님과 제가 힘을 합쳐서 설정한다면 탈출구를 만들 수 있고, 그래서 먼저 미로를 탈출한 이가 승리하는 방식입니다. 만약 울트님이 선택한 이가 이긴다면 제가 먹었던 파이를 드리겠습니다. 정확히 두 배로요. 다만, 제가 선택한 이가 승리한다면 울트님은 더 이상 파이로 저를 괴롭히지 마시기를 바랍니다. 어떻습니까?'

루운의 제안에 울트는 생각에 잠겼다.

파이를 가지고 있다는 말이 거짓말이라고는 생각하지 않았다. 그는 장난이 심하긴 하지만 단 한 번도 거짓말을 한 적이 없기에.

그래서 파이가 있음에도 불구하고 자신의 것을 다 먹은 것이 괘씸하기는 했지만 또 싸울 수도 없는 노릇이었다. 더불어 그냥 물러나자니 화가 풀리지 않았다.

'괜찮은 방법이구나.'

지면 너무나 안타깝지만 잊으면 되는 것이고, 이기면 두 배를 얻을 수 있다!

그것도 모자라 자신이 선택한 사람은 개고생을 하게 된다!

다른 이의 고생은 울트에게 있어 행복!

울트의 시선이 슬쩍 눈류를 바라봤지만, 눈류는 그 사실을 알아차리지 못했다.

"좋아. 받아들이겠네."

"하하. 잘 선택하셨습니다. 이 제안은 저희에게 또 다른 즐거움이 있지 않습니까?"

루운의 짓궂은 말에 울트는 씨익! 미소를 지었다.

둘은 비슷한 생각을 하고 있었던 것이다.

그사이 눈류는 영문도 모른 채 카스케의 미로에 관한 정보를 찾기 위해 게시판을 검색하고 있었다. 하지만 그 어디에도 카스케의 미로라는 것은 없었다.

'뭐지? 알려지지 않은 공간인가.'

그때 울트가 눈류의 어깨에 손을 올리며 말했다.

"나의 대리인은 눈류일세."

"호오."

"네?"

울트의 선택에 루운은 웃음 어린 묘한 표정이 되었고, 눈류는 어리둥절한 얼굴로 울트를 쳐다봤다.

"얘기는 들었지? 자네가 나를 대신해 이겨주게. 나니아가 대신할 수도 있지만 그 아이는 경험이 없어. 하지만 자네는 다르지. 실전 경험은 물론 대단한 능력을 가지고 있어. 내 자네라면 믿을 수 있다는 생각에 선택한 것이네. 자네라면 충분히 믿음직한 사내가 아닌가! 허헐!"

'이렇게 퀘스트가 진행되는 것이군.'

눈류는 퀘스트의 연장선이라 생각했다.

더불어 카스케의 미로가 무엇인지도 모르지만 호기심이 치솟았다.

그리고 가장 중요한 것은… 울트의 칭찬 남발이었다!

칭찬에 약한 눈류가 아니었던가!

"알겠습니다. 경험이 뛰어나고 믿음직한 제가 하도록 하죠!"

"허헐! 역시 자네답군!"

눈류와 울트는 서로를 바라봤다.

눈류는 울트에게 인정받았다는 생각과 함께 자뻑 모드에 들어갔고, 울트는 자신의 소중하고 사랑스러운 나니아를 고생시키지 않아도 된다는 생각에 행복해하고 있었다.

더군다나 유독 눈류가 고생하면 더욱 즐거운 울트였다!

"눈류님이라, 묘한 인연이군요. 저도 이미 저를 대신할 이를 선택한 상황입니다."

루운은 처음부터 일이 이렇게 돌아갈 것이라 예상했었고, 안 되도 자신의 뜻대로 만들 계획이었다.

그러나 눈류가 울트와 함께 올 것이라고는 예측하지 못한 채 미리 한 명을 선택했었는데… 자신의 예상보다 더욱 재미있는 상황이 만들어졌다.

"그럼 제 대리인을 소개하도록 하죠."

타악!

루운은 자리에서 일어서며 그동안 회복된 마나를 움직였다.

그와 함께 손가락을 튕겼는데 백색의 공간이 사라지고 루운의 거처가 나타났다.

그리고 그곳에는 조금 전에는 없던 한 명의 여인이 자리에 앉아 있었다.

"어, 너?"

"눈류……?"

눈류와 여인은 놀란 눈으로 서로를 쳐다봤다.

루운이 선택한 대리인! 그녀는 월하였다!

"받아."

찬성은 소주잔에 소주를 가득 채워 은진에게 내밀었다.

은진은 그런 찬성을 잠시 무표정으로 바라보다 소주잔을 받았고, 찬성은 곧 익은 고기를 뒤집으며 자신의 잔에도 술을 따랐다.

"어제 어디 있었어?"

목구멍으로 소주를 넘기며 찬성이 물었다.

"친구들이랑 있었어."

표정 하나 변하지 않으며 은진이 말했다.

"어디서?"

"왜 그래?"

평소와는 달리 꼬치꼬치 캐묻는 찬성의 모습에 은진은 의아함을 느끼며 되물었지만, 찬성은 쓰게 웃기만 할 뿐 대답하지 않았다.

"정미네 집에 있었어. 휴대폰은 집에 놔두고 갔었어."

"그렇군……."

찬성은 은진의 뻔뻔한 거짓말에 재차 술을 마셨다.

그러자 속에서부터 화끈한 기운이 올라왔다.

빈속에 계속 술을 마셨으니 당연한 결과였다.

"요즘 얼굴 보기 힘드네. 그거 아니? 너 변한 사실을⋯⋯."

찬성의 말에 은진은 부정하지 않았다.

그녀는 언제나 찬성에게 당당했고 굽히지 않았다.

그렇다고 그녀의 성격 때문만은 아니다.

진하와 사귈 때 그녀는 찬성에게 하는 것만큼 까칠하고 도도하지 않았다. 하지만 찬성은 자신을 짝사랑했고, 자신이 어떻게 해도 떠나지 않는다는 사실을 알기 때문에 저도 모르게 그리된 것이었다.

그리고 이제는 그러는 것이 당연하게 변해 버렸다.

더군다나 요즘은 마음까지 멀어진 상황이었으며, 다른 이를 만나기도 했다. 그러니 찬성에게 따뜻하게 대하거나 그를 배려해 주고픈 마음이 생기지 않았다.

"시간을 가지고 생각하고 있어. 너와 나. 사랑했지만 서로 맞지 않는 부분도 많았고, 최근 진하를 자꾸 떠올리는 너로 인해 지치기도 했고. 그렇다고 우리가 헤어진 것은 아니잖아? 다만 같이 있는 시간이 예전에 비해 줄어든 것뿐이지."

은진은 그 말과 함께 소주를 입에 털어 넣었고, 찬성은 입은 웃고 있지만 은진을 노려보며 되물었다.

"그래서 다른 남자랑 모텔을 갔니?"

비워진 잔에 소주를 따르던 은진의 움직임이 잠시 멈췄다.

그로 인해 테이블에는 넘친 소주가 흘렀고, 은진은 곧 얼굴에 웃음과 여유를 찾으며 소주병을 내려놓았다.

"요즘 내 뒷조사해?"

"아니… 우연히 보게 된 것뿐이야."

"그래? 그런데… 그래서?"

"뭐라고?"

찬성은 황당함을 넘어 분노까지 느끼며 되물었다.

바람. 그래, 오랜 시간 연애를 하다 보면 잠시 다른 사람이 마음에 들어올 수도 있는 것이었고, 찬성은 괴로워도 용서하고 싶었다.

그런데 그래서라니? 적반하장도 유분수였다.

"한 가지만 알아둬. 난… 한 남자에게 만족할 수 없는 여자야."

은진이 자리에서 일어서며 말했다.

"이런 내가 싫다면 언제든 떠나."

그 말과 함께 밖으로 나가 버리는 은진.

찬성은 은진이 사라진 문을 한참이나 바라보다 글라스에 소주를 부어 몇 잔이나 마셨다.

속이 메스껍고 구토가 올라왔지만 상관없었다.

그냥 취하고, 또 취하고 싶었다.

아무것도 생각 못할 만큼, 모든 것을 다 잊을 만큼 취하고 싶었다.

또한, 술김에라도 은진에게 헤어지자! 소리치고 싶었다.

하지만 찬성은 생각만 할 뿐, 행동으로 하지는 못했다.

"크큭… 한 남자에게 만족 못하는 여자……. 그런 여자를 떠나지 못하는 남자……. 그리고 그런 둘에게 상처를 받은 바보……. 하하. 재미있군, 재미있어."

토옥.

찬성의 마음을 대변이라도 하듯, 술잔에 눈물 한 방울이 떨어졌다.

"허헐, 자네 술도 많이 늘었구먼."

"울트님도 만만치 않으십니다. 하하."

서로를 잡아먹을 듯이 싸울 때는 언제고 울트와 루운은 웃는 얼굴로 술잔을 주고받았다.

그리고 그 앞에는 눈류와 월하가 한 상 가득히 차려진 음식을 먹고 있었고, 나니아는 피곤함에 먼저 자러간 상황이었다.

"오랜만에 힘을 써서 그런지 더욱 땡기는군!"

"그러게 말입니다."

울트와 루운은 낮부터 밤까지 카스케의 미로에 모든 힘을 쏟아 부었다.

원래는 탈출구가 없는 미로이지만, 둘의 노력으로 네 개의 마법진이 형성되어 목적지에 도착한다면 빠져나올 수 있게 되었다.

'뭔가 이상해.'

그런 울트와 루운을 바라보며 눈류는 알 수 없는 불안감을 느꼈다.

이건 단지 저녁 식사 수준이 아니었다.

주위에는 여러 종류의 귀한 술들이 수없이 있었고, 요리도 화려했다.

엘프들은 먹지 않는 고기 종류는 물론 생선 요리도 존재했다.

단지 울트와 자신들이 찾아왔다고 루운이 이렇게 성대한 만찬을 연다?

눈류는 고개를 도리도리 저었다.

루운이 누구인가! 남들을 골려먹기에 바쁜 존재였다.

그런 자가 이렇게 잘한다면 무엇인가 있다는 뜻!

"월하, 너도 카스케의 미로에 대해 아무것도 모르는 것인가?"

눈류의 음성 채팅에 월하는 고개를 끄덕였다.

그녀는 루운에게 퀘스트를 받아 수행하고 있었는데, 그 퀘스트가 끝나자 새로운 퀘스트를 하게 된 것이었다.

퀘스트의 내용은 카스케의 미로를 돌파하라는 것이었는데, 월하 역시 퀘스트를 받자마자 게임 내 게시판은 물론, 로그아웃까지 해서 정보를 찾아봤지만 아무것도 알아내지 못했다.

'이건 마치 개고생을 시키기 전에 마지막 만찬을 주는 것 같군.'

월하도 모른다는 것을 확인한 눈류는 한숨과 함께 생각을 하다 이왕 하기로 한 일, 고민을 머릿속에서 지우며 음식과 술을 즐겼다. 그리고 몇 시간 뒤… 라스트 월드의 아침이 밝았다.

"카스케의 미로는 저를 비롯해 수많은 능력자들이 힘을 합쳐서 만든 결계입니다."

아침이 되자 루운이 다가와 진지한 표정으로 말했다.

"당시 인간계에는 너무나 강력한 마계의 존재가 나타났는데, 그를 가둬두기 위한 목적이었습니다. 사실 처음 만들 때만 해도 불안했습니다. 그 결계 자체가 인간이 생각한 것이 아닌 드래곤의 결계였으니. 하지만 종족을 불구하고 인간계를 지키기 위한 모두가 힘을 합쳐 결계는 완성하게 되었습니다. 그리고 현재 카스케의 미로는 제가 소유하고 있습니다."

'그렇군.'

눈류는 루운의 설명을 들으며 고개를 끄덕였다.

공개되지 않은 시나리오였다. 왜 아무런 정보가 없는지 이해가 되었다.

"하지만 결계만으로는 그 존재를 막을 수 없었습니다. 그래서 저희는 다른 방법을 생각했고, 그것이 바로 마계로 강제 이동이었습니다. 마족에게는 법칙이 존재합니다. 스스로가 아닌 타의로 인해 마계로 돌아가게 되었을 때 인간계의 시간으로 1,000년 동안 인간계에 올 수 없습니다."

'호오… 재미있군.'

이전에는 알지 못했던 마계와 인간계의 얘기에 눈류는 푹 빠져 있었다.

"다행히 1년이라는 시간 동안 걸린 마법진이 완성될 때까지 카스케의 미로는 그 존재의 힘을 버텨주었고, 미로에서 나오자마자 마법진이 발동하며 존재는 강제로 이동되었습니다. 그후 카스케의 미로는 목적이 변형되었습니다. 그렇게 된 이유는 존재로 인해 태어난 미로이지만, 존재가 사라졌기 때문입니다. 그리고 존재로 인해 미로 자체가 힘을 반 이상 잃었고 복구도 불가능하게 되었습니다. 그래서 훗날 그 존재가 다시 나타나도 카스케의 미로는 소용없게 되었습니다. 새로운 결계를 만들어야 하죠. 수많은 능력자들이 모여 만든 결계였지만 존재는 그만큼 대단했습니다. 만약 조금만 시간이 더 지체되었더라면 존재는 카스케의 결계를 부셨을 것입니다. 하여튼 그런 이유들로 카스케의 미로는 중대한 범죄인들의 감옥이 되었습니다. 물론 종족 불구하고, 쉽게 제어하기 힘든 능력자들의 감옥입니다."

"그러면 아직도 죄인들이 있습니까?"

"그렇습니다. 만약 평범한 미로 감옥이었더라면 그들은 수명이 다해 죽었을 것입니다. 하지만 카스케의 미로는 다릅니다. 존재하지 않지만 실제합니다. 그곳은 단순한 아공간입니다. 아무것도 존재하지 않는… 그러나 들어가는 이들에게는 복잡한 미로이며, 수많은 몬스터는 물론 위협 요소들이 나타납니다. 그리고 당했을 때 통증도 느끼며 상처도 입습니다. 다만, 절대 죽지는 않습니다. 애초에 설정을 할 때 죽음은 제외했으며, 그 속에서는 수명의 영향을 받지 않게 되었으니. 물론 자신의 수명을 넘어선 세월을 그곳에 갇혀 있었다면 밖으로 나오는 순간 순식간에 노화하며 목숨을 잃게 됩니다."

"헐."

눈류는 마법이라는 것에 진정 감탄했다.

가짜이지만 고통을 주고, 실제처럼 느껴지는 현상은 이미 겪은 적이 있었다.

그런데 죽음과 미로 안에서뿐이지만 수명조차 조절할 수 있다니!

드래곤이라는 존재… 현실에서 환상으로 탄생한 드래곤도 대단한 능력을 가지고 있었지만 라스트 월드 내에서도 마찬가지였다.

저런 결계를 만들어낼 정도면 반신이라 불려도 되는 수준이 아닌가!

"잠깐, 탈출구를 만들었다면 그들도 나올 수 있는 것 아닌가요?"

눈류는 문득 든 생각을 바로 물었다.

"어제 울트님과 카스케의 미로를 변형시키면서 애먹었던 부분입니다. 그러나 눈류님과 월하님의 피를 새로 만들어진 마법진에 묻혔고, 그로 인해 두 분만 마법진의 영향을 받습니다. 다른 죄인들은 마법진을 발견한다 할지라도 나올 수 없습니다."

"그래서 어제 피를?"

"그렇습니다."

루운이 웃으며 대답했고 눈류는 아… 하는 탄성을 내질렀다.

어제 오후, 갑자기 피가 필요하다는 말에 영문도 모른 채 몸에 상처를 내 피를 건넸었다.

그런데 이런 이유가 있었다니!

"이제 대략적인 설명을 마쳤으니 두 분도 카스케의 미로가 어떤 공간인지 이해하셨을 것이라 믿습니다. 다만, 만약을 대비해 두 분의 기간을 두 달로 설정했습니다. 그 안에 미로를 찾을 수 있지만 못 찾을 수도 있기 때문입니다. 그래서 두 달 동안 두 분 다 미로 속에 위치한 이동 마법진을 찾지 못한다면, 마법진들이 강제적으로 두 분을 미로 밖으로 내보내게 됩니다. 그리고 그 안에 한 분이라도 마법진을 찾아 밖으로 나와도 다른 한 분 역시 자동적으로 나오게 되어 있습니다. 괜찮으시겠습니까?"

루운의 말에 눈류와 월하는 서로를 바라보다 고개를 끄덕였다.

하기로 한 일이었으며, 몬스터들도 많다고 했다. 그렇다면 분명 레벨 업도 될 것이다.

"그럼 들어가시죠."

루운은 웃으며 자신의 손바닥을 펼쳤다.

스파아앗!!

그러자 놀라운 일이 발생했다.

루운의 손바닥에서 검은 점이 생기더니 점점 크기가 커졌다.

그러다 잠시 시간이 지나자 성인 10명은 동시에 들어갈 수 있을 정도의 블랙홀과 같은 어둠의 터널이 형성되었다.

"눈류, 자네만 믿네!"

"월하님, 조심히 다녀오십시오."

터널에 들어가기 위해 신형을 돌린 눈류와 월하를 향해 울트와 루운이 말했고, 둘은 긴장되고 기대되는 표정으로 고개를 끄덕였다.

그리고 잠시 후… 눈류와 월하, 카스케의 미로는 순식간에 자취를 감췄다.

"으윽."

카스케의 미로에 들어선 눈류는 이상한 촉감에 인상을 찌푸렸다.

자신이 서 있는 곳은 마치 거대한 존재의 입 안 같은 느낌이 들 정도로 바닥은 큰 혀와 비슷한 형태에 물컹거렸으며, 미끄러운 액도 흐르고 있었다.

그리고 벽면 역시 바닥과 비슷했는데 좋은 감촉은 아니었다.

'일단 무조건 가야 되는군.'

이 게임의 승자는 마법진을 먼저 찾아 미로를 빠져나가는 것이었다.

그러자면 어떤 상황과 적들이 기다린다 할지라도 움직여야 했고, 눈류는 조심스럽게 걸음을 뗐다.

통통통!

그 순간이었다.

앞쪽에서 무엇인가가 뛰어오는 소리가 들렸다.

"에?"

눈류는 몬스터들의 모습을 발견하자 저도 모르게 웃음을 흘렸다.

너무나 귀엽게 생긴 버섯 모양의 몬스터들!

몸 한가운데에 눈동자 하나가 달려 있었고, 그들은 밑동으로 바닥을 통통 뛰며 접근하고 있었다. 하지만 모습을 드러내는 버섯들이 많아지자 눈류의 표정이 굳어버렸다.

수가 많아도 너무나 많았다!

통통통통통!!

가까이 접근하자 버섯 몬스터들은 더욱 빠르게 전진했고, 눈류는 검을 소환해 가장 앞서서 달려오는 몬스터의 몸통을 베었다.

차아아악!!

피가 사방에 튀었다.

크기는 1m도 안 될 것 같은데 피의 양이 대단했다.

그리고 눈류는 그 이유를 곧 깨닫게 되었다.

치이익!!

"크으윽!!"

몬스터의 피가 피부에 닿자 지독한 열기가 느껴졌다.

갑옷이나 검은 아무런 문제가 없는데 피가 닿은 살은 타들어가기 시작했고, 느껴지는 고통도 결계 밖보다 크게 느껴졌다.

'망할… 저런 놈들이랑 어떻게 싸우라는 것이냐?'

눈류는 어이없는 표정으로 몬스터들을 노려보다 자신의 생명을 확인했다.

그러다 생명과 마나가 뜨지 않는 것을 알 수 있었다.

이전에 레이첼 황녀와 함께 퀘스트를 했을 때 나타난 현상이었다.

'죽지는 않는다고 했지?'

눈류는 한숨을 내쉬며 검을 쥔 손에 힘을 주었다.

고통과 한계를 넘어선 힘듦에 익숙하고 익숙해진 자신이었다.

그 어떤 순간, 상황이든 자신에게 이득이 되는 것이 있다면 절대 물러서지도 않았다.

'경험치는 많이 준다.'

눈류는 방금 몬스터 한 마리를 잡으며 얻게 된 경험치에 차가운 미소를 지었다.

괴로울 것이다. 눈물이 날 만큼 아플 것이다.

그러나 그 모든 것이 레벨 업을 위한 바탕이다!!

"하아압!"

눈류의 신형이 몬스터들을 향해 움직였다.

그 시각, 월하는 다리를 걷고 있었다.

돌로 이루어진 다리 밑에는 보기만 해도 타 들어갈 것 같은

용암이 혀를 낼름거리고 있었고, 그로 인해 월하의 온몸에서는 땀이 비 내리듯 흐르고 있었다.

'덥군.'

월하는 틈틈이 아이스 계열 마법으로 더위를 식히고 있었지만 내부를 장악하고 있는 열기는 마법의 수준을 뛰어넘었고, 짜증이 치솟았다.

화르르륵!!

스파앗!!

그때였다.

월하는 느끼자마자 블링크를 발휘해 원래 있던 자리에서 몸을 피했다.

그러자 월하가 서 있던 곳에는 시뻘건 불길이 적중해 잠시 동안 타오르다가 사라졌다.

캬아아악!!

월하는 소리가 나는 곳으로 고개를 돌렸다.

그곳에는 레드 가고일이 날개를 펄럭이며 서 있었다.

새의 얼굴에 인간의 몸, 온통 붉은색으로 이루어진 레드 가고일은 화염을 토해내는 능력이 있었는데 월하가 상대하기 어려운 수준은 아니었다.

그래서 월하 역시 크게 긴장하지 않으며 아이스 마법을 발휘했다가 곧 얼굴을 일그러뜨렸다. 얼음의 창이 가고일에 몸에 적중했음에도 불구하고, 가고일은 아무런 데미지도 입지 않았기 때문이다.

'미로 속 가고일이란 말인가? 큭.'

월하의 입가에 웃음이 서렸다.

보통 필드의 몬스터보다 던전의 몬스터들이 더 강한 경향이 있다.

그리고 지금 눈앞에 나타난 레드 가고일은 능력자들의 감옥으로 변한 카스케의 미로 속 가고일이었다.

그렇다면 능력은 다른 가고일들과 비교할 수준이 아니었다.

"죽음은 없다. 그렇다면 굳이 마나 배분을 신경 쓸 필요는 없겠지. 화끈하게 놀아주마."

말이 끝나는 순간, 월하는 헬 파이어를 시전했다.

"후우, 맛이 좋군."

"제가 직접 키우는 녀석 중 가장 좋은 놈입니다."

울트의 칭찬에 루운은 푸른빛 찻잎을 만지며 흡족한 표정으로 말했다.

"마음 같아서는 가져가고 싶네만……."

울트는 말끝을 흐리며 루운의 눈치를 살폈다.

그러나 루운은 줄 마음이 전혀 없어 보였고, 결국 입맛을 다시며 이곳에서라도 많이 먹자는 결심을 했다.

"그런데 나니아는 야르가 마음에 드나 봅니다."

"그러게 말이네."

어느덧 눈류와 월하가 카스케의 미로에 들어간 지 일주일이 지났다.

그동안 나니아는 하루 종일 야르와 붙어 다니며 연못에서 놀기 일쑤였는데, 오늘도 마찬가지였다.

"울트님이 괜찮으시다면 그들이 돌아온 후에도 나니아는 이곳에서 더 머물러도 됩니다."

'끄응.'

울트는 인상을 살짝 찌푸렸다.

루운의 말인 즉, 나니아는 있어도 되지만 자신은 가라는 것이 아닌가.

"이렇게 평온한 날, 자네와 말다툼할 기력은 없다네."

"하하. 알겠습니다, 울트님. 과연 누가 승리할 것이라 생각하십니까?"

루운이 자리에 앉으며 묻자 울트는 잠시 고민에 잠겼다.

자신이 봤을 때 월하도 눈류에 비해 부족한 부분이 없는 대단한 마나를 가지고 있었다.

그러나 지고 싶지 않은 마음이 가슴속에 가득하기에 울트는 눈류가 이기기를 바라며 말했다.

"눈류가 이길 것 같네."

"하긴, 눈류님이 독하긴 독하죠. 그동안 몇 번 제 부탁을 들어주셨지만… 사실 기대하지 않았던 것도 해내시더군요."

"허헐. 그런가?"

"하지만 월하님도 대단하신 분입니다. 재미있는 승부가 될 것 같군요."

"나도 그럴 것이라 생각하네."

루크와 루운은 웃으며 서로를 쳐다봤다.

각자 자신들이 이길 것이라 생각하면서.

"하아… 하아……."

눈류는 지친 얼굴로 바닥에 주저앉았다.

이곳에서는 배고픔도, 갈증도 존재하지 않았고 상처 역시 시간이 지나면 회복되었다.

하나 피로도만큼은 회복되지 않았기에 쉬기 위함이었다.

'월하는 어떻게 하고 있을까?'

일주일이란 시간 동안 미로를 헤집고 헤집었다.

버섯들은 해치운 뒤, 얼음으로 뒤덮인 곳을 돌파하기도 했고, 어둠밖에 보이지 않는 곳을 통과하기도 했다.

몬스터들과 내내 싸웠음은 말할 필요도 없는 일이었으며, 각종 암기가 설치된 곳도 상처를 각오하고 헤집고 다녔다.

그러나 그 와중에 월하와는 한 번도 마주치지 못했다.

'이러는 와중에도 월하는 움직이고 있을지 모른다.'

눈류는 월하를 떠올리며 자리에서 일어섰다.

아무리 지독한 눈류라 해도 지금은 쉬고 싶었지만 라이벌의 존재는 서로를 쉴 수 없게 만들었고, 그만큼 성장하게 해준다.

터벅, 터벅.

눈류는 힘겹게 발걸음을 움직였다.

그러자 얼마 지나지 않아 갈림길이 나왔다.

항상 한곳의 관문을 해결하면 이렇게 갈림길이 나왔고, 선택을 해야만 했다.

"이번에는 왼쪽으로."

바로 앞 미로에서는 오른쪽을 택한 눈류였기에 잠시 갈등하다가 왼쪽으로 걸음을 옮겼다.

그리고 또 다른 미로의 공간이 펼쳐지자 눈류는 인상을 찡그렸다.

온통 칼날과 가시로 이루어진 길이 나타났다.

대충 넓이를 계산하니 자신이 겨우 드나들 수 있을 정도!

그런데 문제는 가시보다도 이런 상황에서 몬스터라도 나타난다면?

몬스터와 전투를 벌이는 내내 끊임없이 고통을 느껴야 할 것이었다.

"돌아갈까?"

눈류는 뒤를 돌아보며 망설였다.

그러나 분명 다른 갈림길 역시 힘든 것은 마찬가지일 것이다.

결국 눈류는 한 걸음, 한 걸음 조심스럽게 움직이기 시작했다.

찌지직.

눈류는 이를 악물었다.

칼날과 가시들이 몬스터들의 공격과는 달리 갑옷을 통과해 살을 찢기 시작한 것이었다.

이곳 공간 자체가 실제로 존재하는 것이 아니고 여러 신비한 마법 설정이 되어 있기에 가능한 일이었지만 당하는 눈류의 입장에서는 괴롭기 그지없었다.

"좁아지는군."

눈류는 쓴웃음을 흘렸다.

다행스럽게도 몬스터는 나타나지 않았지만 가면 갈수록 벽이 좁아졌고, 이제는 몸 끝을 살짝, 살짝 스치고 있었다.

그러니 더 앞으로 전진할 경우 얼마나 깊게 베이고 다칠지 알 수 없는 일이었다.

"어쩔 수 없지."

눈류는 이를 악물며 뛰기 시작했다.

죽음이 없기에 가능한 행동이었고, 어차피 느낄 고통 조금이라도 시간을 단축하고 싶었다.

스파아앗!! 쩌저적!!

뛰면 뛸수록 깊게 베이고 피를 철철 흘렸다.

그러나 눈류는 이 악물고 통증을 참으며 칼날과 가시밭길을 돌파했고, 재차 갈림길이 나오자 오른쪽으로 신형을 놀렸다.

트트트특!!

오른쪽으로 전진해 눈류가 도착한 곳은 온통 보석으로 눈이 부신 곳이었다.

그런데 눈류가 나타나자마자 지면이 갈라지기 시작하더니 세 마리의 골렘들이 나타났다.

온몸이 수정으로 이루어진 골렘들!

'상처는 회복되었다.'

눈류는 피곤했지만 골렘들을 바라보며 웃는 얼굴이 되었다.

고통만 느끼는 공간보다는 차라리 이렇게 몬스터들이 나타나 주는 것이 훨씬 좋았다.

일단 이곳의 몬스터들은 강한 탓도 있지만 생각 이상의 경험치를 주었다.

그리고 떨어지는 라르크나 잡템들의 양도 많았으며, 템의 경우 고급 재료를 주었기에 눈류가 반기는 것이었다.

스스스스스!!

그사이 골렘들의 배 부분에서 마나가 밀집하기 시작했으며, 곧 눈류를 향해 미사일 같은 마나를 발사했다.

퍼퍼퍼펑!!

다급히 그림자 조각을 사용한 눈류는 마나포를 피했지만, 눈류가 서 있던 자리는 산산조각이 나버렸다.

"크아아악!! 파멸의 검!!"

카리스마와 파멸의 검을 시간 차로 발휘하는 눈류!

마나의 수치는 나타나지 않지만, 몇 번의 깨달음과 함께 수치가 보이지 않아도 어느 정도인지 짐작할 수 있었고, 눈류는 조화된 마나가 이글거리는 검으로 한 골렘의 머리를 잘라냈다.

퍼석!! 퍼퍼퍼펑!!

골렘의 머리가 잘려 나가고 잠시 후 파멸의 검의 영향으로 잘린 부위가 폭발을 일으켰다.

그와 함께 눈류는 쉬지 않고 빠르게 움직였다.

아직까지는 마나포밖에 발휘하지 않았지만 이곳의 몬스터들은 필드의 몬스터들이 가지고 있지 않은 능력을 소유한 경우도 있었다.

그래서 변수를 막기 위해 최대한 빠르게 없애려는 것이었다.

"소드 스피릿!"

차차차차차차착!!

순간적으로 스피드가 극대화되며 번개보다 빠른 속도로 골렘을 일곱 번 베어버리는 눈류!

"더블 소울!"

눈앞에 있는 골렘의 신형이 박살나며 무너지자 눈류는 바로 더블 소울을 왼쪽에 남아 있는 골렘을 향해 발휘했다.

파사사삭!! 콰앙!!

그러자 십자 형태의 더블 소울은 골렘의 신형을 십자로 자른 뒤 벽에 부딪치며 폭발했고, 세 마리의 몬스터들이 파편이 되어 사라진 것을 확인한 눈류는 바닥에 주저앉았다.

피로를 채 회복하지 못한 상태에서 뛰고, 고통을 당했으며, 몬스터와 전투를 했기에 갑작스럽게 피곤함이 밀려온 것이었다.

하지만… 눈류에게 쉴 여유는 주어지지 않았다.

트트트특!

바닥에 흩어진 수정 골렘들의 파편들이 허공으로 높이 솟구쳤다.

파편은 한곳으로 몰렸는데… 점점 형상을 갖추기 시작하는 것이 아닌가!

"내 팔자가 그렇지."

눈류는 실소를 흘리며 힘겹게 자리에서 일어섰다.

현재 남은 마나는 많지 않았고 피곤으로 인해 몸을 움직이기도 귀찮았다.

하지만 움직이지 않으면 죽는다!

눈류는 검을 쥔 채, 파편들이 합체한 거대한 수정 골렘을 노려봤다.

『가면의 기사』 8권에 계속…